MW01087391

Lazos de sangre

De esta edición:
© 2009 —Santillana USA Publishing Company
2023 N.W. 84th Ave.
Doral, Florida 33122
Teléfono: (1) 305-591-9522
Fax: (1) 305-591-7473
www.alfaguara.com

•Aguilar, Altea, Taurus, Alfaguara, S.A de C.V.
avda. Universidad 767, Col. del Valle, México, 03100. D.F
•Distribuidora y Editora Aguilar, Altea, Taurus, Alfaguara, S.A.
Calle 80 Núm. 10-23, Bogotá, Colombia
•Santillana S.A.
Torrelaguna 60-28043, Madrid, España
•Santillana S.A.
avda. San Felipe 731, Lima, Perú
•Ediciones Santillana S.A (ROU)
Constitución 1889, 11800, Montevideo, Uruguay
•Aguilar, Altea, Taurus, Alfaguara, S.A.
Beazley 3860, 1437, Buenos Aires, Argentina
•Aguilar Chilena de Ediciones Ltda.
Dr. Aníbal Ariztía 1444, Providencia, Santiago de Chile
•Santillana de Costa Rica, S.A.
La Uruca, 100 mts. Oeste de Migración y extranjería, San José, Costa Rica

Edición: Ismarie Díaz y D. Lucía Fayad Sanz
Corrección: Patria B. Rivera Reyes e Isabel Batteria Parera
Diseño de Cubierta: Michelle M. Colón Ortiz

ISBN: 978-1-60396-944-4

Impreso en: Colombia
Impreso por: D'vinni S.A.

Lazos de sangre

Rosario Ferré

A Julio Ortega

A mis primas

Ellos rodeaban la mesa, ellos, la famila. Cansados del día, felices al no disentir, bien dispuestos a no ver defectos. Se reían de todo, con el corazón bondadoso y humano. Los chicos crecían admirablemente alrededor de ellos. Y como una mariposa, Ana sujetó el instante entre los dedos antes de que él desapareciera para siempre.

Lazos de familia, Clarice Lispector

Índice

Primera Parte
Lazos de sangre

La traición de Irene

La prima Irene era pelirroja y Tía Glorisa aseguraba que Dios había moldeado su cuerpo con el barro de cerro Esmeralda, que era una tierra muy valiosa. Había creado su nariz, sus hombros y su frente con ese barro y, luego, los había espolvoreado con pimentón. Irene tenía tantas pecas que era como si, al nacer, Dios la hubiese empolvado con el barro que le sobró.

Irene, Ángela, Julia y yo éramos primas hermanas. Nuestras madres eran muy unidas. Se visitaban todo el tiempo, y nosotras éramos muy cercanas también. A menudo, pasábamos la noche unas en casa de otras y desarrollamos una gran intimidad. Por eso sabía que Tía Glorisa amaba su jardín y le dedicaba cada minuto libre del día, y que Tío Hans trabajaba catorce horas diarias como administrador de la central de Abuelo Hermógenes.

Papá, Álvaro Monroig, era el único entre los esposos de las hermanas que no trabajaba para mi abuelo. Tenía su propio negocio en Ponce, una fundición en la que se manufacturaban las maquinarias de las centrales azucareras. Era el más acomodado de los yernos de Abuelo Arizmendi. Pero ser rico tenía sus desventajas. El dinero hacía que la gente le cogiera envidia a uno y, a menudo, la volvía agresiva. Mamá aprendió pronto esta lección y nos enseñó que era mejor ser modestos y mantenernos al margen, en lugar de brillar como un farol encendido, como Ángela.

En aquel entonces, mis primas y yo queríamos ser algo muy distinto de lo que finalmente llegamos a ser: Irene quería estudiar Agronomía, Julia quería estudiar Botánica, Ángela quería ser arquitecta y yo quería ser ingeniera. Pero aquellas carreras todas se evaporaron cuando nos fuimos casando. Todas menos la de Ángela. Ángela era la más bonita de nosotras y todos en la familia decían que el nombre le iba bien. Esto lo comprobamos el día en que Ángela abrió las alas y escapó para siempre de la Isla.

Por mucho tiempo me vi reflejada en la historia de Irene y en la de Ángela, porque en nuestra familia todo estaba relacionado y cada historia formaba parte de un mismo tapiz. Lo difícil era saber por qué madeja empezar el bordado y dónde cortar el hilo. Cualquiera de las primas hubiese podido contar esta historia, tan parecidas eran nuestras vidas, aunque cada cual la vivía en una clave distinta y a un ritmo diferente.

Yo sentía un gran cariño por mi prima Irene, aunque fue ella quien primero me enseñó el significado de la palabra *traición*. Fue una lección benigna y no, un aprendizaje en serio, como me sucedería años después, con lo que pasó con Álvaro y, luego, con lo que pasó con Julia. La traición acecha al fondo de nuestra conciencia; de eso me di cuenta desde niña. Quizá por eso las historias de la niñez, que parecen ser banales e inconsecuentes, a menudo revelan ángulos de nuestra historia que, luego, resultan importantes.

Cuando los norteamericanos desembarcaron en nuestras costas, los puertorriqueños corrimos a arriar el pabellón rojo y gualda, y a subir la bandera norteamericana en medio de la plaza del pueblo. Nuestra incertidumbre era comprensible. Nosotros no éramos nada ni nadie, no nos preocupaban en absoluto las banderas en aquellos momentos. En nuestra familia, por ejemplo, Abuelo Arizmendi era de origen vasco, Tío Hans era alemán, el abuelo de Papá era francés, el tatarabuelo de Julia era judío. Pero los americanos creyeron que éramos una familia homogénea y su llegada demandaba una conversión a una cultura y a una idiosincrasia supuestamente superior a la nuestra. A nosotros nos tocó el triste destino de darles gato por liebre. Y digo gato porque, durante mucho tiempo, después del desembarco, fuimos tan pobres, que los gatos llegaron a ser uno de los alimentos de los habitantes de la Isla.

Puerto Rico es una nación invisible. En el mundo del progreso, de la tecnología, tenemos una clara idea de quiénes somos. Pero en el mundo de las querencias y de las creencias, se nos traba la lengua y las palabras salen de nuestra boca como de una misma placenta. Por eso, a menudo, optamos por guardar silencio: no expresamos nuestros verdaderos sentimientos. De ello ha dependido, durante casi cien años, nuestra supervivencia.

Aquella primera traición en mi niñez, me enseñó una lección sobre esta vertiente de nuestra personalidad. Sucedió durante una visita a casa de Tía Glorisa, donde pasé un fin de semana al finalizar mi primer año en el Colegio del Sagrado Corazón.

A nuestra edad, el tema del sexo era un témpano enorme que flotaba invisible a nuestro alrededor. No se podía hablar ni pensar en nada sin que subiera a la superficie y, al fin y al cabo, nos topábamos con él. Yo vivía por aquel entonces obsesionada por el misterio del cuerpo. ¿Qué hacían las parejas cuando estaban solas, desnudos uno frente al otro, que a la gente le causaba tanta conmoción? ¿Por qué develar siquiera una pulgada de seno o subirse la falda más arriba de la rodilla era pecado mortal y todo el mundo andaba en un tira y tápate, fuese en público o en privado? Eran los grandes misterios de la existencia.

La desnudez podía ser objeto de las chanzas más groseras, así como de los versos más líricos, y su significado variaba según el color del cristal con el que se enfocaba. La Iglesia católica tenía un índice para las películas y los libros, según el grado de desnudez que se vislumbraba en ellos; los curas acribillaban a uno a preguntas sobre ella en el confesionario; y las madres de las niñas, en los bailes de quinceañeras, se daban gusto tijereteando a las jóvenes que se atrevían a descotarse los vestidos.

En el mundo del arte, sin embargo, esa frontera desaparecía y la desnudez era aceptada como algo universal, origen de la inspiración. En la Capilla Sixtina, por ejemplo, de cuyos frescos había una reproducción en un libro de la biblioteca de mi casa, Miguel Ángel había pintado a todo el mundo desnudo, desde Adán, Cristo, Dios Padre y los pobres diablos a punto de caer de cabeza en el aceite hirviendo de las pailas del infierno, hasta los bobalicones que trepaban los montes de nube camino al Paraíso. Miguel Ángel era un pecador irredento, pero como era un genio, todo el mundo lo perdonaba, hasta el Papa Sixto IV, quien mandó a tapar con hojas de parra las partes pudendas de todos los personajes bíblicos de su capilla. A la larga, la belleza del cuerpo había triunfado y la desnudez de los seres de Miguel Ángel brillaba despampanante en el cielo.

Mi timidez natural se recrudecía por la conciencia del misterio del cuerpo. En mi casa, las mujeres (Mamá y yo) vivíamos celosamente protegidas y defendidas por los hombres (Papá y mi hermano, Álvaro). Papá nos protegía en el presente y, para ello, levantaba pesas de treinta y cinco libras todos los días, y se suponía que Álvaro nos protegiese en el futuro.

El mundo de las mujeres estaba estrictamente segregado del de los hombres. Era una manera de ser distinta de la que tenían los americanos, que, cuando se bañaban, se metían todos juntos en la tina y andaban en pelota por los dormitorios, sin preocuparse para nada del misterio del cuerpo. Por muchos años, luego de enterarme de las diferencias fisiológicas entre los hombres y las mujeres, no podía conocer a nadie sin imaginármelo desnudo. Era una reacción instantánea, le quitaba la ropa y lo ponía frente a mí, cabizbajo y abochornado, tratando de taparse los genitales con las manos. Aquello me daba risa y miedo a la vez. Si todos los hombres tenían penes y todas las mujeres tenían tetas y pubis, todo el mundo podía condenarse, lo que explica la vergüenza enorme que pasé en casa de la prima Irene aquel fin de semana.

Yo había estado anticipando la visita a casa de mis primos durante varios días. Irene y Hansel, su hermano menor, eran mis amigos y nos llevábamos muy bien. Vivían en la central Hércules, a las afueras de Mayagüez, durante los meses que duraba la zafra —de mayo a diciembre—, cuando se recogía la cosecha de la caña. El resto del año, la familia de Tía Glorisa lo pasaba en la casa de cerro Esmeralda que Abuelo Hermógenes le había regalado. Era una hermosa casa de cemento estilo español con terraza de ladrillos y techos de tejas, exactamente igual a las casas que Abuelo les había regalado a sus otras hijas.

La casa que Tía Glorisa y Tío Hans tenían en la central era más modesta, pero más divertida. Era de madera y techo de cinc y estaba rodeada por un *porch* cubierto de tela metálica, donde uno podía sentarse a mecerse en los sillones durante horas, a oler el guarapo que hervía en los evaporadores, sin que lo picaran los mosquitos. En la central, había caballos para ir a pasear, trozos de caña dulce que chupar, y los callejones sembrados de tallos eran un laberinto maravilloso cuando jugábamos al esconder. Fernandito, el hermano menor de Ángela, también venía a jugar a menudo a casa de sus primos, y formábamos entre todos un quinteto divertido.

En casa, mis padres, quienes se habían abrazado apasionadamente a los postulados de la democracia norteamericana, nos habían enseñado que todos los seres humanos eran iguales ante los ojos de Dios, pero que algunos eran más iguales que otros. Eso solo se sabía cuando se estaba desnudo.

—¿Para qué sirve eso? —le pregunté a Mamá un día, cuando por accidente vi a mi hermano desnudo en la bañera. Mamá no dijo nada, se limitó a darme un regaño por haber abierto la puerta sin avisar. Tuve que adivinarlo y me quedé pensando: aquello parecía un cetro; la palanca de cambios de conducir del carro o la varita de un director de orquesta. En los tres casos se usaba para mandar. Mamá se ocupó de verificar mis sospechas.

—¿Y por qué yo no tengo uno?

—Porque tú no mandas, Rose. Cállate ya.

Otra cosa que develaba la desnudez era la raza. *Raza* era

una palabra de domingo, nunca se usaba en casa porque se daba por sentado. Ser negro era nacer señalado por el dedo de Dios. Se nacía abrazado por la piel y uno no podía desembarazarse de ella hasta después de muerto. Se era negro como el betún, como la brea (todo lo más bajo, a ras de tierra); era algo que no se podía evitar cuando se venía de África. Ni los árabes ni los hindúes eran negros, porque no eran africanos. Los árabes tenían a Sheherazada, caballos de paso fino y un café delicioso. Los hindúes tenían piedras preciosas incrustadas en la frente, se desplazaban montados sobre elefantes y vestían con saris de seda. Los africanos eran pobres y no tenían nada. Por eso, trabajaban descalzos y semidesnudos en el patio trasero de la casa.

Mamá decía que, como no habían sido bautizados, los negros vivían en pecado original y no les gustaba vestirse. Mi madre y mis tías vivían convencidas de que, mientras más oscura la piel, más cerca se vivía del pecado y que no había nada más terrible que casarse con alguien que tuviera la piel más oscura que uno. "Equivale a manchar la honra que la familia ha defendido por generaciones", decían, sin explicarnos lo que *honra* quería decir. En cierta ocasión, Ana Rosa, una de nuestras sirvientas, se le quejó a Mamá de que la estaba *denigrando* con un regaño, Mamá se echó a reír y le dijo que cómo iba a ser, si Ana Rosa ya era negra retinta, para empezar, y era imposible denigrarla. La honra era como el pañuelo de hilo que Abuelo Hermógenes llevaba en el bolsillo del chaquetón. Su blancura era la manera más efectiva de darse a conocer en nuestra sociedad, y eso les daba a los hombres derecho a todos los privilegios y reafirmaba su seguridad en sí mismos.

Mi piel era un poco más oscura que la de mis primos, pero Mamá no le daba importancia a eso. Decía que, como nuestros antepasados venían de España y allí había mucha mezcla, el color de mi piel era la prueba de que yo había heredado la gota de sangre árabe de la familia. Pero entre mis primas y yo no existía ninguna diferencia. A las cuatro nos habían criado niñeras negras. Vestíamos de manera parecida, con traje de organdí los domingos y uniforme de tergal azul del Sagrado Corazón o de La Milagrosa durante la semana. Dormíamos de nueve de la noche a siete de la mañana, cuando salíamos para la escuela, y en las tardes, cenábamos los mismos platos: patitas de cerdo, pollo frito, arroz con habichuelas, frituras de bacalao, mofongo con chuletas de cerdo, todo cargado de grasa hasta más no poder. Nuestra cocinera, Emelina, también era negra, y era experta en todo tipo de fritanga. Cuando viajábamos a los Estados Unidos, mi familia echaba mucho en falta aquellos platos, pero ni a mi madre ni a mis tías se les hubiese ocurrido jamás pedirlos en los restaurantes, porque sabían que era comida de negros.

Tío Hans había nacido en Dresden, una hermosa ciudad a orillas del Elba, cuyo puerto tenía acceso al océano. Los padres de Hans habían zarpado desde Dresden hasta Puerto Rico a finales del siglo XIX, y se habían establecido en Mayagüez. Allí fundaron una firma para exportar café puertorriqueño a las principales capitales europeas. Los Baumgartners estaban a punto de vender su firma y regresarse a Dresden con sus hijos, dos muchachos rubios y de ojos azules graduados de Heidelberg, cuando los americanos subieron las tarifas de exportación de café y el mercado cafetalero se vino abajo. Los Baumgartners se regresaron a Dresden en bancarrota, pero Hans se quedó en la Isla. Había conocido a Tía Glorisa, la hija mayor de Abuelo Hermógenes, y se había enamorado de ella.

Tía Glorisa era gordita e impetuosa y no tenía pelos en la lengua. Parecía una figurilla de Hummel de porcelana rústica, de esas que capturan el alma de los bávaros. Era muy diferente de sus hermanas, que eran sofisticadas y melindrosas y hablaban siempre con eufemismos. Por ejemplo, en vez de "mear", Tía Juliana y Mamá decían "hacer pipí", "cagar" era "hacer pupú", en vez de "culo" decían "pompi" o "fondillo", la "crica" era "la totita", y así por el estilo. Era como si algunos aspectos de la realidad fuesen demasiado crudos para mirarlos de frente y había que disfrazarlos con palabras que sonaran a fino. A Tía Glorisa, por el contrario, le gustaba usar el nombre auténtico de las cosas y, en su presencia, *culo*, *tetas*, *orín* y *mierda* explotaban como petardos alegres a diestra y siniestra.

Tía Glorisa también era algo atolondrada y se tropezaba a menudo al caminar. Ese defecto la llevó a conocer a Tío Hans. Glorisa era una *tomboy*, de esas que derriban los vasos en la mesa y le derraman al vecino la sopa caliente en la falda. Un día en que los abuelos con sus hijos fueron de pasadía a la isla Ratones, Tía Glorisa iba sentada en la proa (era muy impaciente y siempre quería llegar primero). No bien se acercaron al muelle, Tía Glorisa dio un salto para desembarcar, pero no alcanzó el atracadero y cayó al agua con estrépito. Hans, que aguardaba en el muelle para regresar a tierra con sus amigos, se arrojó al agua a salvarla. Cuando sacó a Tía Glorisa tosiendo y más ensopada que un buñuelo, se la entregó a mi abuelo, y este le estuvo tan agradecido que le ofreció un trabajo en la central al día siguiente. Tía Glorisa ni se fijó en Hans ni le dio las gracias, estaba demasiado ocupada tosiendo y vomitando agua. Ella no era de las chicas que andaban detrás de los hombres. Tenía su propia vida: su pasión era la tierra y desde jovencita quiso ser agricultora.

Abuelo Hermógenes tomó a Hans bajo su ala y lo nombró administrador de la central Hércules. Con el pasar de los meses, Glorisa se fue acostumbrando a la presencia de Hans, que venía a almorzar a casa de mis abuelos todos los domingos, y cuando le propuso matrimonio, Glorisa aceptó sin aspavientos. Hans era un hombre silencioso, quizá porque nunca aprendió a hablar español con destreza. Era un administrador extraordinario y mi abuelo no tuvo nunca una queja de él, ni siquiera durante la Segunda Guerra Mundial, cuando agentes encubiertos empezaron a seguir a Hans a todas partes porque era alemán. Cuando los aliados bombardearon Dresden y murieron cincuenta mil civiles (entre ellos, su padre y su madre), Hans se sintió tan desgraciado que hacía las rondas de supervisión de los molinos de azúcar con lágrimas bajándole por las mejillas. Varios agentes de la policía se enteraron de que Hans era alemán y se acercaron a preguntarle si estaba llorando por el enemigo, pero Hans movió la cabeza y dijo que no, que estaba llorando porque la Muerte lo estaba siguiendo por todas partes.

Como la mayoría de los molinos de azúcar de la Isla, un día, la central Hércules tuvo que declararse en bancarrota porque no podía competir con las centrales de las compañías norteamericanas. Tío Hans tuvo que ir despidiendo a todo el personal. La maquinaria se vendió y se repartió a diferentes lugares del Caribe: las turbinas fueron a parar a La Romana; las catalinas terminaron en Maracaibo; los evaporadores, en Las Bahamas. Pero el tío Hans rehusaba reconocer que estaba vencido.

—Recuerda lo que dijo Goethe —le decía a Tía Glorisa—: "Lo que paraliza a los hombres es el pesimismo. Hay que amarrarse al palo mayor y esperar a que amaine la tormenta".

Hans no dejó nunca de ir a la central, a pesar de los ruegos de Tía Glorisa de que buscase trabajo en otra parte.

Cuando toda la maquinaria de la Hércules se vendió y solo quedó el terreno vacío donde había estado enclavada por casi cien años, Tío Hans enfermó de gravedad. Rehusó ver a un médico porque el galeno no hablaba alemán y, en español, él no podía explicar lo que sentía. Tía Glorisa hizo venir al cura a la casa, pero Tío Hans lo mandó a que se detuviera en el umbral.

—Cuando estaba estudiando en Heidelberg, decidí vivir sin Dios —le dijo a Tía Glorisa, que no hacía más que llorar junto a la cama—. A última hora, no puedo ir a tocarle a la puerta para que me abra. La muerte y la vida deben ser consecuentes.

Y un poco más tarde, le dijo a Tía Glorisa:

—Te pareces a Isolda, quien lloraba tanto que Tristán podía bañarse en sus lágrimas. Deja de llorar y ocúpate de nuestra hija. Asegúrate de que se case con un hombre bueno.

Poco después de esto, Hans pasó a mejor vida y Tía Glorisa hizo que lo cremaran. Juntó sus cenizas con un poco de tierra alemana que Hans guardaba en un saquito de cuero junto a su cama y lo hizo enterrar en el jardín de su casa.

Aquel fin de semana que Irene me traicionó, Fernandito también se estaba quedando en casa de Tía Glorisa, y anticipábamos todo tipo de aventuras por el campo, en busca de alacranes, lagartijos y arañas peludas, que Fernandito atrapaba con un palo y metía dentro de un pote de cristal vacío con una rapidez asombrosa.

Una tarde estuvimos jugando al beso y a la botella durante mucho rato. Irene y yo nos esforzábamos por no dejar que Fernandito ganara, porque sabíamos que era un maniático sexual. En cuanto se nos acercaba, nos apuntaba con la botella vacía de ron Don Q como si fuera a disparar, y corríamos a escondernos como almas que lleva el diablo. Nos metíamos en el cañaveral y nos escurríamos por entre las cunetas abiertas de las siembras o nos arrastrábamos por debajo de la casa, que estaba montada en zancos y tenía un sótano cubierto de telarañas y poblado de alacranes y gusanos. De pronto, escuchábamos la señal de Tía Glorisa, que nos llamaba a todos, desde la puerta de la cocina, a tomar la merienda con el silbato de Tío Hans, quien hacía de referí en los juegos de pelota de la escuela. Corríamos todos juntos a tomar leche con galletas La Sultana untadas con mantequilla y jalea de guayaba.

A Irene y a mí, por ser niñas, nos tocaba bañarnos primero. Ese día, Irene me acompañó al baño y me tendió una toalla limpia. Abrió la pluma del agua caliente y me ayudó a desabotonarme la blusa por la espalda.

—Puedes quedarte en el agua un buen rato, no hay prisa —me dijo—. Yo me bañaré después de ti.

Y salió del cuarto de baño, luego de cerrar la puerta de su habitación, que quedaba contigua.

Seguí su sugerencia y me hundí en el agua caliente hasta las orejas. Era una tina de hierro, de las que se sostienen sobre patas de grifón con garras. Di un suspiro y cerré los párpados.

De pronto, escuché un silbido tenue y abrí los ojos horrorizada. Fernandito y Hansel estaban de pie junto a la bañera, riéndose y señalando mi pubis tímidamente velloso y mis tetas pubescentes. Me erguí dentro del agua y doblé las rodillas al pecho en un *jack knife* para taparme, a la vez que empecé a gritar desaforada.

Esperaba que Irene entrara corriendo en el baño a salvarme, pero no fue así. La puerta por la que había desaparecido permaneció cerrada. Roja de vergüenza, escupí varias veces a Hansel y a Fernandito en la cara y empecé a tirarles agua, pero, no bien agitaba las manos, me quedaba desnuda otra vez, así que lo único que podía hacer era seguir gritando. Por fin, luego de lo que me pareció un siglo, Tía Glorisa me oyó y entró corriendo del jardín a salvarme.

Nunca descubrí la razón del comportamiento de Irene aquel día, si aquella fue su manera de complacer a su hermano y facilitarle un espectáculo nudista gratis o si quería enterarse de si yo era toda color canela. El asunto permaneció un misterio. Pero aprendí a no fiarme de nadie, ni aun de los familiares más íntimos. Al día siguiente de lo sucedido en casa de Tía Glorisa, preferí no mencionar el asunto y guardé silencio sobre aquel episodio doloroso de mi adolescencia. Los seguí queriendo como siempre. Hice las paces con Irene y Hansel, pero nunca volví a quedarme a dormir en la casa de la central.

El vuelo de Ángela

La prima Ángela tenía el pelo rubio y los ojos azules, y estábamos seguras de que por eso era la nieta preferida de Abuela Monserrate Arizmendi. Abuela Monserrate tenía una foto de ella tamaño natural empastada sobre un cartabón junto a su cama, y todas las noches, antes de dormir, le soplaba un beso desde la almohada y le hacía la señal de la cruz sobre la frente. "El pelo de Ángela parece una madeja de oro y tiene los ojos azul cielo. Un día le traerán suerte y será rica gracias a ellos", decía Abuela.

Ángela era hija de Tío Fernando, el único hermano de mi madre. Sabíamos que debíamos tenerle pena porque era huérfana de padre, pero no podíamos. Había demostrado ser exactamente igual a su retrato. Era liviana como una pluma y no tenía de dónde agarrarse. El retrato de cartón tenía un soporte por detrás, pero la brisa que soplaba por la ventana lo hacía irse de boca y lo tumbaba al piso todo el tiempo.

Mi prima no era para nada tímida y casi parecía orgullosa de sus malas notas en el colegio, como si pasar raspando fuese un logro. Yo era buena en los estudios, pero terriblemente tímida. En lo único que me destacaba era en el tenis. Jugaba dos horas todos los días al amanecer en la cancha que mi papá había construido junto a nuestra casa, aunque tuviera que levantarme a las cinco de la mañana. Estaba segura de que un día llegaría a ser tan buena que podría competir en el US Open.

La cancha de tenis era mi paraíso. Dentro de sus setenta y ocho por veintisiete pies, yo podía controlarlo todo. Disparaba la bola cubierta de fieltro amarillo con tanta fuerza que el adversario casi nunca podía contestar mis servicios. Y eso era precisamente lo que yo buscaba, poder servirle al mundo jugadas incontestables. Fuera de la cancha de tenis, la Isla era un laberinto donde el fuerte siempre aplastaba al débil y yo no quería formar parte de un mundo lleno de injusticias. Mamá tenía el control de nuestra casa; Papá, el de la fundición; Ángela, el de su cuerpo perfecto; y yo ansiaba tener el dominio de la bola sobre la cancha.

Abuela Monserrate no se cansaba de repetir que a Ángela había que darle un trato especial porque había sufrido mucho. Tío Fernando había muerto en un accidente de avión sobre el canal de la Mona y nunca encontraron su cuerpo. Así que, además de ser huérfana, la pobre Ángela no podía ir a visitar la tumba de su padre y rezar por él, como hacían Abuela y Abuelo Arizmendi ante la tumba de los bisabuelos todos los domingos. No podía experimentar ese sentido de seguridad que nos da saber dónde descansan en paz los restos de nuestros ancestros cuando han terminado la jornada de sus vidas.

A Tía Milagros, la mamá de Ángela, le cayó la responsabilidad de criar a sus hijos ella sola, pero Abuela sabía que Milagros era tonta y que no podría hacerlo como Dios manda. Según Abuela Monserrate, Milagros era un nombre adecuado para mi tía porque vivir cerca de ella era como vivir dentro de un campanario que bullía de palomas: los aletazos eran tantos que podían volver loco a cualquiera. Por eso, Abuela Monserrate obligó a Tía Milagros a poner interna a Ángela en el Sagrado Corazón de Ponce y se ofreció a pagar por su educación.

No bien Ángela llegó al colegio, las monjas se enamoraron de su pelo rubio y de sus ojos azules y la escogieron para que hiciera el papel de la Virgen en la obra de teatro que se puso en escena esa Navidad. Ángela se sentaba en el pesebre con el Niño Jesús en la falda (un muñeco de porcelana con faldellín de encaje importado de España) y tenía que quedarse tan quieta, que era difícil adivinar si ella también estaba hecha de porcelana o no. El rol le daba muchos privilegios: tenía en la capilla un lugar asegurado en el primer reclinatorio y, en el refectorio, le guardaban un asiento en la mesa de las alumnas mayores, aunque Ángela todavía formaba parte de las medianas. Las mayores tenían muchas prerrogativas, como no tener que pasar las bandejas a la hora de la comida o recoger los platos sucios, y siempre tenían acceso a las mejores presas de pollo y cortes de carne.

Tía Milagros, a menudo, traía a Ángela a jugar a casa, aunque éramos adolescentes y hacía tiempo que no jugábamos a nada. Ponce era más grande que Mayagüez, donde Tía Milagros se había ido a vivir cuando se casó con Tío Fernando, así que cuando Tía Milagros venía a Ponce siempre iba de compras. Ángela se quedaba con nosotros en casa mientras su mamá compraba y compraba, y no venía a recogerla con el chofer hasta que se había puesto oscuro. Cuando Tía Milagros por fin regresaba, el Pontiac venía lleno de escobas, mapos, baldes, cepillos y todo tipo de utensilios de limpieza que, en realidad, no necesitaba, pero que no podía resistir comprar, los cuales colgaban por fuera de las ventanas, de manera que el auto parecía una quincalla.

Mi tía tenía otras excentricidades, como, por ejemplo, su manía de llegar tarde a todas partes. Si se iba a celebrar una boda, el anfitrión que invitaba a Milagros sabía de antemano que en realidad no tenía que contarla como uno de los invitados, porque ella no llegaba hasta que la gente había comenzado a irse y la cena ya había terminado. Otra de sus manías era vestirse de lila. Usaba guantes lila, zapatos lila, sombrero lila y hasta sombra de ojos lila. Insistía en que era porque estaba de luto, aunque ya habían pasado siete años desde la muerte de Tío Fernando.

Estaba obsesionaba con la limpieza y su casa estaba siempre que brillaba. Como Tía Glorisa y Tía Juliana, Tía Milagros vivía en una casa estilo español que Abuelo Arizmendi le había mandado a hacer en cerro Esmeralda como regalo de bodas. Tía Glorisa, Tía Juliana y Tía Milagros vivían relativamente cerca, en casas rodeadas por el mismo bosque de caobos, robles y tulipanes africanos, muy lejos de los sufrimientos del mundo.

Los únicos que no vivíamos en cerro Esmeralda en una casa obsequiada por abuelo éramos los Monroig. Papá se negó rotundamente a quedarse a vivir en Mayagüez cuando se casó con Mamá.

—Matrimonio y mortaja del cielo bajan —le dijo a Mamá luego de la boda—. En Ponce, nos construiremos nuestra propia casa, que estará ligada con el sudor de nuestras frentes.

Tras muchos ruegos, Mamá estuvo de acuerdo, pero Abuelo Arizmendi nunca le perdonó a Papá que se hubiera llevado a Mamá a vivir a un pueblo extranjero.

Aunque Papá era conocido en Ponce, en nuestra familia, el apellido Arizmendi fue siempre el que llevó la distinción. Mamá nunca se lo quitó y, después de casada, firmaba los cheques con los dos apellidos, de forma que su nombre nunca cabía en los encasillados en blanco. Ser una Arizmendi imponía responsabilidades que le llegaban a uno desde la tumba: el primer Arizmendi había sido el intendente don Cristóbal Arizmendi, quien había sido diputado a Cortes en tiempos de España.

Aquella situación era muy distinta del caso del Abuelo Monroig, el padre de Álvaro, que había llegado a Ponce oculto en la bodega de un balandro bananero de una isla vecina, machete en mano y con dos pesos en el bolsillo. Hizo el viaje en el 1898, justo antes de la llegada de los americanos, y aseguraba que lo había impulsado a la travesía el rumor de que pronto los gringos invadirían la Isla. "Mejor cola de león que cabeza de ratón", decía. "Prefiero mil veces la bota norteamericana en la frente a la patada de la bota española en el culo".

Fui la única de las primas Arizmendi que no nació en Mayagüez. Nací en Ponce en el 1938, cuarenta años después de que los americanos desembarcaran por Guánica, y me bautizaron Rose en nombre de mi madre. Mi madre se llamaba Rosa Arizmendi, pero, como el obispo que me bautizó era americano y no podía pronunciar correctamente mi nombre en español, me pusieron Rose. Mi abuelo paterno, Agapito Monroig, fue mi padrino de bautizo.

Ponce era muy distinto de Mayagüez, la Sultana del Oeste. Mayagüez era un pueblo, a la vez, más jíbaro y más blanco. No se veían tantos negros como en el sur y los deportes no eran tan importantes. La plaza de Mayagüez tenía una docena de estatuas de bronce que representaban pajes franceses, que sostenían en alto unas linternas de gas redondas que se encendían en las noches y le daban al pueblo un aire de carnaval petimetre y funambulesco (los carnavales de Mayagüez tenían fama en toda la Isla por lo extravagantes), mientras que Ponce era un pueblo futurista, deportista y democrático.

La mayoría de los ponceños de mediados de siglo no era gente "fina", como lo habían sido los habitantes de la Ciudad Señorial del siglo anterior. La debacle económica del azúcar había llevado a Ponce a las puertas de la ruina y el desclasamiento proletario niveló las clases sociales. La burguesía emigró casi en su totalidad a San Juan, huyéndole a la miseria, al aburrimiento y a la mediocridad. Los ponceños de clase media que se quedaron fueron gente como los Pérez y los Fernández, los Girona y los Rodríguez, gente sin abolengo ni grandes capitales, pero que tenían un acusado sentido de igualdad. No tenían pelos en la lengua y decían siempre lo que pensaban. En los restaurantes y sitios públicos, de vez en cuando, se veían negros sentados junto a los blancos, cosa que nunca se veía en San Juan.

En la plaza de Las Delicias, se les rendía homenaje a los leones, las deidades tutelares del pueblo. Una hermosa fuente con seis leones que vomitaban agua de colores por la boca se encendía en las noches. A los ponceños les apasionaba el deporte, sobre todo la pelota, por lo que construyeron uno de los primeros parques deportivos de la Isla, el Francisco “Paquito” Montaner, donde se llevaron a cabo los grandes torneos de pelota en las décadas del cuarenta y el cincuenta. Las hijas de gente bien, como mis primas Monroig y yo, casi nunca entrábamos en el parque, y la única vez que logré hacerlo fue para ver el circo de los Hermanos Marcos, que enclavaba la carpa en medio del diamante (el predio junto al antiguo arsenal donde antiguamente los españoles hacían sus ejercicios militares), por ser el único espacio abierto en el centro del pueblo. Lo recuerdo bien porque allí vi por primera vez de cerca lo enormes que eran los mojones de los elefantes.

Cuando Tío Fernando murió en el accidente de avión, Abuelo Hermógenes Arizmendi cayó en una depresión profunda. Estaba seguro de que, sin un varón como heredero, la central Hércules estaba condenada a la ruina, a pesar de la administración intachable de Tío Hans. Por eso, después del accidente, mi primo Fernandito, el hijo de Tío Fernando, perdió el privilegio de sentarse a la mesa de los mayores en casa de los abuelos. En adelante, tuvo que sentarse a la mesa de la cocina con sus primas pues, al morir Tío Fernando, ya no sería el próximo presidente de la Hércules.

Fue en aquella época que Fernandito empezó a obsesionarse con el sexo, pues siempre andaba levantándonos la falda y tratando de bajarnos los *panties*. Cuando empezamos a llevar sostén, nos traía locas a Irene, a Julia y a mí preguntándonos que cómo se sentía tener tetas.

—¿No te molestan cuando saltas la cuica, Rose? —me preguntó en una ocasión—. Yo no soportaría tener toda esa carne brincándome por todas partes.

No le contesté, pero me incomodó que adivinara mis pensamientos, porque, en efecto, me estaba dando trabajo acostumbrarme a los chichos que habían empezado a salirme debajo de la camiseta. Cuando jugaba al tenis y blandía la raqueta con el brazo derecho, me entorpecían y me recordaban que era mujer. Un día, me casaría y tendría que cuidar a mis hijos; no podría jugar al tenis todo el tiempo como me hubiese gustado. Acudí a la farmacia a comprar una banda elástica con la que me envolví el torso para que nadie notara cómo el cuerpo me estaba cambiando, pero de nada me valió y, al poco tiempo, se me declaró un pecho proa-de-barco que definió mi sexo inequívocamente.

Un día de agosto en que hacía mucho calor, Ángela vino de visita a nuestra casa. Como yo sabía que a mi prima no le gustaba el tenis porque le huía al sol como a la plaga, le sugerí un chapuzón en el estanque de los patos. Ya sé que un estanque de patos no suena muy emocionante, pero si uno no viene de Ponce, no sabe lo que es el calor. En agosto, el aire del pueblo se vuelve una frisa que ahoga, casi no se puede respirar. Bañarse en un estanque de patos ya no suena tan pueril.

En cuanto Tía Milagros se fue de compras, Ángela y yo salimos al jardín y nos pusimos el traje de baño en la covacha de las herramientas. El agua del estanque solo llegaba hasta arriba de los muslos, así que no se podía nadar, pero podríamos refrescarnos. Era la primera vez que nos bañábamos en el estanque, porque antes, estaba lleno de sapos. En cierto momento, debió haber más de cien sapos conchos ocultos en sus aguas oscuras.

Por qué los sapos se habían multiplicado de manera tan extraordinaria en nuestro patio, cuando en los jardines de nuestros vecinos no se veía ninguno era un misterio que nadie había podido descifrar. La alberca estaba cubierta por una espesa capa de lirios acuáticos y los sapos vivían ocultos bajo las hojas redondas y amplias como bandejas, casi sin salir del agua. A Papá le encantaba observarlos cuando se apareaban, despachurrándose unos sobre otros como grandes bolsas de musgo verde. Los sapos eran inofensivos, pero Mamá les tenía asco porque decía que escupían y que el escupitajo de sapo causaba verrugas.

—Son horribles, Álvaro —le dijo a Papá—. ¿Cómo pueden gustarte? Tenemos que exterminarlos lo antes posible.

—Los sapos conchos ya casi no se ven; deben ser una especie en peligro de extinción, Rosa. El alcalde es un tipo excéntrico y le preocupan estas cosas. Quiere pasar una ley y pronto estará prohibido matarlos. Si te metes con los sapos, tendremos un problema serio con el municipio.

—No me importa. Además, nadie tiene que enterarse. El estanque está detrás de la casa y desde la calle no se puede ver lo que pasa.

—Los vecinos pueden verte. Y ya sabes cómo son. Llamarán enseguida a la Alcaldía y nos meterán una multa de cien dólares por sapo en menos de lo que canta un gallo. —Me entró un hormigueo de aprensión por las piernas porque sabía que Papá era débil y Mamá siempre hacía su voluntad.

Mamá frunció el ceño.

—No sé por qué tenemos que tolerarlo. Es nuestro jardín y no podemos disfrutar de él por culpa de esos seres babosos. Le voy a decir a Antonio que les arroje una nasa de pescar y los saque a todos de una vez. Podemos hacer una fogata detrás de la covacha de las herramientas con hojas secas y basura, y enterrar los sapos en ella.

—¿Te das cuenta de lo que estás diciendo? La peste a sapo quemado traerá corriendo a la policía. Estás loca.

—Ya veremos —le respondió Mamá. Y se alejó de allí dando trancazos.

Yo pensaba que a Mamá aquello se le haría difícil. Los sapos eran una atracción en el vecindario y, aunque no se veían, todo el mundo sabía que estaban allí. En las noches, podían oírse cantando a millas de distancia y, cuando llovía, sonaban exactamente igual que una bocina de barco en medio de la neblina. Al regresar a casa en las noches, cuando el tiempo estaba lluvioso, yo siempre podía adivinar en qué dirección estaba nuestro jardín por su zumbido profundo.

—El silbido de los coquíes arrulla a la Isla en las noches. Nosotros somos los únicos que nos quedamos dormidos al son de los sapos conchos —me dijo una vez Papá.

La semana siguiente, Mamá puso su plan en acción. Compró un par de guantes de goma y una máscara y llamó por teléfono a un farmacéutico amigo suyo, que le vendió un galón de ácido nítrico en un botellón de metal. Esa noche, Papá tenía que asistir a su cena mensual del Club de Leones. En cuanto se alejó de casa, Mamá salió calladamente por la puerta de la cocina y cruzó el patio con el galón de ácido en la mano. Por mala suerte, Penny, nuestra perra *pointer*, estaba dormida, o hubiese formado un escándalo. Mamá destapó el ácido y empezó a derramarlo sobre el estanque lleno de sapos. Ni le tembló la mano. Permaneció completamente tranquila cuando el agua negra en la que flotaban los lirios empezó a moverse y, sobre la superficie, empezó a aparecer una muchedumbre de burbujas silenciosas. Cuando todo terminó, Mamá hizo que el jardinero vaciara el estanque y metiera los sapos en un saco.

El día siguiente amaneció nublado y estaba lloviznando. Papá notó algo raro en cuanto nos sentamos a desayunar.

—¿Qué te pasa? —me dijo, desdoblando su servilleta sobre la falda—. Tienes cara de circunstancia.

No dije nada, pero el silencio fue más elocuente que mis palabras. Papá se asomó por la ventana y, al instante, lo supo todo. El ulular de los sapos se había esfumado.

—¿Qué les pasó a los sapos conchos? —preguntó. La voz le temblaba ligeramente, con una premonición de ira.

—No tengo la menor idea —le contestó Mamá, echándose fresco despreocupadamente—. Aparecieron todos muertos esta mañana cuando me levanté y tuve que pedirle a Antonio que los recogiera con una pala y los echara en un saco. Mandé a llevarlos a las afueras del pueblo y a tirarlos en el mangle de La Guancha.

Se formó una trifulca monumental y Papá salió para la oficina dando un trancazo y sin desayunar. Pero, como siempre, el coraje se le pasó pronto. Era demasiado débil para guardarle rencor a Mamá y, por eso, ella siempre se salía con la suya.

—Ahora podrás invitar a tus amigas a venir a bañarse en el estanque, Rose —me dijo Mamá al día siguiente en tono conciliatorio, como si yo hubiese tenido algo que ver con la trifulca. Unos días después, la oí llamando a Tía Milagros por teléfono para que trajera a Ángela a pasar la tarde conmigo en casa.

Los vecinos denunciaron lo sucedido, pero ni la multa que la Alcaldía le impuso a Papá logró hacer que Mamá se excusara con él. Siguió tan campante como siempre, la soberana de su casa y la consentida de Papá.

—Iré a buscar a Penny para que se meta al agua con nosotras —le dije a Ángela mientras nos quitábamos los *panties* y las medias y empezábamos a ponernos el traje de baño. Me le quedé mirando sin querer. Tenía la piel tan blanca que parecía de crema y un matorral de vello rubio le crecía adherido al bajo vientre. Su cuerpo se veía blando, muy distinto del mío, que era todo músculo y tendones, tan oscuro como una avellana de tanto jugar al tenis. Yo nunca había visto a otra adolescente desnuda, pero Ángela me llevaba un año y era casi una mujer.

—¿Qué es eso? —le pregunté, desconcertada.

—Es mi sexo, tonta —dijo Ángela, subiéndose rápidamente la trusa de baño—. Gatita negra o zorrilla roja, tú también tendrás una cuando cumplas los trece. De hecho, a los hombres puede resultarles muy atractiva.

Me di la vuelta para llamar a Penny, sonrojándome hasta el cuero cabelludo. Corrimos hasta el estanque, que Mamá había mandado a pintar de azul turquesa luego de la masacre de los sapos. Ahora se veía mucho más hondo de lo que en realidad era.

Unos segundos después, estábamos en el agua y empezamos a arrojarle una bola a Penny, azuzándola para que la buscara.

—¿Qué les pasó a los sapos? —preguntó Ángela de pronto—. No los veo por ninguna parte.

—Nos enteramos de que son peligrosos porque tiran gargajos y la saliva saca verrugas. Mamá llamó a los basureros para que se los llevaran —mentí—. Ya sabes cómo es cuando se le mete algo entre ceja y ceja.

—Yo creía que te gustaban —dijo Ángela con una sonrisa maliciosa.

—A mí, sí, pero a Mamá, no —le respondí, como si le pegara a la pelota de tenis con muchas ganas.

El episodio de los sapos marcó el comienzo de una época triste de mi vida. No sé si fue por aquella pelea o por otras cosas que sucedieron, pero mis padres se alejaron cada vez más y empezaron a dormir en habitaciones distintas. Yo echaba de menos verlos entrar en su cuarto en las noches y tenderse en el lecho como dos navíos que navegaban juntos por la soledad del mar. También echaba de menos a los sapos, la sensación húmeda y vegetal que se desprendía de ellos y el sonido de succión y lapacheo que se escuchaba en la distancia.

La noche de la visita de Ángela, mientras esperaba en la cama a que me llegara el sueño, me bajé el pantalón del pijama y me miré el sexo, pensando en lo que mi prima había dicho en la tarde. No me gustaba para nada la idea de tener cosas creciendo fuera de control por todo el cuerpo. Ángela, seguramente, se había inventado aquello para hacerme sentir desgraciada, pero no podía evitar la duda.

Mi prima había sido siempre el centro de la atención en la familia y tanto Abuela Monserrate como Tía Milagros la consentían. Tuvo un desarrollo precoz y supo aprovecharlo. Desde muy joven, se enjuagaba el pelo con manzanilla para aclarárselo, se esmaltaba las uñas de rojo cereza y se apretaba el cinturón lo más que podía para achicarse la cintura. No en balde tenía cuerpo de reloj de arena: ancho de culo y con cintura de avispa.

Desde los trece, tenía sobre su tocador todo tipo de instrumento de tortura: pinzas de arrancar cejas, navajas de rasurar, rizadores de pestañas.

—¿Por qué no te pintas, Rose? —me preguntaba— Pareces una monja, toda pálida y lista para el martirio.

Le gustaba mortificarme diciéndome cosas así, pero yo no le hacía caso. Sencillamente, éramos distintas, yo no quería ser como ella ni ella quería ser como yo. Pero nos teníamos cariño y sabíamos que, pasara lo que pasara, siempre seríamos primas.

Acostumbrada a que todo el mundo la piropeara, Ángela nunca se esforzaba por sacar buenas notas en la escuela ni intentaba destacarse en los deportes. Pasaba de grado en grado sin aprender nada y las maestras la dejaban hacer lo que se le antojaba. Me daba ira ver cómo todo lo que tenía que hacer para salir adelante en el mundo era mecer su cabellera rubia de lado a lado, desfruncir los labios y sonreír, cuando la gente de pelo oscuro y tez morena, como yo, tenía que quemarse las pestañas estudiando o lamiéndole el ojo a la maestra para que no nos dejara atrás en el salón de clases. Pero lo que me hacía de veras hervir la sangre era ver cómo los muchachos acudían a Ángela como moscas a la miel.

—Eso es buena noticia —dijo Abuela Monserrate cuando se lo conté—. Ángela va a necesitar toda la ayuda que pueda a la hora de encontrar marido.

Todo el mundo sabía que Ángela era huérfana de padre y no heredaría una gran fortuna. Como Tío Fernando estaba muerto, Tía Milagros recibiría lo mismo que nuestras madres y no habría privilegios en la familia. Tía Milagros tendría que vivir de eso y, para cuando a Ángela le tocara recibir su herencia, esta se habría esfumado y ya no le quedaría casi nada. Esto era de esperarse, visto lo tonta que era su madre, pero aun así mucha gente le tenía pena a Ángela. "La educaron como una princesa y ahora se le va a hacer difícil acostumbrarse a vivir como una persona común y corriente", comentaban nuestros vecinos, como si tuvieran derecho a juzgar lo que pasaba en el seno de nuestra familia. Esa fue precisamente la razón por la cual Madeleine Gerbert, la abuela materna de Ángela, insistió en celebrarle a su nieta un debut espléndido el verano que cumplió los quince años.

Don Gervasio Gerbert, el abuelo de Ángela por parte de madre, era un abogado muy conocido en Ponce, que tenía una hermosa casa en la plaza, frente por frente a la catedral. Don Gervasio había hecho su fortuna en litigios de herencia, lo que le había enseñado mucho sobre la naturaleza de la codicia. Ese conocimiento lo ayudó a defender a su nieta cuando a Ángela le llegó el momento de ser desplumada en el curso de su divorcio.

La casa de don Gervasio estaba construida de granito rojo, y tenía una cariátide desnuda a cada lado de la puerta principal que sostenía el dintel. Era copia fiel de la casa de los Gerbert en Viena, de donde era originalmente esa familia, y no hubo poder sobre la tierra que lograra evitar que la reprodujera en Ponce. Ni las monjas de la Anunciación, que tenían su convento un poco más abajo en la misma calle, ni los padres Paúles a cargo de la parroquia de la catedral lograron convencerlo de que aquella fachada era una indecencia. Don Gervasio se sentía muy orgulloso de ser vienés y, más tarde, Ángela, su nieta, se sentiría igualmente orgullosa de poseer pechos tan elegantes.

Oriana era la sirvienta personal de Madeleine Gerbert, pero cuando Tía Milagros se casó con Tío Fernando, Oriana rehusó mudarse a Mayagüez y se quedó trabajando en casa de los Gerbert en Ponce. Oriana era muy bonita, una de esas mulatas de rompe y raja que a veces vemos cruzando la calle con aires de Tembandumba, princesa de Uganda. También era diseñadora de alta costura y nos cosía la ropa de fiesta a las cuatro primas Arizmendi: Irene, Ángela, Julia y yo. Coser era algo que le salía natural, como si sus manos supieran de memoria los pases de una ceremonia mágica. Rizar la tela por aquí, embeber un volante por allá, bordar con lentejuelas un corpiño: cuando el vestido de Oriana estaba terminado, sin receta ni patrón de muestra, la joven, por más fea que fuera, lucía hermosa como una rosa de Francia.

Yo visitaba la casa de los Gerbert a menudo con Ángela y me encantaba subir al mirador de Oriana, que estaba construido al estilo puertorriqueño, con techo de cinc y paredes y piso de tablones de madera. El mirador quedaba en la parte de atrás de la casa y no se veía desde la calle. Don Gervasio lo mandó a construir en 1918, luego del terremoto que asoló muchos edificios de Ponce, construidos de argamasa y ladrillo. Si ocurría otro temblor y el frente de la casa se venía abajo, la familia podía mudarse a la parte de atrás y vivir allí sanos y salvos en lo que se reparaba la fachada. Era como si los Gerbert tuvieran dos casas: la de enfrente, de piedra y construida al estilo vienés, era para dar el *show* y probar que tenían gustos refinados, y la de atrás, de madera y cinc y construida al estilo puertorriqueño, le daba a la familia resguardo seguro.

A Ángela le gustaba mucho la ropa bonita. Le encantaba recortar las fotos de las modelos de *Vogue* y pegarlas con *tape* a los muros de su habitación, para, luego, compararse con ellas en el espejo. Cuando cumplió los dieciséis, Tía Milagros la llevó a Ponce a visitar a Oriana para que le hiciera su traje de debutante. Fui con ellas a la casa de los Gerbert aquel día. Tenía por aquel entonces catorce años y, pronto, cumpliría los quince, así que todo lo que le pasaba a Ángela era como un pronóstico de mi propia vida.

No bien llegamos a la casa de don Gervasio, Tía Milagros y Ángela dijeron que tenían que ir al baño y yo me quedé sola con Oriana en el cuartito del tercer piso. Me asomé a la ventana desde la cual se divisaba gran parte del pueblo. Me gustaba ver cómo las torres plateadas de la catedral brillaban al sol y los árboles de quenepa y de mangó proyectaban anémonas de sombra sobre las calles. Desde allá, uno podía imaginarse cómo sería la vida en aquellas casas donde la gente hacía amistad con facilidad, porque vivían muy cerca unos de otros, no como en nuestro barrio de Los Encantos, a las afueras del pueblo, donde las mansiones tenían jardines grandes y quedaban muy distantes.

Oriana estaba sentada frente a la Singer, pedaleando rápidamente, mientras bordaba con hilo de oro el brocado rosado del traje de Ángela. La aguja entraba y salía como un insecto implacable entre sus dedos, comiéndose el material precioso. Me le acerqué de puntillas y me asomé por encima de su hombro para ver qué estaba haciendo.

—Oriana, ¿me dirías una cosa? —le pregunté—. ¿El color de tu piel tiene algo que ver con el pecado original?

Me miró asombrada.

—¿De qué estás hablando, Rose?

—Bueno, tú sabes. En el colegio, las monjas dicen que a los negros, cuando se enamoran, les gusta revolcarse en el pecado original como un gato entre las cenizas. ¿Qué quiere decir eso?

—¡Pero qué tontería! —exclamó Oriana roja de vergüenza, apartando la vista por un momento de su trabajo—. El amor es lo más bello y lo más sagrado del mundo, y el pecado del cuerpo no existe. Se lo inventaron las monjas y los curas.

Di un suspiro de frustración porque Oriana no había contestado mi pregunta y regresé a la ventana a mirar pasar a la gente calle abajo. Las personas mayores eran siempre contradictorias, no había quién las entendiera. Unos decían que el amor era lo más bello y lo más sagrado del mundo, y otros insistían en todo lo contrario.

Al rato, Tía Milagros y Ángela regresaron al cuarto de costura, y Oriana empezó a desprender el modelo del traje de Ángela de su maniquí. Era un torso sin cabeza ni brazos que giraba sobre una sola pierna y tenía un aspecto melancólico. Me hacía pensar en los veteranos lisiados de la guerra contra Alemania, que a menudo salían retratados en el periódico, mancos y ñocos, sin una pierna o sin un brazo. Me identificaba con ellos porque a veces, cuando Mamá y Papá peleaban, sentía como si a mí también me faltara algo. Pero aquella visita era una ocasión festiva, y no debía pensar en cosas tristes que podían traerle mala suerte a mi prima.

Mientras Ángela daba vueltas sobre la tarima de medir vestidos, imitando al maniquí, Tía Milagros la sermoneaba sobre cómo debía comportarse la noche de su debut.

—Debes tener mucho cuidado de con quién bailas. Cada vez hay más matrimonios fatulos, de niñas bien casadas con hijos de gente cafre. Antes de aceptar una invitación, mira hacia donde yo esté sentada y te haré una seña. Que no te vean bailando con un mulato la noche de tu presentación social —dijo, mientras ayudaba a Oriana a fijarle a Ángela el brocado del corpiño y a marcarle el ruedo de la falda con una tiza.

Ese otoño, Ángela iría a estudiar a la Academia del Sagrado Corazón, en Newton, Massachussets, y Tía Milagros estaba segura de que allí conocería al hombre de sus sueños.

—Un irlandés alto y bien parecido, que te compre una casa en Boston y con el que tendrás hijos tan blancos y rubios como tú, hijita.

—Pues, no sé —contestó Ángela bajando la cabeza—. Creo que me gustaría casarme con un puertorriqueño y quedarme a vivir aquí mismo.

Tía Milagros hizo una mueca, pero no dijo nada. Oriana sonrió, la boca llena de alfileres. Al rato, volvió a sentarse frente a la tela del traje, que yacía como un cuerpo exánime junto a la máquina, y los filos de las tijeras comenzaron a moverse con rapidez vertiginosa, como si fueran parte de sus manos.

El debut de Ángela se celebraría en San Juan ese verano, pero los preparativos comenzaron a llevarse a cabo con seis meses de anticipación. Irene, Julia y yo, por supuesto, estábamos invitadas al gran evento. La invitación llegó en un sobre rosado con un *carnet* adentro que tenía las iniciales de Ángela, AA, repujadas en plata sobre la tapa.

—Disfruten del baile lo más que puedan —nos advirtió Abuela Monserrate cuando lo recibimos—. Ninguna de ustedes tendrá un *carnet* como ese para su debut.

Una semana antes del baile, mis primas y yo viajamos a San Juan con nuestras respectivas familias. Don Gervasio Gerbert, siguiendo las órdenes de Abuela Madeleine, había alquilado el salón grande del Escambrón Beach Club, el club más exclusivo de San Juan para celebrar quinceañeros. Le pareció buena idea presentar en sociedad a su nieta allí, donde conocería a los hijos de las familias más pudientes de la Isla. Me pregunté si Abuelo Arizmendi haría lo mismo por mí, pero me pareció improbable. Yo no era una beldad dorada como mi prima. Mis ojos eran negros y pequeños como los de las ardillas y mi pelo, marrón oscuro como el de los castores, esos animalitos incansables y de muchos proyectos, que pocas veces suscitan la conmiseración del prójimo.

Como era necesario ensayar el desfile de la debutante, por una semana tuvimos que ir al Escambrón casi todos los días. Don Gervasio sufragaría todos los gastos de la fiesta, inclusive los de varias jaranas que se celebrarían alrededor de la bahía la semana antes del evento, todo con la esperanza de llegar a ver a Ángela felizmente casada.

La lista de los invitados era impresionante. Madeleine Gerbert había incluido en ella a todo el que tenía plata y renombre en la Isla: los Vilella, que eran dueños de la compañía de construcción más grande de Puerto Rico; los Perdomo, poseedores de la destilería más importante de la costa sur; los Vergara, dueños de la cerveza Taína, que se vendía por todas partes. También los hijos de los abogados y de los doctores más conocidos se añadieron a la lista, y tres semanas antes de la fiesta, nuestro teléfono no paraba de sonar, la gente preguntaba a todas horas con voz entrecortada por el pánico: "¿Sabes si estamos entre los invitados? Todavía no hemos recibido la invitación". Madeleine me dijo que le enviara una invitación a todo el que llamara por teléfono.

—Si uno va a dar una fiesta es mejor tirar la casa por la ventana, en vez de ir arrancando el piso tabla a tabla —dijo Madeleine—. Al fin y al cabo, lo espléndido resulta más económico.

Al Escambrón, acudían a divertirse los hijos de la burguesía sanjuanera. También, lo visitaban regularmente los oficiales norteamericanos, cuyo Officer's Club quedaba cerca, en un promontorio privilegiado que sobresalía sobre el Atlántico. El Escambrón era un edificio enorme que parecía un hangar. Tenía paredes de cuarenta pies de alto y estaba construido en zancos sobre una península rocosa que se proyectaba sobre el mar. Las olas del Atlántico se deslizaban por debajo del piso y su murmullo suave se podía escuchar debajo de los pies cuando la orquesta tocaba boleros y uno se dejaba llevar por su ritmo. Las parejas eran casi todas jóvenes, hijos e hijas de familias bien que simpatizaban con los norteamericanos y favorecían la unión con los Estados Unidos, y que acudían a divertirse y a codearse con los oficiales del Ejército y de la Marina.

La noche de la fiesta de Ángela en el Escambrón, don Gervasio había mandado a decorarlo todo en rosa y gris perla: los manteles, las sillas y los candelabros eran color plata y las mesas redondas estaban adornadas con jarrones llenos de claveles rosados. Un candelabro enorme, cubierto de claveles, flotaba sobre la cabeza de los invitados, iluminando el salón como una gran nube rosada.

El traje que Oriana le había confeccionado a Ángela era sorprendentemente sencillo. El corpiño *off-the-shoulders* estaba confeccionado con volantitos fruncidos que caían sobre la falda como una catarata de pétalos. Vestida con aquel traje, Ángela parecía un mismo clavel, y no pude evitar que me arropara la envidia. Debí hacer una mueca de dolor al entrar en el salón, porque cuando Ángela me vio, se me acercó solícita.

—¿Te sientes bien? —me preguntó—. De pronto, la cara se te puso blanca.

Su gesto de cariño me hizo sentir peor, pues no podía soportar verla tan bonita.

—Estoy bien, no te preocupes —le dije, disimulando el pique—. Tuve que ajustarme la banda del vestido que traía suelta y de pronto me sentí mareada.

Mi traje estaba bien, pero era soso y aburrido. Mamá lo había encargado por catálogo a Best and Co. y era de tafeta, de cuadros de colores alegres, con pechero de organdí y encajitos.

La orquesta empezó a tocar una danza y Ángela salió a bailar del brazo de su abuelo, don Gervasio Gerbert, al salón de piso de tabloncillo del Escambrón. Se veía mucho más alta flotando sobre sus sandalias de tacos transparentes, con una orquídea temblándole sobre la muñeca como una mariposa blanca. Ya no se parecía a su maniquí, el veterano lisiado de la guerra parado en una sola pierna, sino a un hermoso ciprés cimbreándose al viento. Cuando el vals terminó, la orquesta rompió a tocar "Mataron a Elena" y el gentío de los invitados se olvidó de los melindres románticos y se abalanzó a remenearse como una manada salvaje sobre la pista.

Yo estaba sentada en una mesita pequeña en una esquina del salón, donde habían acomodado a las primas Monroig, Marta, Catalina, y yo, porque éramos menores de edad (por aquel entonces, Martita tendría nueve años y Catalina, once). También, estaba con nosotras Sarita Portalatini, una prima segunda de los Arizmendi por el lado corso de la familia, pues Abuela Monserrate se apellidaba Portalatini de soltera. Yo tenía que estar allí como policía, evitando que mis primas Monroig, que eran unas revoltosas, se largaran a correr por la pista de baile, escondiéndose por entre las parejas y formando la de San Quintín, que era lo que querían hacer de lo aburridas que estaban. Cansada de tanto ajetreo, me arremoliné en el asiento a esperar que pasara el tiempo y llegara la hora de marcharnos, cuando, de pronto, divisé a lo lejos a Christian Vergara, el heredero de la cerveza Taína. Me enderecé en la silla y estiré el cuello.

Desde allí, podía ver el bar claramente, donde había varios jóvenes dándose el palo y riéndose a carcajadas, y reconocí a Christian de inmediato. Lo conocía bien porque a él también le gustaba el tenis y, desde mi llegada a San Juan, nos habíamos emparejado varias veces en las canchas del Hotel Hilton. De hecho, yo albergaba esperanzas de que aquella noche me sacara a bailar, pero supongo que al verme con aquel traje de boba y rodeada de aquellas primas mocosas, se dio cuenta de que yo era demasiado joven.

Christian era mucho mayor que yo —tenía veinticuatro años y me llevaba diez— aunque mis catorce estaban bien aprovechados. En las canchas de tenis del Hilton, me trataba como su igual porque yo siempre le daba pela. Pero, en las canchas del amor, era otra la historia. Nos habíamos apestillado varias veces detrás de los armarios del baño de señoras en el club de tenis, y dos días antes del debut de Ángela, nos encerramos a pelar la pava en una de las cabañas de la playa.

Todo empezó como un juego inocente, como en aquel dicho de "juego de manos, juego de villanos" con el que Abuela Monserrate siempre nos andaba amonestando. Christian era fresco y alechugado, cosa que debí adivinar desde la primera vez que me vi reflejada en sus ojos verdes. Me hacía reír haciéndome cosquillas y dándome besitos huérfanos en el cuello y mordisqueándome la oreja, y yo me reía y le contestaba que sí, porque me gustaba. Ese día, juré que Christian Vergara sería mi esposo.

Las relaciones entre Papá y Mamá se habían vuelto cada vez más tensas en aquellos meses. Garateaban a menudo en privado, tras la puerta cerrada de la habitación que colindaba con la mía, y el barrunto de sus voces era como una tormenta que yo rezaba porque me pasara de largo. Yo no tenía la menor idea de lo que hablaban, pero siempre estaba de parte de Papá.

La noche de la fiesta de Ángela, estábamos Mamá y yo en su habitación del Hotel Hilton, vistiéndonos para la fiesta, cuando llegó a manos de Mamá la carta de una tal Liana Linda, que vivía en San Juan. La trajo un mensajero del hotel, y se la entregó a Mamá en bandeja y con guante blanco. El nombre de la corresponsal le iba bien, porque aquella carta se enroscó alrededor del cuello de mi madre como una culebra. Estaba escrita a maquinilla en un sobre anónimo y nadie hubiera adivinado que cada letra estaba impregnada de veneno.

Papá había salido del cuarto a buscarle a Mamá algo tonto, creo que un pote de laca para fijarnos el cabello al terminar de peinarnos, cuando llegó el mensajero con la misiva. Yo no estaba preparada para lo que sucedió. Mamá abrió el sobre, leyó su contenido y cayó redonda al suelo. Salí gritando como una loca al pasillo a buscar ayuda, y la *maid* trajo una bolsa de hielo y un poco de *whisky*. Le acerqué a Mamá el vaso a los labios y le salpiqué con agua helada el rostro hasta que logré hacerla volver en sí. Nunca leí la carta, pero imaginé muchas veces lo que decía. Supongo que sería algo así:

Estimada doña Rosa:

He visto la foto suya y de su hija Rose publicada en los periódicos con motivo del próximo debut de su prima Ángela Arizmendi, y la felicito por tener una familia tan bonita. Tengo una hija exactamente de la misma edad que la suya, cuya foto le incluyo. Las dos niñas se parecen como dos gotas de agua, solo que su hija tiene el pelo rizo y Lianita lo tiene lacio, gracias a una bisabuela india. ¿No le interesa saber por qué?

Cordialmente,

Liana Linda

Cuando Papá regresó de su diligencia, me hicieron salir de la habitación. Mamá tenía el rostro demudado, lo que no auguraba nada bueno, y me agaché en el pasillo con las manos en los oídos. Los gritos de furia y el escándalo de objetos que se rompían contra las paredes no se hicieron esperar. Las iras de Mamá nunca fueron benignas, pero para aquella furia no existía modelo previo. Insultos, recriminaciones, regaños volaron por mi lado como una lluvia de proyectiles. Unos días después de la fiesta de Ángela, durante una visita de Tía Glorisa a nuestra casa en Ponce, me enteré de la historia de Liana Linda, pero, la noche de la fiesta, el origen de la trifulca entre mis padres continuó siendo para mí un misterio.

Yo había notado que a Papá se le iban los ojos detrás de las muchachas bonitas. Siempre fue floretero y, como era simpático y bien parecido, las mujeres lo perseguían y él les seguía la corriente. Aquellos asuntos nunca llegaban a nada, sin embargo, eran pases de majarete en bandeja. Pero, aparentemente, cuando Liana Linda llegó a nuestra casa catorce años antes, todo fue diferente.

Andrés Colón, un abogado amigo de Papá, trajo a Liana Linda a la casa de Ponce. Supo que Mamá estaba encinta y se la envió dizque para que la ayudara con el bebé. Liana llegó con su atadito de ropa y los ojos bajos, pero no tardó en seducir a Papá y lo metió en la cueva del cuarto del servicio, al fondo del patio.

Mamá estaba todavía guardando la cuarentena de san Gerardo después de mi nacimiento y, al principio, no se dio cuenta de nada; Liana hizo y deshizo como le dio la gana. Cuando, a los pocos meses, Mamá descubrió que la muchacha estaba preñada, le regaló cien dólares y la mandó de regreso a las montañas de Utuado. La confianza que Mamá tenía en Papá era absoluta y ni se le ocurrió que su marido le hubiese hecho trampa. Papá no se preocupó demasiado, quería resolver el problema, pero no se atrevía a hacerlo. Quiso pensar que Liana se había marchado por iniciativa propia y rehusó enterarse de lo sucedido.

Liana, por su parte, guardó silencio durante quince años. Se mudó a Nueva York y decidió no pedirle nada a mi padre, pero durante una visita a la Isla, al ver las fotos de Ángela publicadas en el periódico junto con su prima Rose con motivo de su debut, se dio cuenta de que Álvaro era un hombre rico y le escribió la carta a Mamá.

De todo esto me enteré una semana después de la fiesta de Ángela, cuando Tía Glorisa vino de visita a nuestra casa de Los Encantos.

—Supe lo de Liana Linda la noche de la fiesta de Ángela —le dijo Mamá a Tía Glorisa ahogada en llanto—. Tuve que hacer un esfuerzo descomunal para aparentar que todo andaba bien. Pero logré mi cometido y acompañé a Álvaro y a Rose a la fiesta como si no pasara nada. Cuando llegamos de regreso a nuestra habitación del hotel esa noche, lo confronté, y Álvaro no lo negó. Me dio mil excusas y estaba muy compungido. ¡Pero ahora quiere que reconozcamos a Liana como su hija y que la ayudemos a pagar sus estudios —se quejó Mamá con Tía Glorisa. Y empezó a dar chillidos, desesperada.

Yo estaba leyendo un libro cerca de ellas en la terraza, tendida en el sofá de ratán, que tenía un respaldar alto, y no me vieron. Allí permanecí inmóvil por largo rato, sin pronunciar una sola palabra. Mamá y Tía Glorisa se balanceaban en los sillones de enea al otro lado de la veranda mientras conversaban y no se percataron de que yo las estaba escuchando. O quizá Mamá sí se dio cuenta y quiso que me enterara, pues a ella siempre le cargaba mi amor desaforado por mi padre. Sentí que en el sofá se abría una grieta profunda que me tragaba.

—Pues me parece lo justo —le respondió Tía Glorisa con severidad—. Peores sapos tendrás que tragarte en la vida. Por lo menos, harás una buena obra y tendrán que agradecértelo. En cuanto a lo que pasó con Liana, yo no le daría importancia. Eso fue hace mucho tiempo y no hay que llorar por leches derramadas.

Mamá guardó silencio, pero yo sabía que el asunto no se iba a quedar en eso. Ella no era de las que se quedaban con la pepita de la discordia embuchada.

—O sea, que chúpate esta en lo que te mondo la otra —protestó Mamá—. Estas cosas hay que cogerlas una por una, Glorisa, pues hay justicias que matan.

Mamá aceptó pagarle la educación a Lianita, pero, poco después, le dijo a Papá que no podían seguir viviendo bajo el mismo techo. Sacó otra vez a relucir la carta y se explayó sobre el tema. El bochorno de saber que su marido le había sido infiel con una cualquiera, le dijo, aunque fuera quince años antes, era demasiado para una Arizmendi. Se sentía ultrajada en la razón central de su vida, que era el honor de la familia.

—Me regreso a casa de mis padres —le informó. Y agarrándome de la mano, me arrastró repechando, como una chiringa al viento, a vivir con ella a casa de mis abuelos. Así fue como terminé enterándome de que tenía una hermanita.

Para mí, aquello fue un trago amargo. En un espacio secreto de nuestra conciencia, nuestros padres permanecen siempre puros, seres perfectos. Podemos imaginarnos al mundo entero desnudo y haciendo el amor, pero nuestros padres permanecen intocados por los fangos del sexo. Y, sin embargo, de esa mentira blanca, de esa fantasía eterna, nacemos todos. Creemos que el deber principal de nuestros padres es amarnos, no amarse entre ellos, lo que despierta en nosotros celos. Así me sentía yo, por lo menos, en aquel entonces: herida hasta más no poder por el amor que Papá había sentido por una extraña. Y no fue solo enterarme de la existencia de Liana Linda lo que me afectó, sino saber que en alguna parte de la Isla yo tenía una hermanita gemela, que se me parecía como una gota de agua, menos por el pelo indio.

No duré mucho en Mayagüez con Mamá. La casa de mis abuelos era un paraíso para los niños: estaba enclavada en cuatro cuerdas de terreno y había gansos, gallinas, patos y todo tipo de animales domésticos, que se podían adoptar en lo que se engordaban para la mesa. Pero yo era de Ponce y me sentía incómoda en el ambiente de princesa en su castillo. Me gustaba jugar al tenis, nadar, correr bicicleta y competir en las justas de pista y campo de los juegos intercolegiales. A las dos semanas de estar encerrada en el paraíso feudal de los Arizmendi, me dio una rabieta monumental que casi bordeó en la epilepsia y mis abuelos temieron por mi salud.

—Mejor déjala que se regrese a vivir con Álvaro —le recomendaron a Mamá—. Así le echa el ojo y no lo deja hacer desmadres.

Pasé seis meses sin novedad junto a Papá en la casa de Ponce, durante los cuales cursé mi penúltimo semestre en el Colegio del Sagrado Corazón. A comienzos de diciembre, Papá obtuvo unos contratos de construcción en San Juan y alquilamos un apartamento en Santurce, cerca del Hotel Hilton, donde nos fuimos a vivir por una temporada larga. Me alegré sobremanera. Escaparía del ambiente asfixiante de Ponce y podría seguir jugando al tenis en las canchas del Hilton.

Durante aquellos meses, debí estar feliz al encontrarme lejos de mi madre, con quien me la pasaba peleando, pero no fue así. Yo andaba perturbada por el cisma que se había abierto entre Papá y Mamá. Papá vivía como un calamar solitario, cada vez más ahogado en su propia tinta. No lograba resolver la situación y convencer a Mamá de que estaba arrepentido.

A mí me empezó a preocupar el comportamiento de Papá. Desde la partida de Mamá, no me perdía pie ni pisada y estaba siempre como el águila, ojo avizor y pendiente de todo mochuelo de adolescente que se me acercaba para espantarlo. Me chaperoneaba en todas las fiestecitas y jaranas agarrándome posesivamente por el brazo, como si yo fuera su esquife y el timón fuera mi codo. Aquella actitud posesiva empezó a darme miedo; me sentía como si caminara por la orilla de un precipicio vertiginoso. Me di cuenta de que, al quedarme a vivir en Ponce y ocupar el puesto de Mamá, podría dar al traste con mi vida y, como una nueva Alcestes, sería sacrificada a mi padre.

Mi escape de aquella dolorosa situación entre Mamá y Papá fue Christian Vergara. Me enamoré voluntariosamente de Christian, quemé los puentes de mi niñez y me construí mi propio castillo lleno de quimeras y fantasías. Nadie en mi familia trató de devolverme a la realidad, aunque Irene, Fernandito y Julia eran conscientes de mi desbarre. Se reían de mí y me pusieron el mote de Princesa Micomicona, por la locura desaforada en la que me encontraba sumida.

La noche del debut de Ángela resultó memorable por otra razón, aparte del vuelco que dio mi vida a raíz de la llegada de la carta de Liana Linda a manos de mi madre. Ángela se enamoró locamente de Christian Vergara. Aquello no fue culpa mía. Yo traté por todos los medios de alertarla, de decirle que era un joven peligroso y que yo lo había conocido primero. Pero aquella noche, a causa de la popularidad de Ángela, no logré acercarme para hablarle en privado. Una muchedumbre de pretendientes pululaba ávida alrededor de mi prima la noche de su *coming out* en el Escambrón. Se apiñaban a su alrededor como coleccionistas en subasta, pero ella solo le hizo caso a Christian.

Con el corazón en un hilo vi a Ángela y a Christian bailar el primer *set*, el segundo y el tercero. Cuando se acabó la fiesta a las cuatro de la mañana, era obvio para todo el mundo que el traje de Oriana había obrado su embrujo. Ángela no tendría que ponerse a buscar marido entre la multitud de jóvenes invitados a su debut en el Escambrón porque ya lo había encontrado. Christian Vergara había caído bajo su sortilegio.

Ángela y Christian se casaron seis meses después de la fiesta y se mudaron a una casita de Isla Verde, lejos de la mansión de los padres de Christian, que quedaba en Hato Rey. Su boda me arrojó en una depresión profunda, lloré lágrimas de ira y sufrí como nunca lo había hecho.

Lo primero que hice al llegar a San Juan con Papá fue ir a visitar a mi prima a Isla Verde, a su *bungalow* de cemento y persianas miami frente al mar. Era el tipo de casa que se construía por docenas a orillas de la playa en aquel entonces. El viento soplaba por todas partes y Ángela se pasaba el día barriendo la arena que se colaba por todos los resquicios de la casa, pero era imposible domar aquel polvillo blanco a causa de los vientos implacables del Atlántico. Me encantaba la mirada soñadora de Christian, la manera como se paraba a la puerta del *bungalow* a mirar el mar, las manos entrelazadas a la espalda como si el mundo entero fuese su reino privado. Al igual que yo, Christian era loco con los deportes y se la pasaba brincando de una actividad a otra: le gustaba pilotar aviones, navegar a la vela, conducir motoras de carrera. Como era el único hijo, su madre le había regalado toda clase de juguetes espléndidos: tenía un Piper Cub, una Bertram y una Harley Davidson. Todos los dones de la juventud y de la fortuna pasaron por sus manos.

Yo iba a visitarlos una vez por semana y, luego, le pedía a Christian que me llevara de vuelta a casa. A veces, íbamos derechito al condominio de mi padre, pero otras veces nos demorábamos en la playa, charlando y haciéndonos arrumacos. Ángela jamás sospechó de nosotros. Hacía lo posible por convertirse en el ama de casa perfecta. Todos los días se ataba a la cintura su delantal de volantes a cuadros y se pasaba el día limpiando y horneando bizcochos y *chateaubrianes* para agradar a Christian. Pero de nada le sirvió todo aquello, por culpa de Vanesa Vergara.

Vanesa Vergara, la madre de Christian, era una dama de la sociedad sanjuanera que se había quedado viuda relativamente joven. Era alta y delgada, y hubiese sido hermosa, de no ser por el hueco que le separaba los dientes de enfrente, a través de los cuales asomaba la punta rosada de la lengua cada vez que hablaba. Parecía la entrada a una diminuta tormentera por la que entraban y salían todos los chismes de la capital. Todos sus hijos vivían con ella, y ella pensaba que a Christian, cuando se casara, se le haría difícil mudarse lejos. Pero no fue así. Llegado el momento, Christian agradeció la oportunidad de soltarse del delantal de Vanesa, que casi no lo dejaba respirar.

El marido de Vanesa, don Arnaldo Vergara, había puesto todas las acciones de la cerveza Taína a nombre de su esposa antes de morir, porque ella era la única persona en la que confiaba:

—Tú naciste pobre como yo y sabes lo que es salir de la nada. Pero nuestros hijos nacieron con una cucharilla de plata en la boca. Tomemos medidas para que no lo boten todo.

Y don Arnaldo murió sin un penique a nombre suyo, dejándole todos sus bienes a su mujer, y órdenes de que se le pagara a cada uno de sus hijos una rica mesada.

Cuando Christian regresó de su viaje de novios con Ángela, fue a visitar a su mamá a la mansión *ranch style*, que quedaba en Hato Rey. Tenía techos *cantiliver* y enormes ventanales, que establecían un contraste dramático con las casas tipo fuerte construidas por los españoles en el Viejo San Juan.

—Estoy aburrido —le dijo Christian a Vanesa—, creo que es mejor que me entregues mis acciones de la cerveza Taína. Cuando uno se casa, es lógico que quiera sentar cabeza y bolsillo aparte. No me basta con la mesada: manejar dinero es siempre divertido y puede ser un reto. Me mantendré ocupado y me sentiré mejor.

Pero Vanesa solo se rio y asomó la punta de la lengua por la tormentera de sus dientes, salpicando a Christian de gotitas de saliva.

—No puedo hacer eso, querido. La solidaridad entre tú y tus hermanas es lo único que nos protege de esos monstruos, la Budweiser y la Heineken, y del puñetazo que nos pegan cada verano, cuando la temperatura sube a 95 grados. Por eso, tu padre delegó en mí antes de morir, y soy dueña de todas las acciones.

Cuando se enteró de lo sucedido, a Ángela le dio mucha rabia. Vanesa había hecho lo posible por separar a la pareja desde el principio, desde que se hicieron novios la noche del debut. Había hecho sentir avergonzado a Christian al verlo regresar a su casa del Escambrón con una esclava de plata colgada a la muñeca con las iniciales AA, que Ángela le había regalado.

—Esas son cosas de maricones, hijo. ¿Quién ha visto a un hombre usando pulseras?

Y Christian se quitó la cadenita con las iniciales, a pesar de que le daba pena porque había sido el primer regalo de Ángela, y se la guardó en el bolsillo.

Un día, Christian y Ángela estaban comprando los muebles de su nuevo hogar cuando Vanesa insistió en ir con ellos a las tiendas. Estaban mirando las camas en El Patio Shop, donde había una cama doble con un respaldar en forma de penacho dorado al fuego que a Ángela le encantaba, cuando Vanesa respingó:

—¿Para qué quieren una cama tan grande? Mejor son

dos camitas sencillas. Así, cuando Ángela se enferme, no se le pegarán a Christian sus microbios y sus mocos. Cada cual dormirá tranquilo en su propia cama.

A Ángela aquello de amanecer con el recuerdo de la suegra enredado como una pesadilla entre las sábanas no le gustó nada. Quería despertar en brazos de su amado, envuelta en una nube rosada. Pero Christian bajó mansamente la cabeza y aceptó lo que dijo su madre.

—¿Cuándo vas a dejar de esconderte tras las faldas de tu mamá? —le reclamó Ángela—. Tienes que pararte sobre tus propios pies y llevar a cabo tus propios negocios. Ya no eres un niño de teta para que te sigan amamantado. Lleva a Vanesa a la corte y exígele que te entregue tu parte de la herencia.

Pero Christian no encontró en la Isla ningún abogado que se atreviera a parársele de frente a Vanesa Vergara, y todos se negaron a representarlo. Christian estaba desesperado. No se llevaba bien con sus hermanas, que se sentían más que contentas de vivir bajo el ala protectora de su madre. Ángela lo estaba volviendo loco porque se había empeñado en montar un salón de belleza que bautizó Lady Godiva, en honor a su melena dorada, pero no pudo abrirlo porque no tenía dinero para operarlo. Había que comprar secadoras de pelo, peinillas, cepillos, tintes, y ella no tenía capital para hacerlo. Estaba casada con un millonario y estaban viviendo como mendigos. Los jugueteos de la pareja en la cama se hicieron menos frecuentes, hasta que, finalmente, cesaron.

Christian empezó a aburrirse más y más. A Ángela no le gustaban los deportes y se pasaba la mayor parte del tiempo cuidando de su cabello, pintándose las uñas y dándose tratamientos faciales. Su hermoso cuerpo era su único capital. Un día, la encontré sentada a la puerta de su casa con la cabeza sembrada de rulos como ristras de truenos, la cara cubierta con crema de pepinillos y las manos sumergidas en un baño de cera.

—No debes permitir que Christian te vea así —le dije—. Dejará de quererte y correrá a buscarse una novia más atractiva.

Pero Ángela movió la cabeza y empezó a llorar.

—Si encima de ser pobre me pongo fea y vieja, ¿cómo me voy a enfrentar a Vanesa Vergara y luchar por mis derechos?

Cuando Christian oyó esto, no pudo más y visitó la oficina de la Marina norteamericana en Puerta de Tierra, donde llenó sus papeles de ingreso en ese cuerpo. Como tenía muchas influencias, logró que lo comisionaran como primer teniente y se embarcó de viaje alrededor del mundo. Viajaría al Polo Norte si fuese necesario, para no tener que volver a escuchar a su esposa y a su madre garateando.

No se sabía por cuánto tiempo Christian estaría fuera, ni cuánto duraría su comisión. Nos enteramos de que estaba en Indonesia, donde lo destacaron en Bangkok por un año. Yo me había regresado a Ponce, pero iba a visitar a Ángela cada vez que viajaba a San Juan. Julia e Irene también iban a verla a menudo desde Mayagüez. Éramos primas hermanas, después de todo, y para eso servían las primas, para darse apoyo en las buenas y en las malas. Y a Ángela le hacía falta todo el apoyo que pudiera conseguir porque los chismosos la tenían pelada. En aquella época, todo el mundo les echaba la culpa a las mujeres cuando se divorciaban. Y aunque Ángela no se había divorciado, llevaba el abandono de Christian como un mancharón de ceniza untado sobre la frente.

Ángela esperó y esperó hasta que se cansó de estar encerrada en la casita de Isla Verde y empezó a visitar el bar del Hilton y el Officer's Beach Club de San Juan todas las tardes. Como era esposa de un oficial, Ángela tenía pase y podía entrar allí. Conoció a varios hombres inteligentes y bien parecidos que, por lo general, eran capitanes de la Marina y estaban destacados en la Isla temporalmente. Después de salir juntos unas cuantas veces, nunca volvía a verlos. Lo más probable es que no hiciera nada con ellos; sencillamente, se aparecía por los bares para vengarse de Christian, para que la gente hablara y ella pudiera sentir que no se estaba quedando dada, que tenía el valor de devolver el golpe. Pero, cuando pensaba en Christian, le entraba una pena terrible y decidió no seguir con aquello, porque era enterrarse el cuchillo a sí misma.

En esos días, a la cerveza Taína empezó a irle mal. La familia Vergara se encontraba al borde de la ruina a causa de una campaña de publicidad mal enfocada. La cerveza se anunciaba por televisión y radio como que estaba fermentada con lúpulo alemán, la flor de baya con que se fermentan todas las cervezas y que les da su sabor amargo. Pero como en la Isla no se sabía lo que era el lúpulo, y a causa de la guerra, habíamos sufrido una campaña antigermana masiva, todo lo que al pueblo le sonase teutónico le parecía amenazante, y la gente dejó de comprar cerveza Taína. Ángela también había oído el cuento del lúpulo (aunque no, el del lobo escondido dentro de la cerveza), pero no le había puesto atención. No había prueba de que la familia estuviera en crisis, porque Vanesa Vergara seguía sosteniendo el mismo tren de vida en su enorme mansión de Hato Rey, con una docena de sirvientes para atender su menor capricho y media docena de automóviles estacionados dentro del garaje. Pero empezaron a crecer las sospechas.

A la Isla llegaron rumores de que, al otro lado del mundo, Christian Vergara tenía varias amantes. Traté de avisarle a Ángela para que aquel desastre no la cogiera desprevenida.

—Hoy me reuní con Zutanito, que regresó de un viaje a Tailandia, y me contó que vieron a Christian en el Bangkok Hilton cenando en el casino con una de las *croupiers* —le dije.

Y algunas semanas después:

—A Christian, Menganito lo vio en el Hilton de Nueva Delhi. Estaba con una modelo famosa, y le tomaron una foto para *Harper's Bazaar*.

Pero Ángela no me hizo caso, y su fe en Christian permaneció inamovible.

Cuando cumplí los dieciséis años, me gradué del Colegio del Sagrado Corazón de Ponce y me fui a pasar el verano en casa de una amiga en San Juan. Con el tiempo, mi vida había cambiado para lo mejor: Papá y Mamá por fin se habían reconciliado y Mamá había regresado a vivir a la casa de Ponce. Dormían juntos otra vez y, cuando le echaban llave a la puerta de la habitación que colindaba con la mía, me alegraba pensar que oficiaban de nuevo las ceremonias del cuerpo.

Yo estaba tomando un curso de Periodismo en la Universidad de Puerto Rico ese verano, y me sentía contenta porque había descubierto que tenía el don de la palabra: nada más tenía que escoger un tema y las ideas acudían a mí como pájaros a un puñado de maíz. Me invitaron a muchas fiestas y bebí cantidades de vino blanco frío, que me hacía sentir mareada y como si tuviese los pies untados de mercurio, porque inmediatamente me daban una ganas irresistibles de bailar. Un día, me encontré con mi primo Fernandito en el Tennis Club del Caribe Hilton, donde se estaba celebrando un campeonato. Yo estaba jugando un doble con Welby Van Horn, el famoso entrenador de niñas ricas, y Fernandito vino corriendo donde mí.

—Tú príncipe azul está de regreso en la Isla —me dijo—. Lo vi pasar en su Harley Davidson por la avenida Ponce de León y llevaba montada en la parrilla a una pelirroja que parecía un ají caliente pegado a sus espaldas.

Fernandito empezó a dar saltitos y a sacudir las manos para secarse el sudor, como hacía siempre que se ponía nervioso. Me salpicó un aguacero de gotitas grasientas y me las limpié. Arrojé la Slazenger al piso y corrí a casa de Ángela a darle la noticia.

La infelicidad del matrimonio había exacerbado aún más el hedonismo de mi prima, que ahora vivía para vestirse y arreglarse el pelo, para ponerse —ella creía— más bonita. Se le salió toda la jibarería mayagüezana: se cardaba el pelo con peinilla fina, exactamente igual a las "Madame Alexandra Dolls" que estaban entonces de moda. Vestía solo pantalones de colores subidos que se enfundaba con calzador y se rizaba las pestañas tan apretadas que parecía como si los ojos se le fueran a saltar fuera de sus órbitas. "Ojos que no ven, corazón que no siente", dice el refrán, pero aquello no le aplicaba a Ángela. Christian la llevaba por la calle de la amargura, y si no se pasaba el día acicalándose ante el espejo, la melancolía le sorbía la sesera.

En cierto momento, Christian consideró pedir perdón y regresar a vivir con Ángela, pero, cuando la vio tan desmejorada, no pudo hacerlo. Tenía el gusto de las mujeres chinas pegado a los labios y resignarse a vivir con aquella Ángela esmirriada y deprimida, pese a los *beauty treatments*, con el pelo hecho un panal de mechas desteñidas y la silueta anoréxica de una modelo de *Vogue*, era demasiado sacrificio.

El día que Christian decidió por fin romper con mi prima, yo estaba visitando a Ángela en la casita de Isla Verde, pero ninguno de los dos se acordó de mí. Tan acostumbrados estaban a verme allí, que me trataban como un mueble.

—Nuestro matrimonio fue un error —le dijo Christian a mi prima con los ojos llenos de lágrimas—. Lo siento mucho, nena, pero necesito que me devuelvas mi libertad. Y no puedo darte ningún dinero porque todas las acciones de la cerveza Taína están a nombre de Mamá.

Y salió abochornado del cuarto, sorbiéndose los mocos y con la cabeza gacha.

Ángela se quedó muda, no pronunció ni una sola palabra.

—No te preocupes, primita —le dije cuando Christian se marchó—. Todo el mundo sabe que Vanesa Vergara está podrida de dinero. Tendremos que sacudirla un poco para que suelte algunos cuartos. Christian no tiene la culpa de que su madre sea una avara.

Convencí a Ángela de que fuésemos a visitar a su abuelo abogado en Ponce al día siguiente. Don Gervasio le aconsejó a su nieta que pusiera una demanda de divorcio inmediatamente.

—El que pica primero, pica dos veces. No se me amilane usted por culpa de ese gallo bolo, mi niña, que en esta isla el que más o el que menos está guisando.

Pero Ángela estaba tan deprimida que parecía una zombi. Abuelo Hermógenes se me acercó y me dijo:

—Aconséjala que le ponga a Christian un detective y, cuando tenga prueba de sus adulterios, lo cogeremos. El bribón no tendrá remedio.

—Tiene usted razón —le respondí—. Tírele con todo lo que pueda.

Cuando se lo conté a Ángela, suspiró un par de veces y se secó las lágrimas.

—Es verdad que es millonario. Haré lo que tú y Abuelo me recomienden.

Se me ocurrió que yo misma podía convertirme en carnada, en el cuerpo del delito que llevara a cabo la captura de la presa. Contacté a Manolo Machuca, un detective que se anunciaba de tanto en tanto en el periódico *El Imparcial*. Manolo era una rata de cloaca, pero era un tipo simpático. Vivía de eso, de seguirle la pista a la mierda del prójimo, a las queridas y los queridos de los matrimonios ilustres. Tenía su oficina en la calle Loíza, una ratonera de murciélago. Casi todos los señores en San Juan por aquel entonces daban sus izquierdazos y los matrimonios consagrados a la fidelidad no existían.

Manolo Machuca era excelente en su trabajo. Cuando le conté lo de mi antiguo amorío con Christian, y le dije que quizá yo podría volver a interesarle, abrió los ojos como dos platos.

—Ha pasado casi un año, pero no importa —le dije—. Estoy dispuesta a cualquier cosa para ayudar a mi prima Ángela. Más vale hambre vieja que fiambre recalentada.

Y añadí:

—Esta es su oportunidad. Don Gervasio va a estar muy contento cuando se entere de la noticia.

El mismo Manolo me hizo la reservación en el Tennis Club del Caribe Hilton, donde había que separar las canchas con semanas de anticipación. Unos días después, me encontré a Christian en la avenida Ponce de León.

—¿Te gustaría volver a jugar tenis con una boba como yo? —le dije—. ¡A que te gusto más que las chinas cuando me pruebes!

Nos besamos y nos abrazamos en plena avenida y quedamos en reunirnos el día siguiente.

Nos encontramos en la cancha del Hilton a eso de las cuatro de la tarde, cuando ya la resolana había empezado a marchitarse por detrás del Hotel Normandie. No pasaron cinco minutos antes de que la antigua obsesión volviera a dominarnos. La niña y el jugador de tenis: los músculos poderosos ondeando como pulpos bajo la piel, el estallido de los marullos rompiendo a nuestras espaldas, el salitre de las olas derramándose sobre las murallas del fuerte, la pelota que pegaba implacable, yendo y viniendo sobre el piso verde oscuro de la cancha. Era como si alguien nos hubiese atrapado en aquellos recuerdos y nos arrastrara cuesta abajo. Desde que volví a ver a Christian, no pude pensar más que en nuestro próximo encuentro.

Contacté a Machuca y estuvo de acuerdo con llevar a cabo la tarea de recolectar la evidencia. Empezó a seguirme por los jardines del Hilton, escondido entre los setos de amapolas y los arbustos de uvas playas. Como era verano y casi no había turistas en el hotel, aquello estaba desierto. Apertrechado de cámaras y lentes telescópicos, filmó mi juego de tenis con Christian en una cámara súper ocho. Cuando terminamos de jugar, Christian y yo caminamos *holding hands* hasta la cabaña de los Vergara, que quedaba frente al mar. Nadie la había usado en mucho tiempo. Me tendí desnuda sobre el sofá de cretona que olía a hongo y a oscuridad y Christian se tendió a mi lado. Hicimos el amor más intensamente que nunca.

En los días siguientes, volvimos a vernos muy seguido. El sexo era como una droga que le permitía a uno vivir en paz consigo mismo.

—Es el bálsamo de Fierabrás que se bebía don Quijote tras arrojarse a sus caraveladas —le dije a Christian—. Inspira valor y transforma a todo el mundo en santo.

Yo sabía que Christian casi no leía y no tenía la menor idea de lo que le estaba hablando, pero me daba satisfacción sacármelo de adentro. Entregarse al placer era una forma de supervivencia, y yo estaba segura de que Lianita, mi media hermana, estaría de acuerdo. A Mamá, por el contrario, el placer le parecía un pecado mortal, merecedor de las pailas del infierno.

Ante todo aquello, Christian permaneció impasible. No le importaba lo que dijera la gente y no nos ocultábamos de nadie.

Al final del verano, sin embargo, no pude más. La culpabilidad me apabullaba y le propuse decirle a Ángela lo que estaba pasando.

—Ya mi prima ha sufrido bastante —le dije a Christian—. Es hora de que sepa la verdad: mientras más tiempo pase, más duro será el golpe.

No tuve que pasar el mal rato de aquella confesión, sin embargo, porque Manolo Machuca se encargó de decírselo. Cuando supo lo que yo pensaba hacer, fue a casa de Ángela y le enseñó la película de Christian y yo, enredados en el sofá de la cabaña del Hilton como un pulpo doble. Machuca sabía que en todo aquello había una buena ganancia y se adelantó, ávido, a mis sugerencias.

Ángela reaccionó de inmediato y la evidencia fue a parar a manos del juez, quien, en un abrir y cerrar de ojos, dictó sentencia. Aquello fue friendo y comiendo. Don Gervasio ganó el caso contra Christian, y Vanesa Vergara tuvo que pagarle a Ángela un millón de dólares. Poco tiempo después, Ángela abandonó la Isla y se fue a vivir a Nueva York, donde compró un apartamento. Le nacieron alas, como quien dice, y se comprobó que su nombre era adecuado: aprendió a volar por su cuenta. Se llevó consigo a Oriana para que le cosiera la ropa y le hiciera compañía.

En Mayagüez, las malas lenguas decían que entre las dos pusieron una peluquería de medio pelo en Brooklyn, *The Golden Girl Beauty Service*, donde todas las peinadoras eran rubias, pero la realidad fue otra. Ángela consiguió trabajo como modelo y Oriana como diseñadora de modas. Las señoras se reían tras los pañuelos bordados y bromeaban sobre ángeles caídos y pecados originales cuando escuchaban hablar de Ángela y de Oriana, pero como aquello sucedía en Nueva York, a nadie le importaba un bledo. Entre Puerto Rico y Brooklyn, existía un abismo profundo, un zafacón sin fondo en el que caían los chismes y los comentarios que proliferaban en la Isla como la verdolaga. Aquel tipo de experiencia era algo común y corriente en la Gran Manzana, así que la familia se lavó las manos.

Mis padres se pusieron furiosos cuando se enteraron de mi romance con Christian Vergara, a pesar de que a Papá se le hacía difícil verlo como un sinvergüenza. Para él, Christian seguía siendo un mocoso, un niño bien, consentido por su madre.

—Es ley de vida: las fortunas no perduran más de tres generaciones —decía Papá—. La primera generación hace el dinero, la segunda comienza a gastarlo y la tercera lo bota todo.

Papá tenía razón. Christian, el Príncipe del Lúpulo, era un Vergara de tercera generación. No bien murió su madre, entre él y sus hermanas botaron el capital en malas inversiones y se quedaron en la prángana. Acabaron completamente pelados, más pobres que ratas de iglesia.

Cuando cumplí los dieciocho años, mis padres decidieron celebrar mi *coming out party*. Eran muy conservadores y creían que las jóvenes debían presentarse en sociedad ya maduras, a los dieciocho años, y no, a los quince, como había hecho Ángela, con el rocío de la inocencia todavía humedeciéndoles el bozo.

Oriana me llamó desde Nueva York para decirme que se había enterado de que Álvaro y Rosa, ya reconciliados, iban a celebrar mi debut en el Sports Club de Ponce, y que si me gustaría que ella me cosiera el vestido.

—Claro que puedes comprarte el traje que más te guste en las tiendas, pero ya sabes que mis creaciones son especiales. Recuerdo bien lo mucho que te gustó el traje de Ángela cuando ella hizo su *coming out* en el Escambrón.

Le di las gracias emocionada, pero no acepté su oferta. Había dejado de creer en la magia y en los sortilegios, fuesen los del amor o los de la alta costura.

Mi presentación en sociedad fue un evento sencillo, una fiesta que aceptaba su provincialismo. Mis padres invitaron a sus amigos y yo invité a los míos, que acudieron felices al Sports Club de Ponce. El baile se celebró en la pista de los banquetes, entre la antigua bolera y la nueva galería de los traganíqueles, desde donde se podía escuchar en la madrugada el canto de los gallos de San Antón, el arrabal vecino. Mas nunca fue la recepción de leyenda, el batecumbele de rompe y raja que fue la fiesta de mi prima Ángela en el Escambrón Beach Club de San Juan, pero no me arrepiento de ello. Fue una fiesta con todas las de la ley, en la que solo había ponceños, como las que se daban en Ponce.

Poco después de mi debut, entré a estudiar en la Universidad de Puerto Rico, y mientras estaba cursando allí mi segundo año, murió mi madre de un ataque al corazón. Me acostumbré a vivir sin lo que me faltaba —aunque nunca precisé lo que era, si brazo, mano, corazón o lengua—, lo que me hacía sentir lisiada. Dejé de ver a mis tías y a mis primas, que fueron ausentándose de mi vida poco a poco, hasta que de ellas no quedó más que las sombras, el recuerdo de sus hermosos rostros borrados por la niebla del tiempo. Salvo por la prima Julia. Por mucho tiempo, Julia continuó siendo el espejo en el cual me vi reflejada.

Tía Milagros se enajenó cada vez más, hasta que a don Gervasio Gerbert no le quedó más remedio que recluirla en una institución. Ni Fernandito ni Ángela pudieron hacer nada por ella, porque ya no vivían en la Isla. Fernandito se hizo agente de boxeo y se mudó a San Francisco, desde donde les seguía la pista a los pugilistas por todo el mundo. Ángela se hizo nuyorrican y empezó a escribirme en spanglish, cosa que me chocaba enormemente al principio y por eso dejé de contestar sus cartas. Luego, me di cuenta de que uno vive a merced de sus circunstancias y le perdoné aquel desatino. Christian nunca llegó a proponerme matrimonio. Se quedó en Puerto Rico, pero, luego del divorcio, dejamos de vernos, aunque todavía nos hablábamos por teléfono y seguíamos siendo amigos.

Ángela y yo aprendimos nuestra lección. Nos dimos cuenta de que el amor no tiene nada que ver con ser blanco o ser negro, bonito o feo, sino que es algo que le mana a uno de adentro. Yo dejé de creer en cuentos de hadas y en pajaritos preñados, y Ángela tuvo que bajarse de su nube. Ahora, cada vez que alguien le dice que la quiere por lo bonita que es, porque el pelo le brilla como una madeja de oro y tiene los ojos azul celeste, sonríe beatíficamente y da las gracias, pero no cree ni una sola palabra de lo que le dicen.

A Abuela Arizmendi le dio una pena terrible el divorcio de Ángela, pero le quedó una satisfacción profunda.

—¡Por lo menos, defendió en corte sus derechos! —le dijo a todo el mundo.

Y el día que Ángela le cobró su millón de dólares a Vanesa Vergara, sacó de su dormitorio el cartabón con el retrato de Ángela empastado encima, que siempre estaba yéndose de boca cuando soplaba el viento, y le pidió al jardinero que lo tirara a la basura.

Las penumbras de Julia

Parecerá extraño que no escriba aquí sobre la muerte de mi hijo Charlie, sino sobre la muerte de la prima Julia. Pero es que los pecados capitales dejan sombras largas. Se van depositando en el alma piedra a piedra, como suelen construirse las pirámides. La muerte de Charlie no se puede comprender sin antes conocer el largo inventario de traiciones en la familia. La vida no es más que una larga cadena de alevosías que solo logramos sublimar gracias al sufrimiento.

El funeral de la prima Julia se celebró en uno de los vetustos salones del Instituto de Cultura Puertorriqueña, en el Viejo San Juan. Si se puede creer en el libro de asistencia, esa larga libreta negra de tapa dura tan parecida a los libros de contabilidad que nos obligan a firmar en los velorios, más de doscientas personas asistieron al evento en el antiguo Asilo de Beneficencia, hoy sede del Instituto, donde los españoles alojaban a los locos. Pensamos que seguramente Julia se sentiría cómoda allí, tendida dentro de su ataúd color gris perla y de cara a los antiguos techos abovedados, mientras el salitre de la bahía que se colaba por las ventanas de persianas verdes le acariciaba la piel en despedida. A Julia también la consideraban loca, antes de que la proclamaran poeta nacional.

Dentro de la caja, Julia llevaba puesto el traje de *chiffon* blanco estilo imperio que Oriana le confeccionó para su boda con Felipe Covarrubias muchos años antes. Una media sonrisa se dibujaba sobre sus labios, como para confirmar que se encontraba donde ella quería estar, lejos de las altivas exequias de los Arizmendi, celebrando la tradición nacional del baquiné, del entierro puertorriqueño con música y jolgorio.

En aquella sala, no se vislumbró una sola corona, una triste azucena que aliviara las penumbras. Los nuevos amigos de Julia no creían en malgastar dinero en flores, en perecederas cintas con dedicatorias efímeras escritas con escarcha. Solo les interesaba adelantar la causa, cantar y recitar versos mal compuestos que supuestamente glorificaban a la patria, pero que en realidad solo alimentaban sus propios egos. Un batiburrillo de gente vestida a lo *hippie* se apretujaba alrededor del ataúd. Bebían, chismeaban, comían, quién sabe si hasta acabaron metiéndose algún perico bajo los arcos valetudinarios del edificio.

Las velas, por supuesto, estaban prohibidas en el sepelio, por ser aquel edificio centenario un monumento histórico. Solo la bandera puertorriqueña, tendida sobre la mitad inferior de la caja, alegraba un tanto el lugar. "Una bandera jubilosa para un pueblo triste", como Julia misma escribió en uno de sus poemas: la estrella de Borinquen clavada sobre un campo estriado de sangre. Con esa bandera la cubrieron como si se tratara de una mortaja.

Ernesto y Camilo, los dos hijos de Julia, estaban presentes en las exequias. De pie junto al lado derecho del ataúd, miraban a su madre de reojo, más con asombro que con tristeza. No tenían la menor idea de que su madre fuese tan famosa, ni de que tanta gente se supiese de memoria sus poemas. Estudiantes, profesores, escritores vestidos de mahón y camiseta, que calzaban sandalias estrafalarias, cantaban y bailaban alrededor del ataúd, recitando versos al son de la guitarra que alguien había traído para despedirse, entonándose con cubalibres falsos y chichaítos boricuas. Todos los amigos de Julia estaban allí, la gente con la que se había rodeado durante los años que vivió en San Juan, luego de mudarse a la calle San Sebastián. Querían hacerse ver y oír. Era como si nos estuviesen diciendo: "Aquí tenemos a Julia, véanla. Ella ya no les pertenece, ya no es una Arizmendi como ustedes. Nos pertenece a nosotros nada más".

Al final del día, sin embargo, la familia por fin le arrebató el ataúd a las masas. Llevamos entre todos la caja en caravana hasta Mayagüez, donde Julia pernoctó en una funeraria local. Al día siguiente, el velorio en el cementerio católico fue aristocráticamente callado, casi modesto, y contrastó enormemente con la juerga apoteósica celebrada en San Juan. Solo estábamos presentes los parientes, vestidos de negro de la cabeza a los pies, como debe ser, con *panty hose*, chaquetón y corbata torturándonos las carnes; unos soportando los achaques de la vejez y otros, las dolencias de la juventud. Irene, Ángela y yo estuvimos presentes, por supuesto. Abuelo y Abuela Arizmendi reposaban en sus lugares asignados en el panteón que nuestro bisabuelo hizo construir para nosotros hace tantos años sobre la colina del cementerio, que ha ido poco a poco llenándose. Es el panteón más grande de todos, y domina el cementerio con su presencia. Recuerda un templo griego, erigido en medio de una colmena de sepulcros plebeyos. Irónicamente, a Julia le tocó el nicho junto a Charlie. Ojalá logren perdonarse mutuamente. Que mi hijo y mi prima hermana atraviesen juntos y en paz las puertas del Paraíso.

La fama tiene una manera insidiosa de metérsele a uno en la sangre y cambiarle el ADN. Pero por más algazara que formen el nacionalismo y la gloria, no pueden compararse con el luto genuino de los lazos de sangre, con las lágrimas de los que mantienen el honor de la familia intacto. Cumplimos con nuestro deber y no te dejamos sola ni por un momento, y mucho menos rodeada por aquella cafrería. De pie alrededor de tu caja en el campo santo, te dimos la mano y te ayudamos a cruzar al otro lado.

Para entender lo que le pasó a mi hijo Charlie, es necesario remontarse veinte años atrás, cuando Julia y yo entramos en la Universidad de Puerto Rico juntas. Las otras primas se habían distanciado. A Ángela la perdimos de vista cuando se fue a vivir con Oriana a Nueva York, y a Irene la mandaron a estudiar a Newton, Massachussets, donde había un departamento de alemán estupendo. Allí conoció a un germano que le hizo la corte y terminaron casándose. Se fueron a vivir a Boston y tuvieron cuatro hijos tan pelirrojos como mi prima. Solo quedábamos en la Isla Julia y yo, que íbamos juntas a todas partes. Vivíamos en Santurce, en casa de Tía Adelaida, una hermana de Papá que, como no había tenido hijos, prácticamente nos había adoptado.

Julia y yo estuvimos juntas casi desde el vientre de nuestras madres: nacimos el mismo día y el mismo mes, septiembre, el año del tigre del calendario chino. Nuestra abuela tuvo que pasarse viajando de Mayagüez a Ponce para ayudar a sus dos hijas a dar a luz casi simultáneamente. Rosa y Juliana se parecían tanto que eran casi gemelas, pero sus personalidades eran muy distintas. La disciplina era fundamental para Rosa, mi madre. Siempre estaba corrigiendo a todo el mundo. Fuese horneando un bizcocho, leyendo un libro, desyerbando una reata —uno tenía que estar ocupado haciendo algo útil—. Era imposible estar cerca de ella sin que le dijera a uno lo que tenía que hacer.

Tía Juliana era lo opuesto de Rosa. Su *hobby* era escribir versos, actividad que alternaba con la costura. Pero era mucho mejor costurera que versificadora, pues sus poemas eran nostálgicos. Las cortinas de su casa eran una maravilla de diseño y color, y colgaban como joyas de seda de las ventanas de su hogar. Nadie leía sus poemas, a pesar de que ella le regalaba sus libros a todo el que pasaba por cerro Esmeralda. Sus amistades se morían por tener unas cortinas iguales a las de su sala, y hubiesen pagado cualquier cosa por ellas, pero a Tía Juliana solo la entusiasmaban el papel y la tinta.

Tío Síe consentía a Tía Juliana a más no poder; nada era demasiado bueno para ella. Se gastaba cientos de dólares en imprimir sus libros, que luego pasaban años cogiendo polvo en los clósets. Se habían casado en una hermosa ceremonia en la catedral de La Candelaria, en Mayagüez, a la que habían asistido las mejores familias del pueblo, y Abuelo Hermógenes les había regalado la consabida casa estilo español en cerro Esmeralda, muy parecida a la de Tía Glorisa.

Cerro Esmeralda era un lugar espectacular, y su topografía abrupta influenció mucho la vida de la gente que vivía allí. La carretera que llevaba al tope arrancaba prácticamente del patio de atrás de la catedral, y terminaba en el punto más alto del valle circundante, lo que comprobaba lo que decían los curas de que el bautizo facilitaba la entrada por las puertas del Paraíso. Pero la cuesta de la catedral era tan empinada que, al repecharla el coche, parecía que en cualquier momento daría una vuelta de carnero y aterrizaría patas arriba al pie del monte.

Un arrabal llamado Despeñaperros le daba la vuelta a la montaña como una falda orlada de cadillos. Las casas construidas con tablones de maderas podridas y techos de planchas de cinc estaban montadas en zancos, para evitar que el agua se metiera adentro. El monzón de Mayagüez dura diez meses del año, y una catarata de agua cae todos los días a las tres de la tarde. Por eso, Abuelo Hermógenes Arizmendi insistía en que el pueblo era la escupidera de la Isla.

El Cuerpo de Ingenieros norteamericano construyó la carretera del Cerro poco después del segundo desembarco del general Miles, que fue por el puerto de Mayagüez en 1898. Fue parte de la campaña para mejorar las condiciones insalubres de la población, notable por la incidencia de tuberculosis, resultado de la frecuencia de las lluvias. Una de las primeras obras que hicieron los americanos al llegar al pueblo fue el sanatorio de cerro Esmeralda. Era un edificio largo y todo de concreto, con techo inclinado cubierto de tejas y una bella galería de arcos que daba a una campiña abierta. Quedaba junto a la carretera, donde la cuesta se allanaba un poco y desaparecía el arrabal que quedaba atrás. Allí la temperatura se hacía templada y crecía un bosque de pinos.

Afortunadamente, la construcción del sanatorio no afectó en nada el valor de las casas en el tope de cerro Esmeralda. Las mansiones estilo español siguieron prosperando y multiplicándose, y todo lo que los habitantes tenían que hacer, al rodar de largo por el camino frente al hospital en sus Packards y en sus Cadillacs, era aguantar la respiración y darle rápidamente a la manigueta para subir el cristal de la ventana. Así se evitaba que los gérmenes entraran en los pulmones.

Ninguno de mis tías y tíos Arizmendi era religioso, pero ayudaban con donativos de caridad al cura de la parroquia de la catedral, el padre Suazo, que les quedaba muy cerca. A menudo, iban a visitarlo y le informaban que, en casa de doña Glorisa, se necesitaba una cocinera, o que si no tendría la gentileza de encontrarle a doña Milagros una doméstica o a doña Inés, una niñera. El padre Suazo buscaba, entonces, en su fichero, en el que guardaba todas las recetas traídas desde Calatayud, España, y que incluía también los nombres y direcciones de las familias de Despeñaperros, para ver en cuál de ellas viviría una jovencita en edad propicia para emplearse como doméstica. Como gracias al sacramento de la confesión las conocía bien a todas, sabía a cuáles recomendar, porque eran personas decentes, y a cuáles darles bola negra por flojas o inmorales.

Casi todos los sirvientes que trabajaban en las casas de cerro Esmeralda venían de Despeñaperros. Era una conveniencia porque llegaban a pie al trabajo y las familias tenían nombre y apellido, de manera que, si en algún momento faltaba algo en alguna de las casas de los vecinos acomodados, la policía iba inmediatamente a visitar a los familiares, y volvían al revés los trastes y los trapos buscando lo que se les había desaparecido hasta encontrarlo.

Otra particularidad de Despeñaperros era que allí no había teléfono, pero los habitantes se comunicaban instantáneamente entre sí. Se decía que era porque entre los nativos del arrabal había mucha ascendencia indígena, y los taínos se comunicaban misteriosamente. Por ejemplo, si la lavandera de Tía Glorisa dejaba caer un par de calcetines azul marino dentro de una paila de ropa blanca por equivocación y esta se había manchado toda de añil, un bisbiseo comenzaba entre el servicio y, al rato, todo Despeñaperros se enteraba de lo que había pasado; si Tía Milagros le había gritado o le había jalado las greñas a la lavandera, de pronto, un puñado de mujeres batiendo ollas y gritando insultos se aparecía frente a la casa a defenderla.

Los habitantes de Despeñaperros cargaban ellos mismos sus muertos a pie hasta la catedral. Llevaban las cajas sobre los hombros, cubiertas de buganvillas púrpuras y canarios amarillos, las flores más comunes y corrientes, que arropaban las vallas a orillas de la carretera. Cuando la gente bien que vivía en el tope de la montaña pasaba a mejor vida, por el contrario, descendían lentamente por la cuesta montados en sus Cadillacs y en sus Studebakers, pisando freno con la punta del pie todo el camino, cargados de coronas exóticas —orquídeas, lirios cala, gladiolas— todavía frías de la refrigeradora en la cual habían llegado por avión del extranjero.

A veces, yo sentía un gran cariño por Julia y otras veces me ponía tan furiosa que me daban ganas de halarle las greñas. Había sido una niña gordita y amable, con una sonrisa dócil en los labios y manitas generosas llenas de caricias, de manera que cuando creció nos pareció imposible que este otro ser, la Julia espigada y sofisticada, con la nariz tallada en ángulo y la lengua como una navaja, nos hubiese estado esperando.

Durante nuestra niñez, compartimos muchas cosas. Dábamos largas caminatas por el bosque detrás de cerro Esmeralda, compitiendo a ver cuál de las dos alcanzaba primero la cima. Devorábamos las novelas que Tío Síe guardaba en su biblioteca, aunque a veces sustituíamos a Jane Eyre y a Cathy Heathcliff por Wonder Woman y Sheena. Vivíamos en un mundo de fantasías con frágiles puertas de papel y de cartón: las portadas y contraportadas de los cómics y de los libros. Más tarde, aquellas lecturas contribuyeron a empujarnos en dirección a las letras.

Una vez, cuando teníamos trece años, sucedió algo que recordaría muchos años después. Cuando yo visitaba a Julia, dormíamos juntas en su cuarto, en una cama doble, con piecera y cabecera de metal esmaltadas de blanco. El colchón era de resortes y era excesivamente blando, muy distinto del de mi cuarto en Ponce. Aquella cama había sido la cama de matrimonio de Tía Juliana y Tío Síe, sustituida a los diez años de casados por otra más moderna, de corte ortopédico. En aquellos tiempos pre aire acondicionado, la calidad del colchón era muy importante a causa de la temperatura infernal de Ponce. Mi cama era dura y no tenía resortes, una balsa que flotaba sobre las aguas del inconsciente por las que yo derivaba feliz cada noche. Al ser duro el colchón, la cama era fresca, las sábanas no se pegaban y uno yacía como en ofrenda mientras llegaba el sueño, dispuesto a capturar la menor brisa que se colara por la ventana. La cama de Julia, por el contrario, era de una blandura peligrosa porque había sido escogida con fines maritales. Tenderse en ella era como acostarse sobre una nube de *marshmallow* que, al incrementar el calor de los cuerpos, empezaba a derretirse y amenazaba con ahogar a uno.

Julia y yo hablábamos hasta muy tarde, y nuestro tema principal era el sexo, arcano alrededor del cual giraba nuestra existencia. ¿Cómo llegar a ese país al otro lado de las nubes, en el cual todos eran felices? Ambas queríamos enamorarnos, pero a ninguna de las dos nos atraía el matrimonio. Ya habíamos sido alertadas desde las pantallas de Hollywood por Elizabeth Taylor, Rita Hayworth, Ava Gardner y Marilyn Monroe de que el matrimonio estaba hecho de cacerolas, sábanas y culeros sucios, y era insoportablemente aburrido, no empece lo que opinara Doris Day sobre el asunto.

En la sociedad en que vivíamos, el matrimonio, para las mujeres, era una salida con letrero rojo sobre la puerta: señalaba la vía de escape en caso de fuego (mejor casarse que quemarse, aseguraba San Pablo), pero, a la vez, nos alertaba sobre los innumerables peligros que acechaban en la oscuridad. La línea que separaba el placer del vicio era evanescente como el horizonte sobre el mar.

—¿Has besado a alguien con la lengua? —me preguntó una noche Julia, envolviéndose en su mitad de la sábana como una Venus regordeta y sabihonda.

—¡Claro que no! —le dije—. No quiero que se me pegue la mononucleosis u otra plaga por el estilo.

—Deberías probarlo. Cada vez que veo a un joven guapo,

me dan ganas de besarlo hasta el fondo. Me hace sentir como si volara.

—¡Los hombres te han vuelto loca! —le reproché—. ¿A dónde han ido a parar tus sueños de laborar en el campo de las células o en el de las sílabas?

En aquel entonces, Julia no estaba segura de si quería estudiar Biología o Literatura.

Mi prima soltó una carcajada y empezó a brincar sobre el colchón con energías antediluvianas.

—El amor es el banquete de los cuerpos. Después de la boda, los amantes se comen el uno al otro, pedacito a pedacito, y cuando terminan, vuelven a empezar. ¡Miel en los pezones, leche en el ombligo, lechugas en la chocha y un tomate gigante en el pene!

—¿Y si no hay boda? —pregunté con una risita maliciosa.

—Si no hay boda, no hay banquete.

Como Julia pesaba mucho más que yo, cada vez que brincaba yo me deslizaba hacia ella, hasta que la última vez que dio un salto plantó su pie sobre mi barriga. Di un chillido y me incorporé para evitar una segunda patada. Nos reíamos a carcajadas, compitiendo a ver cuál de las dos lograba tocar el techo con la mano, cuando sentí que me golpeaban por la espalda. Me fui de boca y aterricé de golpe sobre la piecera de metal. Una herida de dos pulgadas se abrió en mi frente y la sangre empezó a manar en olas que me caían sobre los ojos y me cegaban. Tía Juliana entró corriendo en el cuarto y encendió la luz del techo.

—¿Qué está pasando aquí? ¿Qué demonios se traen? —nos gritó.

Buscó una toalla y una bolsa de hielo, nos montó en su Pontiac y lo condujo monte abajo hasta el hospital del pueblo. El doctor me cosió la frente, que se me puso del tamaño de una toronja. Julia no dijo nada; yo tenía ganas de llorar, pero me aguanté. Al día siguiente, fuimos al cine en la tarde y Tía Juliana me compró un helado Payco para consolarme. Yo me moría de la vergüenza y me escondía detrás del Payco para que no me vieran la frente, que parecía una calabaza.

Mamá me vino a buscar en el Cadillac de la familia al día siguiente, y, en el camino de regreso a Ponce, notó mi silencio.

—¿No te parece que tu prima y tú están grandecitas para maromas de saltimbanqui? Eso te pasa por no comportarte como una persona de tu edad. Por supuesto, la culpa de todo la tiene Juliana, por ser tan maceta y no tirar a la basura ese colchón viejo. Es una vergüenza cómo vive la gente.

—No fue culpa del colchón —dije, contemplando impávida el paisaje por la ventana del carro. Mamá se volvió y me miró curiosa.

—¿Qué quieres decir?

—Julia me empujó —dije, mirándola a los ojos.

Mamá guardó silencio y no preguntó más nada.

Cuando cumplimos los dieciocho años, Julia y yo entramos juntas a la Universidad de Puerto Rico, en Río Piedras. Julia ingresó a la Facultad de Ciencias Naturales, pues pensaba ser bióloga como su padre, y yo me matriculé en Humanidades porque, aunque quería ser ingeniera, los estudios de ingeniería rara vez le daban la oportunidad de ejercer la profesión a las mujeres.

La Universidad de Puerto Rico era entonces un avispero de actividad política. En Ponce y Mayagüez, escuchábamos discutir los problemas del momento como algo lejano y aburrido, nunca con tanta pasión como lo hacía la gente en el campus de Río Piedras. De pronto, la estadidad, el estado libre asociado y la independencia se hicieron temas candentes, que definían no solo nuestra identidad, sino nuestra alma. En nuestras casas de Ponce y Mayagüez, estos temas rara vez se discutían. O la vida era más dura en la Isla que en la capital, y la gente no tenía tiempo para andar dándoles cráneo a jeringonzas como aquellas, o era demasiado placentera. La gente bien prefería vivir de pasadía en pasadía, a tener que halarse las greñas preocupándose por quién debería gobernar o cuál debería de ser el destino del País. Seguramente, por aquella razón, el tema de la política no era bien visto en la familia Arizmendi, pese al hecho de que reclamaba a Juan Ponce de León, el primer gobernador de la Isla, como su ancestro.

Al llegar a la universidad, a Julia se le metió entre ceja y ceja abrazar el ideal de la independencia. Con ojos relampagueantes, insistía en que votar por la estadidad era ser corrupto, vender el alma al diablo, y que el mismo Cristo había sacado a latigazos a los mercaderes del Templo. La familia Arizmendi debía ser, por respeto propio, independentista, decía, por ser una de las familias más antiguas de la Isla. Sus antepasados habían sido encomenderos, o sea, habían recibido sus terrenos de manos del rey de España doscientos años antes. Pero la realidad era todo lo contrario: la familia era casi unánimemente estadista.

Para la gente que pertenecía al partido republicano, como mi familia, el ELA era un oxímoron. ¿Cómo se podía ser libre y asociado a la vez? ¿Asociado a qué, a un sistema de gobierno, a un consorcio económico, a una nación distinta? En su opinión, con el ELA, nuestra relación con los Estados Unidos seguía siendo una relación colonial, donde no existían los mismos derechos.

Para don Luis Muñoz Marín, el líder del País en aquellos años, no había nada imposible. Había sido criado entre natillas blancas cuajadas por manos negras y era el producto de ambos mundos. Nació en Barranquitas, el corazón de la Isla, donde todavía estaba vivo el Puerto Rico del pasado, y vivió muchos años en Nueva York, el Puerto Rico del futuro. Su padre, don Luis Muñoz Rivera, había sido nuestro primer comisionado residente, y don Luis era completamente bilingüe. Si los puertorriqueños éramos un cruce de culturas y de razas, ¿por qué no inventar un estado político que incluyera ambas alternativas? "Con la soga y con la cabra" debería ser nuestro lema, en lugar de "por ser muy fiel y muy leal", como leía el escudo del santo cordero de los reyes católicos, que nos endilgaron.

"Su voto es su machete, su hombría; no se la preste a nadie", repetía don Luis por campos y por valles durante su campaña. La connotación sexual sin duda le ganó muchos votos en este país tan machista. El machete, la daga, era el yo íntimo de cada hombre. La discriminación contra las mujeres era tan obvia que daba risa. Las mujeres no tenían daga, no tenían machete y, por lo tanto, no tenían identidad propia. No votaban, lo que hacía a los hombres todavía más fuertes. Pero como la situación del campesino era de una pobreza íngrima, la risa pronto se transformaba en mueca lúgubre.

Julia y yo pensábamos que, si las mujeres de nuestra generación ejercíamos nuestro derecho al voto, lograríamos cambiar el País. Ese fue el mundo ideológico en el cual Julia y yo entramos cuando nos matriculamos en la UPR.

En mi segundo año de universidad, abandoné del todo el sueño de llegar a ser ingeniero como mi padre, y retomé los estudios de Periodismo, con los que había experimentado dos veranos antes. Julia, por su parte, abandonó la Biología y entró a Estudios Hispánicos a estudiar Literatura. Las dos nos dimos cuenta a un tiempo de que las carreras a las que aspirábamos eran imposibles. Arriamos velas y tesamos nuestras jarcias para cambiar de rumbo. En adelante, ambas transitaríamos por el camino de las letras.

Tío Síe, el padre de Julia, tenía un futuro prometedor cuando era joven. A los veintitrés, era un botánico brillante y enseñaba en el campus de la Universidad de Puerto Rico, en Río Piedras. Pero el presidente de la UPR rehusó reconocer el mérito de sus investigaciones, y, a la hora de darle una plaza segura, lo saltaron por encima y nombraron a un profesor más joven. Poco después, le negaron la ayuda económica que necesitaba para seguir con sus experimentos en el Jardín Botánico, y su resentimiento con los oficiales del Gobierno fue en aumento.

Un día, Síe recibió una carta del extranjero. Le informaba que se le había otorgado la beca John Simmon Guggenheim por razón de sus investigaciones en el campo de las mutaciones genéticas. Era el primer puertorriqueño en recibir aquel honor, y la distinción hizo que su admiración y agradecimiento por los científicos americanos aumentara en proporción astronómica. Empezó a cartearse con luminarias de su campo, autoridades reconocidas de MIT y Stanford.

Entonces algo sucedió que tornó al revés la vida de Síe: conoció a Tía Juliana y se enamoró de ella locamente. Juliana estaba de visita en San Juan en casa de una amiga, Dollicita Castillo, hija del dueño de la franquicia de los Cadillacs. Dollicita era muy democrática porque su madre era norteamericana, e invitaba a todo tipo de gente a su casa. Síe Tafur era de Aguadilla y Dollicita lo invitó sin saber quién era. Lo conoció en una tanda Vermouth en el cine Paramount y le pareció simpático. Lo invitó a almorzar y se lo presentó a su amiga, Juliana Arizmendi.

Desde que lo conoció, Juliana empezó a arrojarle a Síe miradas tímidas bajo la cortina de espesos rizos que le caían sobre la frente. Síe no pudo resistir su encanto. Era un joven alto y delgado, con la nariz larga y perfilada como pico de cuervo. Seguramente tenía sangre judía, aunque nunca se habló de ello en la familia. Se apellidaba Tafur, que en aljamiado quiere decir *jugador*, y era fiel a su nombre porque cada vez que injertaba un árbol de fruta, atando cuidadosamente las cortezas de dos troncos con hilos resistentes, nunca sabía cómo iba a salir el nuevo retoño: si sería una toronchina o una piñalima, un mangopera o un guayajobo. Pero tenía buena mano y siempre cosechaba buenos frutos.

Cuando Síe conoció a Juliana, fue como si un tren que viajaba a cien millas por hora se estrellara contra un muro de concreto. La cabeza le estalló y el viento le revolvió el cerebro;

quedó turulato por mucho tiempo. Decidió abandonar la Universidad de Puerto Rico, donde no reconocían su talento, y se mudó a Mayagüez. Pronto, empezó a trabajar como administrador de las fincas de caña de Abuelo Hermógenes Arizmendi. Cuando Tía Juliana y él se casaron, Abuelo les regaló la casa de cerro Esmeralda.

La casa de Tía Juliana era tan espléndida como la de Tía Glorisa y la de Tía Milagros, y, con el dinero de su mujer, Síe pudo construirse su propio laboratorio al fondo del patio, el sueño de toda la vida para un jibarito de Aguadilla, que se había criado corriendo descalzo por la playa. Pasaba allí gran parte de su tiempo, pero como su labor científica era muy aislada y no tenía el apoyo de sus compañeros investigadores, poco a poco, perdió el impulso y abandonó al sueño de los justos sus experimentos sobre genética. Jamás volvió a hacer otro descubrimiento científico y sus estudios se hundieron en un marasmo. Julia, que tenía a su padre en un pedestal, sufría al verlo perder interés en su carrera y le molestaba ver a los científicos norteamericanos, que sus padres invitaban continuamente a comer y a beber a su casa, haciéndole fiestas y halagándolo.

—La beca Guggenheim tiene la culpa —les decía Julia a sus amigos—. ¿De qué vale que en los Estados Unidos los científicos gringos le den tanto bombo a la labor de Papá, si en Puerto Rico nadie lo respeta ni reconoce su trabajo? De todos modos, como somos una colonia, cualquier descubrimiento que él haga lo considerarán sospechoso. Todo lo que viene de acá se considera producto del tercer mundo, donde los científicos no tienen un entrenamiento adecuado y no poseen acceso a equipos modernos. La beca que le dieron a Papá es un símbolo hueco, un intento de probar que la Fundación Guggenheim es una institución democrática y los Estados Unidos, un país igualitario.

Yo me reía al oírla decir aquello, pues sabía que, en el fondo, se sentía celosa y no quería compartir a su padre con nadie.

Julia era romántica como su madre, aunque no le gustaba admitirlo. Este aspecto de su personalidad se intensificó cuando abandonó la Biología y se mudó a la Facultad de Humanidades. Para esta época, empezó a escribir poesía en serio. Ya no lo hacía como pasatiempo, ahora escribía como si en ello le fuera la vida. Sus compañeros me lo comentaban porque la veían escribiendo a todas horas. Decían que sus poemas eran muy buenos y que, en una ocasión, el profesor de Literatura Modernista los había leído en voz alta en el salón de clase.

Cuando me enteré de esto, me dolió. ¿Por qué no me los había enseñado? ¿Temería que yo se los robara o me copiara de ella? ¿Pensaba que le daría mala suerte enseñármelos, que la inspiración se le secaría y que no podría seguir escribiendo? Julia no tenía nada que temer de mi parte. Yo sentía un enorme respeto por los poetas y por la poesía, pero nunca me hubiese atrevido a intentar escribir versos.

El momento en que Julia descubrió que tenía talento literario fue como si se hubiera derrumbado una represa. Los poemas le llovían de los dedos con solo sacudir las manos. Escribía y escribía sin parar. Me puse verde de la envidia. Había empezado a garabatear textos, ensayos y cuentos más o menos interesantes, pero dar a luz cada oración se me hacía terriblemente difícil. Casi siempre, nos sentábamos juntas en clase y compartíamos las asignaciones y los *term papers*.

Julia y yo, a menudo, hablábamos de política entre clase y clase. Nos reuníamos en el quiosco del merendero al aire libre, en la parte trasera de la Facultad de Humanidades. Yo estaba de acuerdo con que Puerto Rico era una nación distinta, con su propia cultura e idiosincrasia, pero la soberanía solo me parecía asumible al nivel de circunstancias personales. Ningún país era independiente hoy día, le argumentaba a mi prima, el mundo era una red de relaciones económicas complejísimas, y las naciones poderosas dominaban y explotaban siempre a las más débiles.

Por no llevarle la contraria a Julia, le di mi apoyo a la independencia política de la Isla durante aquellos años. Asistimos juntas a los mítines del Partido Independentista Puertorriqueño, al que pertenecía la mayoría de los intelectuales en la Universidad de Puerto Rico. Éramos un dúo rebelde, y amigos y conocidos nos reprendían a cada instante. En el fondo, la política en la Isla era cuestión de tribus: se pertenecía a una de las tres tribus, casi por genética, de generación en generación: el PPD, el PNP y el PIP. Se era indio de taparrabo rojo, azul o verde. Por eso, se desconfiaba de los que se cambiaban de tribu y saltaban de una tribu a otra. Aquel cambio era probablemente pasajero, y el corazón seguía perteneciendo a la tribu dentro de la cual se había nacido.

Cuando Julia y yo entramos a la Universidad de Puerto Rico y nos abanderamos públicamente con el PIP, la gente se quedó sorprendida y hasta escandalizada. La familia Arizmendi era una de esas familias puertorriqueñas que durante más de un siglo había pertenecido al partido de los azules (republicanos primero y penepés después). Eran centralistas y hacendados de la caña, y lo que les corría por las venas era guarapo azul. (Los Monroig y los Tafur no contaban porque habían llegado a la Isla recientemente). Por eso, Julia y yo teníamos que dar testimonio constante de que nuestra fe en la independencia era auténtica y no una pose hipócrita, asumida para ser aceptadas por la intelectualidad riopedrense.

Esto quería decir que nuestros textos, en los cursos de la universidad, serían examinados con lupa, para comprobar si nos habíamos convertido a la ideología correcta antes de ser aceptadas por el *establishment* intelectual. Denunciar en todo momento las desigualdades económicas y sociales, resultado del colonialismo abyecto (en el caso de los penepés) o parcial (en el caso del PPD), era parte fundamental de aquella actitud necesaria. Otros decían que, desde nuestra llegada a la UPR, Julia y yo dizque nos habíamos hecho comunistas, pero que seguíamos siendo unas niñas consentidas y malcriadas. Mi prima y yo lo preferíamos así: que la gente de nuestro mundo nos despreciara por nuestras agallas a que nos alabaran en tono condescendiente.

La conversión de Julia a la fe independentista fue auténtica. Sacó el genio de los Tafur; sus antepasados se quedaron sin patria cuando Isabel la Católica botó a los judíos de España y estos tuvieron que exilarse a la costa de Asia Menor y del norte de África. Julia rehusó aceptar por segunda vez ese destino. Abrazó el mito heroico del Grito de Lares, con todo lo que ese episodio trágico de nuestra historia significó; internalizó el orgullo herido de los que viven sin patria y sin bandera, la ira de los marginados en el devenir histórico de las naciones. No podía aceptar que Puerto Rico siguiera siendo una colonia; que no nos rigiéramos a nosotros mismos y acatáramos las leyes que nos imponían desde afuera.

Mi apoyo a la independencia fue muy distinto: estuvo desde un principio ligado a la lucha por los derechos de la mujer. Para mí, *independencia* quería decir defender la libertad a nivel personal, tener derecho a regir el destino de mi propio cuerpo. ¿Quién me iba a decir si yo debía tener un hijo o no? Yo lo engendraba, lo paría y lo alimentaba, y no iba a dejar que un extraño macho metiera la cuchara en el asunto. Esa verdad visceral me llenaba de furia, me hacía ver cómo, en la década de los sesenta, las mujeres estábamos todavía en desventaja.

De nada valía desgañitarse en los mítines gritando que nos dieran la libertad política si seguíamos condenadas a vivir cambiando pañales cagados, fregando platos sucios y limpiando casas. Yo no creía una palabra de aquella bazofia sobre la libertad de la mujer como experiencia espiritual que predicaban los curas, que veían el estado marital como una ventaja porque la mujer podía meditar y leer a sus anchas en el seno tranquilo del hogar, en lugar de trabajar como una esclava en una oficina ocho horas diarias. Si todo lo que uno olía durante el día era mierda y orines, la mente se hundía en mierda y orines, y uno nunca lograba alcanzar metas de excelencia.

Durante el día, asistíamos a mítines y a clases, y, por las noches, Julia escribía, llenando libreta tras libreta con su letra cuidadosamente moldeada. Nunca tenía que borrar una palabra o tachar un solo verso atolondrado. Cuando el poema emergía de su pluma estaba pulido y perfecto como un astro recién formado. En aquel momento, Julia les anunciaba a sus compañeros de clase que tenía un nuevo poema y todos se sentaban alrededor de ella para escucharla leerlo. Todavía me parece ver a Julia sentada sobre la hierba del campus de la UPR, la melena cayéndole sobre la espalda como un manto de sombra, recitando sus poemas, moviendo la boca como una almeja golosa alrededor de las palabras. En aquellos momentos, le tenía una envidia mortal. Yo también escribía, pero cuando le mencionaba que quería ser poeta, y le pedía que me enseñara lo que tenía que hacer para lograrlo, Julia negaba con la cabeza y el espejo de sus ojos, en el que yo solía verme reflejada, súbitamente, se oscurecía.

Julia había heredado la certidumbre de las palabras. Un buen poema es algo mágico que solo dura lo que el escritor tarda en escribirlo o el lector en leerlo. Ese momento de absoluta felicidad es irrepetible, decía, uno puede volver a leer el poema cien veces y cada vez será distinto. Pero, sobre todo, el buen poeta intuye, desde que pone la pluma sobre el papel, hacia dónde se dirige la saeta de su pensamiento.

—Por eso tú nunca serás poeta —me repetía Julia—, porque eres una persona indecisa.

Y se me acercaba para abrazarme y darme besitos en las mejillas para que no me enfadara con ella.

Tenía razón en tratar de descorazonarme. En primer lugar, yo no era hija de una poeta. Rosa, mi madre, era una simple esposa y ama de casa, sin aspiración alguna a la fama. Ser hija de Tía Juliana le abría a Julia horizontes: le facilitaba conexiones en el mundo de las letras, a pesar de la dudosa calidad de los versos de su madre. Tía Juliana era conocida en los círculos de escritores puertorriqueños como un caso extraño, una hija de hacendado metida a bohemia, aunque solo fuera de pose, porque de bebelata, droga y mete mano no había nada en serio. Publicar poemas bajo el nombre de Julia Tafur era mucho más fácil que bajo el de Rose Monroig porque Juliana Tafur ya había roto la barrera del silencio, publicado libros y dado conferencias, y la batalla por la fama estaba iniciada. Todo nuevo escritor necesita derribar la muralla del anonimato. A los lectores hay que convencerlos de que lo que están leyendo es único e irrepetible. Aunque el autor solo escriba tonterías, hay un temblor de reconocimiento, un *déjà vu* que nos hace sentir cómodos con nosotros mismos. El texto logrado siempre se conoce de antes.

En el verano de nuestro segundo año de universidad, conocí a Felipe Covarrubias, un joven que al principio me cayó bien. Lo conocí en un baile que se celebró para recaudar fondos en el Hogar de Niños Parapléjicos. El Hogar quedaba a las afueras de San Juan, y estaba construido en el predio de una antigua finca lechera, cerca de donde estaba el antiguo hipódromo. Desde la cancha de baloncesto, convertida en pista de baile, iluminada por bombillas que colgaban de un cable eléctrico negro, veíamos a las vacas rumiando y mirándonos sorprendidas desde el otro lado del alambrado. El progreso de la capital era un *tsunami* que se llevaba por delante negocios, fincas e instituciones.

El hipódromo fue otro lugar que se tragó el progreso, un lugar muy importante en la vida del padre de Felipe.

—Somos de los Covarrubias de México —me dijo Felipe la noche de los parapléjicos luego de invitarme a bailar—. Nuestra familia es gente de abolengo. Mi padre, Felipe II (como el rey español, añadió en un tonito sarcástico, porque no era de los que se reían de sí mismos), era un jugador de caballos empedernido. Felipe III —añadió, haciéndome una reverencia— tuvo que conseguirse una beca para asistir a la universidad de Georgetown, cosa que logró con relativa facilidad, porque era inteligente.

Julia estaba sentada en una mesa mirándonos con interés, y pensé que Felipe no se había fijado en ella. Me pasó el brazo por la cintura y empezamos a bailar "Perfume de gardenias" sobre el cemento tosco de la cancha, lubricado con polvos Menen para que se deslizaran los zapatos. Me cayó bien la franqueza de Felipe, muy distinta de los empalagosos requiebros de Christian Vergara y de otros pretendientes.

—¿Visitaste el hipódromo alguna vez? —le pregunté.

—Sí. Acompañé a Papá muchas veces, pero como nunca ganaba, dejé de hacerlo. Era deprimente.

—¿Y tu papá todavía insiste en apostar a los caballos?

—Ya no. Murió el año pasado. Cuando estaba moribundo, le pregunté si se arrepentía de habernos arruinado y me dijo que no, que él no se arrepentía de nada de lo que había vivido. Me pareció duro aquello, pero todos tenemos que apostar a algo en la vida.

Le cogí pena a Felipe y supongo que eso era lo que buscaba, porque empezó a apretarme la cintura, y a sobarme las piernas con las suyas. Cuando la orquesta dejó de tocar, lo empujé y lo miré de hito en hito.

—¿Siempre te propasas a la primera? —le pregunté riendo.

—Solo cuando mi pareja es tan linda como tú —me susurró al oído.

Cuando regresé a la mesa en busca de Julia, descubrí que mi prima se había marchado y que me había dejado sola.

Ese verano, Julia y yo fuimos invitadas a muchas fiestas en el Club Tropicoro del Caribe Hilton. El Hilton estaba cada vez más de moda; los millonarios norteamericanos venían a quedarse allí. Estrellas de Hollywood como Lisa Minelli y Joanne Woodward pasaban a menudo de visita. Las familias bien de Puerto Rico, fascinadas con el espectáculo de los astros de la pantalla grande soleándose en sus playas, pagaban lo que fuese por el privilegio de entrar allí para verlas de cerca. El Tennis Club del Hilton, donde la membresía costaba mil dólares al año, se hizo inmensamente popular. Volví a visitar los predios del Club, en una de cuyas cabañas había dejado colgada mi virginidad, junto a la raqueta de tenis de Christian Vergara.

Me encontraba a Felipe en el Hilton todo el tiempo. Me pregunté de dónde habría sacado el dinero de la membresía, pero, luego, me di cuenta de que se colaba. Entraba en el Club escurriéndose por detrás de un seto de pavonas, al fondo de los baños. Como iba siempre muy bien vestido, los detectives del hotel, que eran gente humilde, no se atrevían a pararlo. Llegué a la conclusión de que Felipe me estaba siguiendo porque, en cuanto yo llegaba a una fiesta, aparecía como por encanto y venía a sentarse a mi lado. Pronto, empezó a correrse la voz de que éramos novios y mis otros pretendientes dejaron de invitarme.

Un día, yo estaba sentada al borde de la piscina soleándome (la piscina del Hilton fue la primera alberca moderna que se construyó en la Isla, y tenía forma de ameba). Llevaba puesto mi traje de baño rojo, que era de una sola pieza, porque me permitía nadar más rápido y no tenía que preocuparme porque se me desabrochara el *brassiere* y se me vieran las tetas, como le había sucedido en una ocasión a mi prima Catalina Monroig, en un pasadía con mi familia en Las Piedras. Ednita Puig, una amiga del colegio, se me acercó.

—Me dicen que Felipe y tú van juntos al baile de Carnaval —me dijo—. Yo creía que no te gustaba, porque para bailar con él hay que ser luchador de judo.

Me levanté furiosa y fui a buscar a Felipe, que se estaba dando tragos en la barra del *lobby*. Era una barra hermosa, frente al mar, techada con unas palanganas de bronce que brillaban al sol. Se parecían a las calderas gigantes en las que bebía el ganado en los campos de mi niñez, solo que estas servían de abrevadero a los turistas. Se me quitó la pena que sentía por Felipe y lo vi como un santo bañado en aguarrás, despojado de sus capas de pintura.

—¿Qué te traes entre manos? —le pregunté molesta—. ¿Quién te dio la exclusiva conmigo? Yo no te prometí que iría contigo al Carnaval.

—Nadie, cariño. Solo pensé que era buena idea que fuéramos juntos. Toda obra de arte valiosa como tú debe tener un buen manejador.

La referencia al arte se debía a que Felipe acababa de abrir una galería en el Viejo San Juan. Le encantaban los objetos de arte, pero no tenía dinero para comprarlos, y en la galería podía venderlos a comisión y rodearse de ellos. En Georgetown, había estudiado administración comercial, pero también había tomado un curso de apreciación del arte.

—Gracias, pero no, gracias. Soy perfectamente capaz de manejarme a mí misma. Por favor, déjame tranquila.

Pero Felipe se hizo el sordo, me agarró el brazo y me obligó a ir con él hasta el estacionamiento del fuerte San Gerónimo. Allí me besó violentamente en la boca. Sorprendentemente, su beso encendió en mí un deseo que no sospechaba. Ese segundo de duda le bastó: Felipe me empujó dentro de uno de los coches estacionados a la sombra de los almendros. Me bajó el traje de baño y me violó, tumbada en el asiento trasero. Cuando logré escurrirme de debajo de él, me subí el traje de baño y lo abofeteé con todas mis fuerzas.

Regresé a la casa de Tía Adelaida hecha un manojo de nervios, pero no le conté lo sucedido a Julia. Me sentía sucia, embarrada de una sustancia pegajosa que le emanaba a Felipe. No era semen, era algo gelatinoso que se le colaba por la piel: la falta absoluta de escrúpulos. Hice un esfuerzo de voluntad para dejar de pensar en lo sucedido y logré sobreponerme. Felipe no era malo, era solo un buscón y un resentido. La vida había sido injusta con él, y por eso creía tener derecho a apropiarse a las malas de lo que el destino no le había deparado por las buenas. Desde un principio, nos vio a Julia y a mí como presa fácil, dos jíbaras ricas de provincia, una de Ponce y la otra de Mayagüez, vestidas con trajes de fua y mucho pétalo y bullón —confeccionados por una tal Oriana, una supuesta modista, costurera de pueblo glorificada— que venían a la capital a buscar marido.

La experiencia con Felipe me afectó tanto que no quise seguir estudiando en San Juan. Le pedí a mi padre que me permitiera transferirme a Columbia University, donde me aceptaron para tomar los cursos de segundo año de universidad gracias a que él se había graduado de allí. Al final de aquel verano, viajé a Nueva York, donde permanecí durante los próximos dos años. Me gradué de Columbia con un BA tres años después.

Julia se quedó en la Isla y siguió viviendo en casa de Tía Adelaida. Hubiese podido cambiarse y abandonar la UPR por una universidad en el norte (en Nueva York había muchas), pero su sentido de responsabilidad no se lo permitía.

—Mi deber es contribuir al destino de mi patria —me dijo—. Donde mejor puedo estar es aquí mismo, en las trincheras de la lucha por la independencia. Además, los que se van a vivir fuera corren el riesgo de no regresar. Son como los lémures, nadan y nadan mar afuera hasta que pierden el sentido de dirección y ya no encuentran la costa. La nostalgia es una enfermedad incurable, nos cambia para siempre. Seguimos amando la patria, pero de una manera triste, derrotada. Cuídate mucho, primita, que a ti no te pase lo mismo.

Durante mi último año en Columbia, un mes antes de regresar a Puerto Rico, recibí una carta de Tía Adelaida, informándome de que Julia se había comprometido con Felipe Covarrubias y se iban a casar. Me sorprendió mucho y me preocupé. ¿Cómo podía Julia enamorarse del hijo de puta de Felipe? Julia vivía para sus ideales: la lucha por la independencia y la justicia social. Felipe Covarrubias vivía para la indulgencia de los sentidos: la violación de mujeres vulnerables y la adquisición de objetos valiosos, que le trajeran buenos beneficios. A pesar de mi preocupación, guardé silencio sobre lo sucedido entre Felipe y yo en el estacionamiento del Hilton. No quería echarle a perder la boda a mi prima al traer a colación viejos malos ratos y rencores.

Algunos días después, recibí una nota cariñosa de Julia, en la cual me confirmaba la noticia que me había dado Tía Adelaida: se había enamorado locamente de Felipe. "¡Por fin se harán realidad todas las fantasías amorosas que compartimos de niñas!", me escribió. "Felipe es muy tierno y estoy segura de que será un buen marido". Recordé la anécdota del mozo motilón en la novela de Cervantes, en la que una viuda rica se casa con un vil mozo de mulas, porque este calma sus necesidades sexuales. "Para lo que él me sirve, basta", afirmaba campechanamente la viuda cervantina. Le escribí a Julia una carta felicitándola.

Le ofrecí prestarle la mantilla de encaje de Bruselas que Mamá había heredado de Abuela Arizmendi por ser la hija mayor. Pero Julia me escribió una notita en la que rechazaba la oferta. Ella quería su propio velo, me dijo, aunque fuese algo sencillo. No quería que yo pensara que su matrimonio era una claudicación. Ella era una mujer libre, que había roto con las tradiciones de la mujer puertorriqueña, me decía, y valía por sus propios actos y no, por lo que su marido tuviera en el banco. Sonreí al leer aquellas palabras. Felipe no tenía un centavo; no se podía romper con el rol de burguesa puertorriqueña tan fácilmente cuando se era pobre. Veríamos cuánto le duraba el tupé de revolucionaria.

La boda de Julia y Felipe se celebró en Mayagüez, poco después de mi visita a Puerto Rico aquel verano. Al principio, pensé en no ir, hacer como si Julia no existiera. La distancia había enfriado bastante nuestra relación, y cuando pensaba en ella era casi como si pensara en una extraña. Yo siempre me había sentido responsable por Julia, pero desde que Tía Adelaida me escribió sobre su noviazgo con el perla de Felipe, todo cambió. Decidí abandonarla a su destino. Ella era mayor de edad y yo no podía pasarme la vida cuidando de mi prima. Hice las paces conmigo misma y decidí regalarle un sofá de terciopelo que había pertenecido a nuestra Abuela Arizmendi, y que Mamá había guardado durante años en el garaje. Era una antigüedad victoriana y estaba segura de que a Felipe le encantaría. Lo hice fumigar, porque tenía polilla, y lo mandé a tapizar de rojo borgoña, un color que le subía a uno la bilirrubina cuando uno se sentaba en él, sobre todo, si estaba bien acompañado.

Al ver a Julia desfilar por la iglesia de La Candelaria, llena de ilusión, me sentí culpable por no haberla prevenido sobre las pocavergüenzas de Felipe, pero ya era demasiado tarde. La fiesta se celebró en casa de Tía Juliana, en cerro Esmeralda, y todos los miembros de la familia Arizmendi estuvieron presentes: la prima Ángela, Tía Milagros, la prima Irene, Tía Glorisa y mis abuelos. Mamá ya no estaba con nosotros. Su muerte a causa de un ataque cardiaco me hizo sufrir bastante, pero como nunca nos llevamos bien, sentí también una gran paz. A veces, me despertaba en medio de la noche y me parecía verla de pie al lado de mi cama, murmurando rezos y tratando de consolarme. Pero ni después de muerta confiaba yo en Mamá. Sus crueldades conmigo, sus pellizcos y cachetadas habían creado una capa de hielo alrededor de mi corazón, y después del asunto de Liana Linda fue aún peor. Yo adoraba a mis padres y ambos me habían traicionado, Papá por traer a Lianita al mundo y Mamá al abandonar nuestro hogar. Me enfurecía con Julia por su intransigencia, sin ver lo intransigente que era yo. Papá había envejecido mucho desde la última vez que lo vi. Ya no iba al trabajo, pues la siderúrgica había pasado a manos de sus sobrinos, los hijos varones de sus hermanos, pero se entretenía con cualquier cosa y se pasaba el día discutiendo con el fantasma de Rosa. En su lecho de muerte, Mamá lo había amenazado con aparecérsele si se enamoraba de otra mujer, y, después de que enviudó, no se atrevió a acercársele a ninguna. Una manada de viudas lo seguía a todas partes, señoras respetables que lo invitaban descaradamente a visitarlas en sus casas y a tomar té con bizcochuelos. Era sorprendente cómo la edad madura eliminaba los prejuicios sociales. Nadie celaba a una vieja, nadie se preocupaba por ella. Papá era libre para hacer lo que le diera la gana con aquellas mujeres, pero el problema era que no le daban ganas. Aunque a mí ya sus veleidades no me afectaban tanto, aquello era un alivio.

El día de la boda de Julia, las mesas se colocaron en el jardín, entre los rosales injertados de Tío Síe, que estaban todos florecidos. Los matices exóticos de las rosas, del melocotón tenue al de la sangre más pura, eran una muestra del resultado extraordinario de los experimentos de Síe. Los mangós olían a piña, los guineos tenían sabor a manzana, y los aguacates, perfume de pera. El huerto de Síe era un paraíso de olores y sabores desconocidos, a través del cual Julia y Felipe se paseaban, prendiendo gardenias en los escotes de las señoras y claveles en las chaquetas de los hombres. Les tomé una foto a los novios con mi Canon mientras caminaban por entre los arbustos florecidos saludando a los invitados. El velo de Julia era de tul ilusión, y se le quedaba prendido de las espinas de los rosales al pasar entre ellos.

A diferencia de como sonaba en su carta, me pareció que Julia estaba triste. ¿Se daría cuenta de lo que hacía, casándose con un petimetre que viviría a costa suya por quién sabe cuánto tiempo? No lo sabía. Se me hizo imposible hablar con ella durante la recepción. Hacía un calor insoportable, lo que me hizo tomar demasiado champán. El cosquilleo delicioso en el fondo de la garganta me hacía reír descontroladamente, y en cierto momento en que Julia entró en su cuarto a despojarse del traje de novia y ponerse el *suit* de lino con el que saldría de viaje hacia las Islas Vírgenes, Felipe y yo nos escurrimos a la biblioteca y cerramos la puerta con llave. ¿Por qué lo hice? Hay ciertas razones incomprensibles que surgen del corazón humano. Hicimos el amor como desaforados en un relámpago, sobre el sofá de terciopelo rojo de la abuela. La situación precaria, el peligro de ser descubiertos sobre aquella reliquia familiar, nos hizo desearnos perdidamente y no pudimos resistir la tentación.

Unos minutos después, Julia y yo nos abrazamos y nos besamos, y le prometí que, en cuanto regresara de su viaje de novios, iría a visitarla a su nuevo apartamento en el Viejo San Juan. No cumplí con mi promesa. Abandoné la Isla poco después, y no regresé por veinte años. Durante ese largo intervalo, pasaron muchas cosas: la industria de la caña acabó de venirse abajo y la central Hércules se arruinó. Los Arizmendi tuvieron que buscarse otros medios de supervivencia.

Seguí enterándome de la vida de Julia por las cartas de mis familiares. Supe que había tenido dos hijos varones, a los que había nombrado Ernesto y Camilo, en honor a Ernesto "Che" Guevara y Camilo Cienfuegos, respectivamente, los héroes de la revolución cubana. Ernesto nació prematuro, y era nervioso y oscuro de piel; fue el que heredó la gota de sangre mora de la familia. Camilo era rubio y se parecía mucho a Felipe. Heredó la disposición risueña de su padre y la tendencia irresponsable a dejar que las cosas se resolvieran por su cuenta.

El matrimonio de Julia con Felipe duró diez años. Al principio, recibí varias cartas eufóricas de mi prima: se le salió toda la gazmoñería romántica de pueblo pequeño. Estaba absolutamente feliz. Me decía que, con sus ojos verdes y su pelo rubio, Felipe era como un tigre dorado que se le arrojaba encima cada noche cuando hacían el amor. Yo sabía exactamente por lo que estaba pasando, pues había estado enamorada de Christian Vergara de igual forma pocos años antes. Julia vivía para la cama y si el precio que había que pagar era parir, limpiar y cocinar, ella lo pagaba con gusto. Era una manera terrible de esclavizarse.

Luego, le entraba un sentido de culpa tremendo; se encerraba en su *walk-in closet* de la calle San Sebastián y se pasaba las horas escribiendo. En aquel entonces, empezó a escribir versos epitalámicos. En aquellos poemas, hombres y mujeres ardían de pasión y se fundían unos en los otros. Los orgasmos se repetían como explosiones siderales. Las coyunturas eran las bisagras del cuerpo que le permitían a uno liberarse de todos los prejuicios, salir desovado de sí mismo como una serpiente que muda de piel. Era como único Julia podía librarse de su mala conciencia por haber abandonado la lucha por la independencia.

A pesar del éxito inicial, la galería de arte Covarrubias resultó un fracaso. A Felipe lo cogieron copiando cuadros de Miró y de Salvador Dalí, que vendía a precios exorbitantes, y fue a dar a la cárcel federal en Atlanta por falsificación y evasión de impuestos. Desde que entró en la cárcel, Felipe cambió radicalmente. No quiso saber más de Julia, y le devolvió todas sus cartas más tarde. Mi prima viajó a Georgia, a una cárcel de muros agobiantes, para verlo, pero Felipe rehusó sus privilegios de visita.

Por fin, luego de dos años de esfuerzos infructuosos por comunicarse con él, Julia le puso a Felipe una demanda de divorcio y ganó el caso. Don Gervasio Gerbert, el abuelo de Ángela, también fue su paladín en corte y la libró de aquella cadena que amenazaba con hundirla. Me escribió sobre lo devastada que se sentía. Felipe era un hombre amargado a causa de su mala suerte. Todo el mundo en Puerto Rico robaba: los ejecutivos de los bancos, los administradores, los agentes de casas de corretaje. Él no era más que un ladrón de bicicleta comparado con ellos. No era justo que lo encarcelaran por dos o tres trapos pintados. Pero, a pesar de que le tenía pena, no podía seguir atada a él. El juez le adjudicó a Julia la custodia y la patria potestad sobre sus hijos. Su desilusión con Felipe la afectó profundamente. Fue difícil para ella aceptar que su esposo era un delincuente.

La infelicidad de Julia la tornó aún más rebelde. Siguió

escribiendo poemas eróticos, cada vez más atrevidos, y se rodeó de amistades extrañas, artistas de la capital, que la explotaban. Su casa siempre estaba llena de poetas y de músicos que asaltaban su nevera y diariamente le cogían dinero prestado. Aquellos versos eran como un termómetro que nos informaba de la gravedad de la enferma. Si antes era una esposa modelo, ahora se había convertido en una demoledora de matrimonios consagrados. En sus nuevos poemas mentía, fantaseaba, elucubraba situaciones eróticas exageradas. En su imaginación, les sonsacaba los maridos a todas sus amigas, seduciéndolos con artes de nigromante aprendidas de los aborígenes de cerro Esmeralda. Luego, le daba por describir en sus versos aquellas experiencias con pelos y señales.

Se corrió la voz de que Julia Tafur estaba loca. La Iglesia la excomulgó y el arzobispo de San Juan hizo pública su expulsión del rito, cosa que no le sucedía a todo el mundo. Un día, Julia se acercó al altar con la intención de comulgar a pesar de no haberse confesado (la mayoría de la gente de sociedad no lo hacía, pues todo el mundo evitaba los hijos tomando píldoras y calzándose condones), y el sacerdote, cuando vio a Julia Tafur, la escritora, acercarse al altar, dejó caer la hostia en el copón y le dio la espalda. La reconoció por una foto de ella que había salido en los periódicos cuando la librería de la Universidad dejó de vender sus libros por considerarlos pornográficos. Julia no tuvo más remedio que darse la vuelta y salir cabizbaja y llorosa del templo.

Para colmo, una vez divorciada, Julia regresó a sus actividades políticas y se hizo militante, ya no del Partido

Independentista, sino del Partido Socialista, que era todavía más radical. Tenía que hacer de tripas corazón para mantenerse activa, porque el cuido de sus hijos le exigía mucho tiempo. Como Tío Síe y Tía Juliana no podían ayudarla con grandes cantidades de dinero, tras mucho pensarlo, Julia decidió hablar con doña Laura, la madre de Felipe, que vivía en una casita modesta en Ocean Park. Le propuso que sus hijos, Ernesto y Camilo, se fueran a vivir con ella y doña Laura estuvo de acuerdo.

—¿Les gustaría vivir junto a la playa? —les preguntó Julia a sus hijos, que tenían respectivamente diez y once años—. Es mucho mejor que vivir en el Viejo San Juan, donde no hay dónde jugar y tienen que quedarse dentro de la casa todo el tiempo.

—¡Nos encantaría! —respondieron los niños al unísono.

Una vez Cam y Ernie se mudaron con su abuela a la casa de la playa, Julia regresó a Mayagüez a vivir en casa de sus padres. En cerro Esmeralda, se dedicó por completo a la escritura. Retomó su vida de antes como si no se hubiera casado nunca.

En esa misma época, entré en la escuela graduada de Columbia, y decidí hacer mi doctorado en Literatura Española, en el Departamento de Lenguas Romances. Durante los últimos cinco años, yo había luchado secretamente por terminar mi primera novela, pero sin éxito. Vivía en las cercanías de la Universidad y estudiaba a tiempo parcial, sin prisas ni ajoros, disfrutando de Nueva York —de la ópera, los teatros, los museos— gracias a la generosa mensualidad que mi padre me enviaba. No había abandonado el tenis, porque cerca de mi dormitorio había un YWCA que tenía unas canchas interiores espléndidas, y podía jugar por lo menos dos tardes por semana.

Pero, un día, la cabuya de la buena vida tocó a su fin. Mi padre murió a raíz de uno de esos eventos tan comunes en nuestro tiempo: el avión en que viajaba a Nueva York se estrelló durante una nevada tremenda al intentar aterrizar en el aeropuerto de Newark. Nunca volví a verlo con vida. Fue un *shock*, pero, pensándolo bien, fue una suerte que muriera en aquellas circunstancias. Su muerte fue, probablemente, instantánea, no tuvo que sufrir una agonía prolongada en ese infierno que llaman pabellón intensivo en los hospitales de la Isla. Cuando se recuperaron sus restos, los hice cremar y pedí que me los enviaran por correo expreso a Nueva York. Lo enterré en el Cementerio de Riverside Park e hice celebrar una misa en su nombre, en Saint Patrick's Cathedral. Recé por él sinceramente. Con el dinero que heredé de él, me compré un apartamentito en el West Side de Nueva York y me mudé del vecindario de Columbia.

No quise regresar a la Isla y caí en una depresión profunda.

Lo único que me hizo feliz en aquellos años fueron las visitas de mis primas segundas, Martita y Catalina Monroig, las hijas de Tío Pedro y de Tío Manuel, respectivamente, que ya eran unas señoritas muy sofisticadas. Aunque nunca tuve relación cercana con mis tíos Monroig en Ponce, cuando mis primas se enteraron de que yo estaba en Nueva York, me escribieron y vinieron a visitarme al apartamento varias veces. Me tenían admiración porque yo dizque "había roto las cadenas de la familia", y me había atrevido a quedarme a vivir sola en los Estados Unidos. Ellas no sabían, ni yo jamás hice mención de ello, lo mucho que tuve que sufrir para lograrlo. Papá y Mamá murieron antes de que yo me atreviera a romper con la Isla: fue la orfandad, con todo lo que implica de tristeza y de abandono, lo que me permitió lograr mi libertad. Afortunadamente, yo era mayor de edad a la muerte de mis padres y la vida me había endurecido bastante; los golpes como los de Liana Linda, Christian Vergara y Felipe Covarrubias no se reciben en vano. Me habían cubierto de una muy útil piel de cocodrilo, que me permitía levantarme por la mañana sin necesitar el canto del coquí, el aroma del Yaucono y la horquilla de cristal en el moño de una palma para sentirme persona. La nostalgia es el talón de Aquiles de los puertorriqueños; nos creemos fuertes, capaces de conquistar el mundo, y nos montamos en el avión, en pleno invierno, con un suéter de rayón, camino a Nueva York, y, no bien oímos la taquigrafía del *Eleuterodactylus* tachonar de diamantes la oscuridad de la noche, se nos hace un taco en la garganta y empezamos a llorar, rogando que nos devuelvan nuestro paraíso perdido.

Aun así, luego de establecerme en Nueva York, me tomó mucho tiempo encontrar el camino, empuñar la pluma con suficiente seguridad como para darle vida a mi escritura. Incluso, al morir Papá, yo había abandonado los estudios en Columbia, puesto que ahora sería económicamente independiente y ya no necesitaría una carrera para ganarme la vida.

La prima Martita fue la primera que logró convencer a sus padres de que la dejaran venir a estudiar a Nueva York (sus padres eran estadistas furibundos, lo que ayudó mucho a que lograra su propósito). Tenía dieciséis años cuando empezó sus cursos de universidad en Mahattan College, que quedaba en el Village, desde el cual era muy fácil venir a visitarme. A Catalina, la hija de Tío Manuel, la enviaron a estudiar a Newton, Massachusetts, donde había asistido antes la prima Irene, y vino a verme desde Boston. Era todavía más joven que Martita, tenía catorce años, pero ya tenía la piel curtida por la independencia. Había tenido que luchar largo y tendido para que sus padres le permitiesen irse de Puerto Rico, aunque fuese de interna en un colegio de monjas.

Sus visitas me rejuvenecían, pues las dos tenían la personalidad alegre y optimista de los Monroig. Martita sabía muy bien lo que quería ser: estaba decidida a estudiar Periodismo, y Catalina quería ser arquitecta, y decía que no le iba a permitir a ningún hombre entorpecerle el acceso a su profesión. Me admiraba su denuedo, y pensé en escribir algo sobre ellas algún día, metérmeles bajo la piel, como quien dice, y ver si era verdad tanto valor, pero todavía no había llegado ese momento. También Sarita Portalatini me visitó en aquellos años. De todas mis primas, ella era a la que le tenía más simpatía. Cuando me vino a visitar a Manhattan, estaba casada con un sinvergüenza, un periodista guatemalteco que andaba involucrado en asuntos políticos turbios y que había desaparecido misteriosamente durante un viaje de visita a su patria. Desgraciadamente, Sarita estaba locamente enamorada de él, y él la traía por la calle de la amargura. Su historia me parecía novelable y no me equivoqué, pues fue la única prima que murió una muerte revolucionaria.

Pero me estoy adelantando a los hechos.

En aquel entonces, cuando yo estaba relativamente recién llegada a Nueva York, luchaba todavía por terminar mi novela, que llevaba años escribiendo. Observaba una disciplina estricta para lograrlo: me levantaba a las seis, sacaba a caminar a Melinda, mi perrita collie, por la calle de mi apartamento en el West Side, cerca de River Side Drive, y a las siete me desayunaba, en la cafetería de Lindy´s, un café con leche y tostadas, y regresaba a mi piso para trabajar en la Smith Corona portátil hasta el mediodía. Pero de nada me valía mi enorme esfuerzo de voluntad. Tiraba las cuartillas al cesto de la basura en cuanto salían de la máquina, porque sabía que lo que las escribía era lavaza. Nunca fueron más ciertos aquellos versos de César Vallejo: "Quiero escribir, pero me sale espuma".

Cuando no pude terminar la novela, mi depresión se agravó, no me quedó más remedio que guardar las cuartillas en el fondo de la gaveta de mi escritorio y tomar una decisión. Me dije a mí misma que necesitaba un cambio, algo que me hiciera pensar en otra cosa y absorbiera mi atención por completo. Terminaría mi doctorado en Columbia, aunque, luego de morir Papá, ya no necesitara ganarme el pan de cada día. Comencé a tomar cursos en serio y, luego, a planear mi disertación. Una tesis era un sustituto pobre para la euforia de la creación, pero al menos era algo.

Escribí la tesis en un año y la defendí unos meses más tarde. Obtuve el grado de doctorado dos años después de empezar a estudiar en Columbia, y me gradué con todos los honores. Acabada de graduar, me ofrecieron un puesto de profesora asistente en el Departamento de Literaturas Hispánicas, que acepté enseguida. Al año siguiente, conocí a Carlos Mangual, un estudiante de Medicina que estaba haciendo su residencia en el Columbia University Hospital. Era puertorriqueño como yo, y me pareció simpático desde un principio. En los Estados Unidos, yo había tenido varios novios americanos, pero eran noviazgos amarrados, en los que nunca me dejaba ir porque sabía que, de formalizarse el amorío, me quedaría para siempre varada en los Estados Unidos y no podría regresar a la Isla. Me las pasaba esperando al príncipe azul boricua montado en su paso fino, con el cual compartiría lo bueno y lo malo de la vida, y que me acompañaría de vuelta a la patria. Cuando conocí a Carlos, pensé que por fin había llegado ese momento.

Carlos era un hombre bueno, de sentimientos generosos. Era calvo y usaba gafas, lo que le daba un aire de búho atildado y pulcramente vestido. En sus ojos, plácidamente lacustres, faltaba la chispa maliciosa de los ojos de Christian y la atracción magnética de Felipe, pero su bondad y su simpatía compensaban con creces por ello. Venía de una familia de médicos enormemente exitosos. Sus tres hermanos y él eran dueños de la Clínica Mangual, en Santurce, y su familia se trasladaba parte del año a un elegante apartamento del East Side, con vista al Parque Central. Cuando Carlos empezó a estudiar en Columbia, se quedó a vivir en el apartamento de sus padres en Nueva York. Tenía poco tiempo para viajar a la Isla, pero siempre la añoraba y la tenía presente.

Como era un hombre rico, Carlos era adulado y buscado por las mujeres. Tuve una suerte enorme de que se fijara en mí. Me reconectó a la patria, que yo sentía tan lejana. Al año de salir juntos, Carlos me pidió que me casara con él y accedí de buena gana. Me mudé de mi apartamento en el West Side al apartamento de Carlos en el East Side.

En ciertos momentos, he pensado que, de no haber

conocido a Carlos, yo no hubiera regresado a Puerto Rico, ni siquiera de visita. Mis recuerdos de la Isla no me suscitaban otra cosa que desasosiego y contienda. La Isla seguía desgarrada en parcelas de tribus que reñían ferozmente entre sí: la azul asimilista, la roja estadolibrista y la verde independentista.

Christian había apelado su caso contra Ángela en el Tribunal Supremo, y seguía tratando de dejarla sin un penique, aunque ya Ángela había hecho su propia fortuna en Nueva York. Felipe, cuya lujuria me había dejado marcada para siempre, estaba fuera de la cárcel y se había reintegrado al rebaño de la sociedad —asistía a todas las funciones de alto calibre, como si su estadía en la cárcel federal hubiese sido una distinción—. Mis amistades me contaban que se lo encontraban periódicamente en fiestas de amigos mutuos, echando bromas de escudos y de abolengos, de fortunas y de bancarrotas, tan campante como siempre. Mis primos, tíos y tías Arizmendi se habían ido borrando de mi recuerdo como una película vieja cuyo celuloide era imposible restaurar. La realidad para mí era, ahora, mi vida con Carlos, en nuestro cómodo apartamento en el East Side.

Como en el pasado había escrito ensayos y artículos periodísticos que se publicaban en la prensa de la Isla, decidí escribir una columna de crítica literaria desde Nueva York, que saliera semanalmente en *El Nuevo Mundo*. Yo seguía enseñando en Columbia, pero tenía energía suficiente para dos trabajos. No necesitaba el dinero y me ofrecí a escribirla gratis. El periódico la aprobó inmediatamente y firmamos el contrato. Fue así que llegué a convertirme en uno de esos seres conservados en vinagre balsámico que subliman en la crítica sus frustrados esfuerzos por alcanzar la creación original.

Decidí apurar el cáliz, chupar la esponja empapada con vinagre, y comencé a escribir sobre la obra de otros. Me hice crítica literaria de renombre. No había libro de literatura puertorriqueña que se publicara en la Isla o en el continente que no recibiera mi bendición o reprobación pública. Mi columna de comentario literario semanal se titulaba "Abrazos y latigazos", y en ella castigaba a aquellos escritores del patio que me parecían reprochables por sus actitudes desacralizantes, o porque les faltaban el respeto a las leyes del decoro social. Era divertido sentir que uno tenía poder sobre el destino de ciertas gentes, sobre todo, sobre los que tenían complejo de superioridad. Escribir una reseña literaria era como sostener una pistola cargada en la mano. El autor estaba completamente a mi merced; podía borrarlo de la faz de la tierra de un trazo o perdonarle la vida. Casi siempre, guardaba mis halagos para los escritores famosos que leía y amaba, como Ernesto Cardenal, José Saramago y Mario Benedetti, autores moralmente intachables que estaban comprometidos con la justicia social y eran reconocidos como grandes artistas en el mundo entero. A nuestros autores, nadie los conocía debido a nuestra ambigua situación política (los norteamericanos nos ignoraban porque no éramos más que un mendrugo de pan en la opípara mesa norteamericana, y los latinoamericanos nos despreciaban por ser colonia de los Estados Unidos), y escribir sobre ellos era un poco como echar harina en saco roto.

La Isla estaba poblada de fantasmas que cruzaban cada noche el océano y me visitaban en sueños. Para lograr defenderme de ellos, hacía dos años que había entrado en psicoanálisis, y estaba bajo el tratamiento de un amigo médico de Carlos, el doctor Riquelme. Gracias a mis visitas semanales a Riquelme, logré sobreponerme de los ataques de pánico que me causaban los recuerdos de mi vida en Puerto Rico y, poco a poco, fui fortaleciéndome.

Un año después de casados, Carlos y yo tuvimos un hijo, Charlie, la luz de mi vida. Era un niño hermoso, rubio y con los ojos azules de su padre. Cuando Charlie cumplió dieciocho años, le pidió a Carlos, de regalo de cumpleaños, un viaje a Puerto Rico para conocer sus raíces.

—Yo soy de Yabucoa —le decía siempre Carlos a su hijo.

Y para Charlie, Yabucoa, ese villorrio perdido entre las montañas del este de la Isla, se volvió una palabra mágica. Como muchos puertorriqueños en el exilio, al momento de definirse, Carlos no decía que era de Puerto Rico, sino del pueblo del que era oriundo, cuyos rizomas seguían alimentándolo. Decir que se era boricua podía causar bochorno, pero no así decir que se era de Jayuya, Comerío o Adjuntas. El pueblo chico alimentaba el corazón grande, definía los contornos de la identidad con plumilla fina. Yo, por el contrario, nunca hablaba de Ponce, ni le conté a Charlie sobre mi pasado en ese pueblo, por ser demasiado doloroso. A pesar de mis resquemores, cuando Charlie nos hizo su petición, estuve de acuerdo con viajar a la Isla por primera vez en veinte años, y planeamos quedarnos allí por tres meses.

Llevábamos ya varias semanas en San Juan, cuando decidí que era tiempo de ir a visitar a Tía Juliana y a la prima Julia, en cerro Esmeralda. A Ponce no me interesaba regresar, porque sabía que mis primas Monroig estaban todas estudiando fuera de la Isla. A mis tíos Monroig no me interesaba volver a verlos: me los imaginaba tan risueños y complacidos como siempre, hundidos en sus millones hasta las orejas, pero con poca conversación inteligente. Los fantasmas de Papá y Mamá descansaban en paz y hacía años que yo había vendido la casa de Los Encantos. La terraza donde nos desayunábamos, el jardín de césped esmeraldino, el estanque de los patos donde me bañaba con mis primas, el oscuro cuartucho en la parte de atrás de la casa donde Liana Linda había seducido a Papá, todo había desaparecido. En Mayagüez, sin embargo, todavía me quedaban restos de cariños antiguos. La casa de Tía Juliana y la de Tía Glorisa todavía estaban en pie, aunque ambas habían enviudado y vivían solas, acompañadas por las sirvientas. Tío Síe había muerto solo seis meses antes y aún no les había dado el pésame a mi prima y a mi tía. Me acordé de que Julia cumplía años el mismo día que yo y aproveché para llamarla por teléfono. Visitar a Julia acompañada de Carlos sería muy beneficioso, porque ninguna de las dos podría ponerse sentimental evocando el pasado.

—¡Qué sorpresa tan agradable, Rose! Tienen que venir a visitarme —me dijo Julia cuando la llamé por teléfono—. Pasado mañana vamos a dar una cena en casa para celebrar mi cumpleaños, y podemos celebrar el tuyo también. Ángela y Oriana vendrán desde Nueva York, e Irene vendrá de Boston con su marido, Mike, un irlandés pelirrojo que me cae la mar de bien. También estarán Tía Glorisa, Tía Milagros y Fernandito. Nos reuniremos todos y tendremos dos bizcochos, uno para ti y otro para mí. Así no habrá pelea cuando llegue el momento de soplar las velas.

—La ocasión me parece adecuada para reunirnos —le dije. Me sentí algo contrariada. No logré sentirme contenta, sino absurdamente formal y seria.

—Las dos cumplimos cuarenta años. ¡Toda una vida!

Julia sonaba alegre y cariñosa, aunque me había dado encono que se me adelantara y me felicitara a mí primero. Consideré si lo habría hecho adrede, para hacerme sentir culpable, pero decidí que no, que estaba siendo sincera y de veras se alegraba de verme. Alguien me había comentado que no andaba bien de salud y que Tía Juliana tampoco. Pero por teléfono mi prima sonaba perfectamente saludable. Era importante visitarlas, para ver cómo estaban.

Le pedí a Carlos que me acompañara a Mayagüez y él estuvo de acuerdo. Iríamos los dos solos en un coche alquilado, pues Charlie aún no había llegado a Puerto Rico; estaba tomando un curso de verano en New York University y viajaría a la Isla al día siguiente para celebrar con nosotros el día de mi santo.

Regresar al pueblo de mi madre sería una experiencia difícil para mí. Seguramente sufriría el ataque de las furias de la nostalgia, pero estaba preparada psicológicamente para ello. El doctor Riquelme me había enseñado que para sobrevivir era absolutamente necesario vivir en el presente, cerrar el acceso al pasado con portón de hierro, y yo había logrado hacerlo hasta ese momento, aunque el costo de mantenerme alejada de la familia por casi veinte años había sido alto. El paraíso de mis padres en Los Encantos había desparecido y el de mis abuelos Arizmendi se había convertido en una habitación polvorienta de la cual había, voluntariamente, perdido la llave.

Salimos para la Sultana del Oeste temprano en la mañana en un Mustang alquilado. Estábamos en agosto y, cuando llegamos a la casa de Tía Juliana, los flamboyanes de cerro Esmeralda estaban todos florecidos. Me puse alegre al verlos, jamás me hubiera imaginado que auguraban un sacrificio de sangre. Desde el tope de la montaña, el arrabal de Despeñaperros seguía invisible, adherido como un hormiguero inquieto a los pies del cerro, mientras que más allá se divisaba el mar como una bandeja de plata que lo rodeaba todo. Recortada sobre el horizonte, flotaba la isla de Desecheo. Era un peñón azul que salía abruptamente del mar en el medio del canal de la Mona, entre Santo Domingo y Puerto Rico. Siempre relacioné su nombre con los naufragios de los boteros dominicanos que perecían semanalmente en sus alrededores, desechos de la humanidad, que perdían la vida tratando de alcanzar las costas de Puerto Rico. Pero ahora comprendía que aquel peñón era parte de nuestra idiosincrasia puertorriqueña: la vida nos maltrataba a todos, a ricos y a pobres por igual, hasta convertirnos en desechos. Por nuestra situación política, ser de Puerto Rico quería decir no tener patria ni orgullo propio, y me permití, por primera vez, pensar en Julia. Sentí compasión por ella.

Nos bajamos del Mustang al llegar a la casa de los Tafur, y el eco de los portazos retumbó montaña abajo anunciando nuestra llegada. Tía Juliana apareció primero, y salió por la puerta de enfrente de la casa a saludarnos. Pese a su bata de casa, lucía unos enormes aretes de perlas y brillantes, que chocaban estridentemente con la bata de cuadritos rosados que llevaba puesta. Reconocí los aretes de Abuela Arizmendi, y supuse que se los había regalado a Tía Juliana antes de morir.

—¡Bienvenidos! ¡Qué bueno que llegaron! ¡Estaba loca por verlos!

Me tomó entre sus brazos y me estrechó contra ella. Yo la abracé a mi vez, y la besé repetidamente.

—¡Qué alegría volver a verte, Tía!

—¡Ha pasado tanto tiempo, Rose! ¿Por qué nos abandonaste? —se quejó mimosa, estrechándome entre sus brazos.

—No te abandoné, Tía Juliana. Ya sabes que eres mi tía preferida, mi corazón está siempre cerca de ti. Este es Carlos —le dije, volviéndome orgullosamente hacia mi marido—. Estoy segura de que lo vas a querer tanto como yo.

Tía Juliana abrazó a Carlos efusivamente.

—Por fin te conozco en persona, Carlos. Ya era hora de que te pudiera dar un abrazo en carne y hueso.

Los tres entramos en la casa riendo y cogidos de brazos, pero me extrañó no ver a Julia.

—Julia te está esperando en el jardín —dijo Tía Juliana, como si me leyera el pensamiento—. Se ha convertido en una ermitaña, en la Emily Dickinson de Mayagüez. Escribe todo el tiempo. Tienes que sacarla de la casa, que se vaya a pasear contigo un poco y a coger aire.

—¿Así que la política y la genética por fin se declararon la guerra y ganó la poesía? ¡Qué mucho me alegro!

—Así es. Ya Julia no está activa en ningún partido. ¿Te

acuerdas de cuando tú querías ser ingeniera y Julia quería ser científica? Tú no sabías ni sumar y restar y Julia no sabía nada de botánica y ambas estaban metidas a revolucionarias.

Salimos al patio y vi por fin a Julia. Estaba tendida en un *chaise lounge* de *redwood* leyendo un libro, a la sombra de una caoba centenaria, y llevaba puesta una túnica de algodón floreada y sandalias de cuero de búfalo al estilo *hippie*. Junto a ella, había un tanque de oxígeno anaranjado, montado sobre unas rueditas pequeñas, que me hizo pensar en un soldado erguido en atención. Una mascarilla de goma colgaba del tubo y descansaba sobre el respaldar de la silla.

—¡Primita, qué bueno verte! Por fin estamos juntas otra vez.

Julia se puso de pie y dejó el libro sobre una mesita para abrazarme.

—Así que regresaste al redil, después de todo. Yo sabía que no te quedarías perdida por el mundo para siempre.

Nos besamos y la sostuve entre mis brazos para contemplarla mejor. Estaba más delgada y había perdido la redondez de las mejillas. Su rostro era todo piel y huesos, como sería el rostro de los pájaros si los pájaros tuvieran rostro. Su pelo estaba igual; sin embargo, una espesa cortina de cabellos negros le enmarcaba la cara y la hacía parecer más joven. Se parecía a Tío Síe más que nunca, no solo por la estructura ósea y la nariz perfilada, sino por la intensidad de la mirada.

—Bueno, todavía no sabemos definitivamente si nos quedaremos a vivir en la Isla, pero estaremos un tiempo —dije nerviosa—. Mañana llega Charlie de Nueva York; vendrá en carro hasta Mayagüez a conocerte. Verás qué hijo más guapo tengo.

Me hice a un lado y empujé a Carlos hacia Julia.

—Este es el doctor Carlos Mangual, mi marido. Estaba loca por presentártelo. Ya llevamos diecinueve años de casados, parece increíble —le dije.

Julia dio un paso hacia atrás, como para examinar mejor a Carlos.

—Mucho gusto —dijo Julia, tendiéndole la mano—. Yo soy Julia Tafur, la prima hermana de Rose. Cuando éramos estudiantes, estábamos siempre juntas y nos queríamos mucho.

Carlos sonrió campechanamente y la abrazó.

—He escuchado hablar tanto de ti que me parece como si te conociera —le dijo a Julia, tuteándola. Julia dejó de sonreír y se encogió de hombros como para esquivar un golpe, pero Carlos rectificó enseguida.

—Ha sido todo bueno, no te preocupes.

—Yo también estoy esperando a mis hijos, Ernesto y Camilo, que vienen de San Juan mañana. Por fin los conocerás, Rose. Esta va a ser una auténtica reunión de familia.

Me miró a los ojos y añadió:

—¡Qué cruel eres, Rose, manteniéndote alejada por tanto tiempo!

—A mí también me apena vivir lejos. Sentí mucho la muerte de Tío Síe —murmuré—. Ya sabes que lo quería de veras.

Julia asintió con la cabeza.

—Lo sé —me dijo abrazándome—. Murió demasiado joven. Sesenta y seis años hoy no son nada.

—Era un hombre extraordinario, un verdadero científico

—le dije a Carlos—. Te hubiera encantado conocerlo.

—Yo también he oído hablar mucho de usted —le dijo Julia a mi marido—. Estoy ansiosa de saber si lo que he escuchado es verdad.

Pensé que Tía Juliana y Tía Milagros se habrían pasado horas en el teléfono comentando y chismeando sobre nuestra visita. Seguramente, se enteraron de nuestra llegada a la Isla por un artículo que apareció en las páginas de Sociales en el periódico *El Nuevo Mundo.* Era de esperarse, luego de una ausencia tan larga. Nos sentamos todos alrededor de Julia en los muebles de *redwood* del jardín, pero nadie se atrevió a preguntar a qué se debía el misterioso tanque de oxígeno que se encontraba junto a mi prima. Parecía un centinela silencioso que llevaba la cuenta de todo lo que sucedía a su alrededor. Todo el mundo empezó a hablar a la vez menos yo, que, por más que lo intentaba, no podía dejar de mirar a Julia. Se veía demacrada, y el pelo negro y lacio mantenía sus ojos en las penumbras.

—¿Te gustaría tomar algo, querido? —le pregunté a Carlos, para desviar la atención de Julia.

Tía Juliana se levantó del asiento.

—Perdonen, estoy tan emocionada que se me olvidó preguntar si les gustaría beber algo.

Carlos pidió un poco de agua y yo le dije a Tía que no se preocupara, que yo iría a buscarla a la cocina, pero ella insistió:

—Cómo va a ser. Rose sabe lo ricas que son las chironjas injertadas de Tío Síe, ya mismo les traigo refrescos —y se dirigió a la casa a buscar algo frío de beber.

Se hizo un silencio un poco incómodo entre mi prima

y nosotros. Habían pasado tantos años que era imposible saber por dónde agarrar la cabuya para empezar a contar todo lo que habíamos vivido. Julia se volvió hacia Carlos y le preguntó:

—Mi prima me escribió que su especialidad es la gastroenterología, pero que ha decidido retirarse. Es una pena, en Puerto Rico hacen falta gastroenterólogos. Todos los sufrimientos del alma van a parar al estómago y si usted regresa a vivir aquí, debería volver a practicar.

Carlos se rio y dijo que lo pensaría, que se había retirado hacía solo seis meses y que le gustaría contribuir a mejorar la salubridad de la Isla.

—Sería una especie de fuga de cerebro a la inversa. En efecto, soy un cerebro que regresa.

Julia se le quedó mirando.

—¿A qué partido político pertenece usted? —le preguntó de súbito, sin importarle el cambio de tema ni la grosería del comentario, que no venía al caso.

—¿Qué clase de pregunta es esa? —le dije a Julia alarmada. Julia no me contestó y se quedó mirando a Carlos con una sonrisita maliciosa.

—Yo nunca me he atrevido a preguntarle eso a Carlos, y tú vienes y le espetas la pregunta a la primera soltada —dije, adelantándome a la reacción de Carlos y tratando de apaciguar las cosas.

Carlos era muy conservador y no podía ver a los independentistas, fuesen miembros declarados del partido o melones disfrazados —verdes por fuera y rojos por dentro, a los que juzgaba culpables del caos político en la Isla—. Por eso él y yo nunca hablábamos de política. Siempre sospeché que estaba enterado de mi antigua militancia en el Partido Independentista y que por ello ponía todo su empeño en evitar el tema. Un día, me dijo que él no se sentía ni puertorriqueño ni norteamericano, que él era ciudadano del mundo, y yo siempre respeté su opinión.

Pero la prima Julia volvió a la carga, empeñada en sonsacar la liebre de su guarida.

—Rose y yo militamos en el Partido Independentista cuando éramos jóvenes y estudiábamos en la UPR, ¿no lo sabía? Qué raro que no se lo hubiera contado —dijo al ver la cara de asombro de Carlos.

—Hay un tiempo para todo en la vida, Julia, y supongo que ese fue nuestro tiempo de rebelión. Estábamos llenas de vida. Ahora tenemos otras prioridades —dije sonriendo y sosteniendo la mano de Carlos entre las mías, tratando de no darle importancia al asunto.

Me sentí furiosa conmigo misma. Ya me estaba excusando con Julia, cuando no tenía por qué hacerlo. Tenía perfecto derecho a pensar como me diera la gana, entonces y ahora. Pero Julia era experta en hacer a uno sentirse culpable.

—¿Qué quieres decir? ¿Que ahora no estamos vivas?

—¡Claro que lo estamos! Tú sabes bien lo que quiero decir, Julia —dije en un tono conciliatorio y poniéndome de pie—. Perdona, Carlos. Cuando a mi prima se le mete algo entre ceja y ceja, hay que conceder la derrota y abandonar el campo de batalla.

Carlos se echó a reír y permaneció sentado, como si la discusión lo divirtiera.

—Eres una cobarde —me dijo Julia—. Por eso, nunca has

podido decidirte entre la ficción y la crítica, la independencia y la estadidad. Empiezas a escribir un párrafo y antes de terminarlo ya quieres cambiarlo. No tendrás nunca la valentía de escribir una novela completa, como tampoco tendrás el valor de abrazar el ideal de la independencia, que haga posible una patria completa. Por eso, nunca serás escritora. Porque te pasas la vida borrando lo que has hecho.

Tía Juliana, que se había rezagado porque venía con una bandeja llena de vasos de refresco de chironja, al escuchar el exabrupto de Julia la puso sobre una mesita y se le acercó a Carlos de puntillas. Lo tomó por el brazo y lo haló hacia ella.

—Venga conmigo —dijo a sus espaldas, cruzando los labios con el dedo en señal de silencio—. Quiero enseñarle algo.

Carlos pensó que lo mejor era no meterse en lo que auguraba ser una trifulca entre primas y se dejó llevar por mi tía.

Fueron caminando hasta la sala, donde había un cuadro de una mujer desnuda, con una exuberante mata de pelo púbico adherida al bajo vientre como un erizo negro.

—Lo compré hace años, para escandalizar a las visitas —le dijo Tía Juliana a Carlos con un guiño, mostrándole la obra—. Pero hoy las cosas han cambiado y ya nadie se escandaliza por nada. Hasta está de moda.

Carlos soltó una carcajada y Julia y yo escuchamos su risa desde el jardín. Las exclamaciones de entusiasmo erótico de Tía Juliana me hicieron sonreír y aproveché la oportunidad para cambiar el tema.

—Tu mamá está bien, ¿verdad? Sigue siendo una niña traviesa —dije. Me reí campechanamente, tratando de disipar la tensión entre nosotras, pero Julia me miró con cara de piedra.

—Te equivocas —dijo—. Mamá está muy enferma.

El corazón me dio un vuelco y empezó a golpearme dentro del pecho.

—¿Qué le pasa?

—La llevé al médico hace varias semanas, porque noté que se le olvidaba todo. Le diagnosticaron comienzos de Alzheimer. ¿No te fijaste en los aretes que lleva puestos? Se la pasa enganchándoselos de las orejas y anda por ahí como la puerca de Juan Bobo. Es un milagro que no la hayan asaltado en una de sus caminatas por el cerro. Supongo que la gente le coge miedo cuando empieza a cantar sola a todo pulmón. Creen que está loca y no se atreven acercársele.

Me invadió una desazón muy grande. Al morir mi tía, se esfumaría una parte hermosa de mi niñez y la fealdad del mundo se abalanzaría a ocupar su lugar. Julia sacó una cajetilla de cigarrillos de su bolsillo y me ofreció uno.

—No gracias, ya no fumo —le dije. Julia encendió un pitillo y le dio una chupada profunda.

—Hasta en eso te estás portando bien, Rose. Yo recuerdo cuando te fumabas una cajetilla diaria.

—El tiempo pasa. Ya no podemos darnos el lujo de creer que somos inmortales.

—Qué desilusión. Los años te han ido despojando de todo: el ideal de independencia, el amor con el que soñábamos de niñas, el gusto por el cigarrillo. ¿Te queda algo vivo en ese corazón de pellejo curtido?

Su amargura era como un ácido en el que flotaban sus

palabras. Me sentí mortificada y estuve a punto de preguntarle por el tanque de oxígeno que tenía a su lado, pero no me atreví, no fuera a pensar que me alegraba si se trataba de algo serio.

—Lo siento, Julia. Tienes todo derecho a estar triste por la muerte de Tío Síe. También sé que tu matrimonio con Felipe fue una desgracia. No sabes cuánto lo sentí cuando supe que te ibas a casar con él; yo sabía que aquello no podía durar. Pero nada de eso te da derecho a regañarme como si yo fuera una niña.

—¿Que lo sientes? No me vengas con eso, Rose. Tú conocías a Felipe mejor que yo y sabías que era un sinvergüenza. Mamá me contó lo que te pasó con él en el *parking* del Hilton, pero yo no quise creerle. ¿Por qué no me lo advertiste? ¿O fue una violación voluntaria?

La cara se le había puesto púrpura y su sarcasmo era cortante. Me di cuenta de que había estado esperando a que nos quedáramos solas para poder dispararme su veneno en privado. Al Carlos alejarse con Tía Juliana, había aprovechado la oportunidad.

—Es cierto, debí avisarte. Pero yo no supe que ustedes eran novios hasta justo antes de marcharme a Nueva York. Créeme que de veras lo siento.

Traté de abrazarla, pero me empujó lejos de sí.

—No juegues a hacerte la santa. ¿Cómo justificas tus convicciones feministas y de justicia social casada con un millonario y viviendo en una mansión en Nueva York? ¿Cómo pudiste casarte con alguien que defiende la estadidad? Eres una traidora.

Comencé a reír a carcajadas; no se podía hacer otra cosa

con mi prima.

—Querida Julia, los años no te han cambiado en absoluto —le dije—. Hablas de política como si hablaras de religión. Estás tan intransigente como siempre.

A pesar de mi furia, logré controlarme y caminamos juntas hacia la casa. Le di mi brazo a Julia para que se apoyara, porque jadeaba al subir la cuesta del jardín, pero no me dio la gana de preguntarle qué le pasaba. Al entrar en la casa, aproveché para cambiar el tema.

—Hasta Nueva York han llegado noticias del éxito de tu carrera de letras. ¿Cuántos libros has publicado últimamente? —le pregunté. Julia me volvió a mirar con su sonrisita malévola.

—No llevo la cuenta, pero trato de publicar un libro cada dos años. Es sorprendente, pero se venden bastante bien, a pesar de que casi nadie lee poesía.

—Te felicito. Ya sabes que me encantan tus poemas.

Se hizo un silencio y esperé en vano que Julia me preguntara sobre mi libro, la novela que acababa de publicar en los Estados Unidos.

—Terminé mi novela hace un año —dije por fin—. ¿Te acuerdas? La que llevo años escribiendo. La publicó una editorial pequeña de Nueva York, Curbstone Press. Te envié un ejemplar hace algunos meses. ¿No lo recibiste?

—Lo recibí y leí con mucho interés, Rose. Gracias por obsequiármelo —me dijo en una voz neutra, como de zombi. Su indiferencia era demoledora, me sentí como un sapo aplastado sobre la brea negra del asfalto. Pero insistí. Yo era un mendigo pidiendo limosna, una mano temblorosa por delante y la otra por detrás, pero necesitaba saber qué pensaba.

—¿Qué te pareció? ¿Te gustó?

—No pensé nada, Rose. *Blood Bonds*. Pero no es una novela. Son seis cuentos unidos por lazos de familia. El título va bien con tu nombre, Rose Monroig.

Se trataba de la historia de una familia puertorriqueña de los años setenta cuyos miembros emigran al norte huyéndole al caos económico y fiscal de la Isla. De pronto, el bloqueo mental del que había padecido toda mi vida se esfumó y todos los días escribía por lo menos seis o siete cuartillas. No sé a qué se debió aquel destaponamiento; quizá al hecho de que mi vida personal por fin estaba resuelta: Carlos y yo vivíamos tranquilos en Nueva York y yo me había independizado económicamente de la familia. Nuestro hijo Charlie era un muchacho saludable y feliz. Yo estaba colmada, y la novela fue como el desbordamiento de aquella felicidad, lograda a costa de mucho sufrimiento.

—Es cierto que está escrita en un estilo fragmentado, pero eso es muy común en la novela moderna —le dije—. ¿No te has leído *Obra abierta*, de Umberto Eco?

Julia se echó a reír, pero yo me hice la desentendida.

—Me tomó un año terminarla, aunque tú sabes que la venía escribiendo hace años. Cuando por fin salió publicada, fue un *best seller* casi instantáneo, pero yo todavía no me atrevía a celebrar su éxito porque, aunque el libro parecía haberle hecho gracia al público puertorriqueño, sé que solo se necesita una reseña negativa para que la novela caiga en un hoyo negro, arrastrada por la maledicencia y por el fango.

Conocía por experiencia propia las traiciones de las que

era capaz la crítica, y decidí no volver a abrir la boca frente a Julia. Alabar mi propia obra hubiese sido una locura y criticarla, aún peor. Ya yo había hecho lo mío y estaba tranquila. Por eso, el insulto de Julia aquel día, la acusación de que yo nunca sería escritora, no me afectó demasiado. Yo sabía que no era verdad.

—Lo que sí, al principio me sentí rara al publicar en inglés —le comenté, sin lograr quedarme callada—. Pero ya me acostumbré. Fue una decisión táctica. La editorial me dijo que si guardaba la versión en español en una gaveta y publicaba la novela en inglés primero, el *establishment* literario la reseñaría como un original y no como una traducción. Así, la prensa le pondría más atención. Fue precisamente lo que sucedió: ha tenido bastante éxito. La experiencia fue como un despojo, una cura espiritual. Una vez empezada la obra, no podía dejar de escribir. Aunque desde que la terminé, no he vuelto a poner la pluma sobre el papel. Pero no me importa si no escribo más nada, ¿sabes? Carlos y yo somos muy felices juntos.

Estaba segura que el retintín en mi voz no había pasado desapercibido.

Julia no me contestó y yo me levanté de la silla y regresé a la casa. Mi prima estaba insoportable y no quería pasar más tiempo junto a ella. Entré en la sala y vi a Tía Juliana sentada junto a Carlos en el sofá de terciopelo rojo. Me conmovió ver allí aquel mueble, después de tantos años. Me pregunté si Julia se lo habría traído consigo desde San Juan porque era mi regalo de bodas y le tenía cariño, o si lo guardaría porque se había enterado de que Felipe y yo le habíamos sido infieles sobre él. En las casas grandes, las paredes oyen y quién sabe si alguien del servicio nos había visto el día de la boda. Recordé cómo, en uno de sus poemas más famosos, "El sofá de terciopelo rojo", Julia describía cómo se había vengado de una amiga haciendo el amor con su novio sobre aquel mueble. Era un poema narrativo que seguía y seguía. No me pareció una de sus mejores composiciones.

Un año antes de mi visita a casa de Tía Juliana, yo había recibido una llamada telefónica del presidente de la junta de directores del Instituto de Cultura, que se había comunicado conmigo en Columbia University. Sabía que, además de ser profesora de Literatura, yo era una crítica puertorriqueña destacada, y quería preguntarme si podía sugerirle a alguien para el Premio Nacional de Literatura Puertorriqueña ese año. No dudé ni un momento: le recomendé a Julia Tafur. El Presidente me dio las gracias y, un mes después, me enteré de que Julia había recibido el Premio Nacional de poesía —una medalla de oro— de manos del gobernador en una ceremonia en el Salón del Trono de la Fortaleza. Los jueces se lo habían adjudicado por unanimidad. Me pidieron que escribiera un panegírico sobre Julia y lo hice de mil amores, luego de tragarme mi orgullo y hacer de tripas corazón. Lo envié por correo y salió publicado en todos los periódicos de la Isla.

Gracias a mis elogios, los libros de Julia empezaron a venderse como pan caliente y hasta los poemarios de Tía Juliana, que antes jamás se vendían, cobraron popularidad.

Entré detrás de Julia a casa de Tía Juliana, ansiosa por sacarme de encima el muermo de mi prima, que ya me estaba agobiando. Quería encontrarme con Carlos y regresar al hotel. Descubrí a Tía Juliana sentada junto al desnudo de la *Mujer con erizo negro*, conversando animadamente con Carlos. Tía Juliana había sacado del clóset sus libros de versos y se los estaba enseñando. Eran unos libros hermosos, de gran formato e ilustrados por los dibujos botánicos de Tío Síe, pero estaban amarillentos y cubiertos de polvo.

—Son ejemplares de colección. Me los publicó mi marido hace años y ya casi no quedan. Puedes llevarte estos, si quieres te los dedico.

Sonreí al ver a Tía Juliana compitiendo con Julia. No estaba mal, después de todo.

La tarde estaba cayendo y era casi hora de cenar. El jardín se había llenado de sombras, y los rosales de Tío Síe se perfilaban en las penumbras como esqueletos delicados cubiertos de pétalos. Carlos y yo bajamos la cuesta del cerro en el carro alquilado y manejamos hasta el Days Inn, donde teníamos una reservación, y acomodamos nuestras cosas antes de cenar. Era un hotel sin lujos, común y corriente, cuya ventana daba a un *parking* desolado. Me había alojado allí una vez hacía muchos años, y agradecía el hecho de que la ventana de nuestro cuarto no tuviera vista, y de que el hotel quedara al otro lado del pueblo, lejos de la casa de mis abuelos.

Pasaríamos la noche en el Days Inn y, al día siguiente, asistiríamos a la cena en honor a Julia. Irene y su marido, Ángela y Oriana debían llegar de los Estados Unidos esa noche, y también se quedarían en el hotel. Charlie ya estaba en San Juan. Había llegado y nos había telefoneado desde al aeropuerto para avisarnos que su avión había aterrizado y que llegaría a Mayagüez al día siguiente.

Carlos había enviado el Mercedes Benz que acabábamos

de comprar en Nueva York a San Juan por barco, y Charlie iba a sacarlo de la aduana y vendría conduciéndolo hasta Mayagüez. De regreso a San Juan, lo dejaríamos almacenado en un garaje de la Triple A para usarlo cuando nos mudáramos, si es que regresábamos a la Isla para quedarnos.

Cuando estuvimos ya instalados en el cuarto del hotel, Carlos se volvió hacia mí y me dijo:

—Tengo una mala noticia que darte.

—¿Qué pasó? —pregunté, acurrucándome a su lado en la cama y dándole gracias a Dios de que estábamos juntos.

—Cuando me quedé a solas con tu tía, me dijo que Julia está gravemente enferma. Es lo que sospeché cuando vi el tanque de oxígeno en el jardín. Le han diagnosticado un enfisema pulmonar. Ya viste cómo fuma, parece una chimenea.

Había escuchado hablar de aquella enfermedad. El enfisema es una enfermedad de los pulmones, causada por el humo del cigarrillo. Progresa lentamente, acompañada por una tos constante y por falta de respiración. Pero lo de Julia era un suicidio, porque aun después de enterarse de su padecimiento, siguió fumando.

—No puedo escribir si no estoy fumando —era lo que decía siempre—, es como si existiera un hilito invisible entre la punta encendida del cigarrillo y mi cerebro.

—Siempre ha fumado y nunca le ha pasado nada —dije, moviendo la cabeza con incredulidad.

—Pero ahora es distinto. Créeme, no es una manera agradable de morir. La persona muere ahogada. Por el estado de tu prima, le doy seis meses de vida si sigue fumando.

Tu tía está muy preocupada.

—Parece que las confidencias fueron mutuas. Julia me dijo que Tía Juliana tiene Alzheimer, aunque no se le nota nada. Si Julia muere, mi tía se quedará sola.

—Así es. La vida no es justa. Afortunadamente, estamos nosotros, que podremos ayudarla.

Me quedé callada y le di un abrazo a Carlos. Me observé a mí misma en el espejo, tal como me había aconsejado el psiquiatra que debía hacer en momentos de crisis. La noticia de la enfermedad de Julia no me causó la conmoción que me hubiera causado antes. Por fin había logrado alejarme de la hipersensibilidad torturada de los Arizmendi. Me tomé una Valium y apagué la luz. La situación de mi tía era triste en verdad, pero la enfermedad de mi prima no me daba ninguna pena: era su culpa. Fue lo último que pensé antes de cerrar los ojos y quedarme profundamente dormida.

Temprano, al día siguiente, un reportero del periódico *El Nuevo Mundo* subió pistoneando la cuesta de cerro Esmeralda en un Ford desvencijado. Se había enterado por una amiga reportera que ese día era el cumpleaños de la famosa escritora Julia Tafur Arizmendi, la poeta nacional puertorriqueña, y quería hacerle una entrevista. Hacía años que le seguía la pista, pero no tenía la menor idea de dónde vivía. No había sido hasta muy recientemente, al leer una novela escrita por Rose Monroig, *Blood Bonds*, una prima hermana de Julia Tafur, hasta entonces desconocida en el mundo de las letras, que sospechó el lugar donde se encontraba la casa de los padres de Julia: cerro Esmeralda, el monte que quedaba detrás del pueblo de Mayagüez. Era el único lugar en la Isla desde el cual se divisaba claramente el islote de Desecheo, descrito minuciosamente en la novela *Blood Bonds,* como parte del paisaje que se dominaba desde el cerro.

La novela de Rose Monroig acababa de nominarse candidata al premio del Instituto de Cultura, a pesar de estar escrita en inglés. Aquel hecho extraordinario, que había dejado boquiabiertos a los miembros de la élite cultural de la Isla, estaba acorde con la nueva política pública asumida por el gobernador incumbente, que pertenecía el Partido Nuevo Progresista. El noviembre anterior, el partido asimilista había ganado las elecciones, y la adjudicación del premio del Instituto, y otros laudos por el estilo, eran parte importante de la plataforma en pro del bilingüismo. La selección final, sin embargo, aún no había sido efectuada. Al cambiar los parámetros del premio (este abarcaba ahora a los puertorriqueños que vivían en el exilio), se había recibido una avalancha de manuscritos bilingües, muchos de ellos, como el de Rose Monroig, escritos en inglés. El anuncio del ganador saldría publicado en cualquier momento en el periódico.

Al reportero, aquel asunto le pareció interesante. Luego de discutirlo con su amiga, la reportera de *El Nuevo Mundo* concluyó que valdría la pena investigar si cerro Esmeralda era donde vivía Julia Tafur Arizmendi, la poeta nacional, retirada desde hacía años del mundanal ruido. Quién sabe si lograba entrevistarlas a ambas: a la poeta nacional de ayer que escribe en español, y a su prima, la novelista nacional de hoy, que escribe en inglés.

Pasado el sanatorio del cerro, el reportero se detuvo en varias de las casas estilo español ocultas entre la vegetación, y tuvo el atrevimiento de bajarse del coche y de tocar a la puerta en varias de ellas, preguntando si allí vivía Julia Tafur, la poeta nacional, pero esta no apareció por ninguna parte. Por fin llegó a la última casa, que se encontraba bastante deteriorada, cubierta de lianas y malamente necesitada de una mano de pintura, y tocó el timbre. No escuchó nada, por lo que dedujo que el timbre no funcionaba. Decidió adentrarse por la maleza del jardín en busca de un acceso a la parte trasera de la mansión. Asomándose sobre un arbusto de pavonas, divisó a Tía Juliana, que estaba preparando una mesa festiva en la terraza, con mantel y candelabros, y adornada con rosas y otras flores del patio.

El reportero se acercó a la ventana de cristal de la cocina y tocó con los nudillos. Carmen, la cocinera, levantó la vista del caldero de arroz con pollo que estaba preparando y dio un salto cuando lo vio. El reportero le hizo señal que por favor no temiera, que necesitaba que le abriera la puerta de la terraza y le enseñó su carné de identidad del periódico a través del cristal de la ventana. Era un joven feo, pero simpático, y le cayó bien a Carmen.

—Me enteré de que mañana es el cumpleaños de Julia Tafur. Sé que vive aquí y me gustaría entrevistarla.

Habló con tal seguridad que Carmen se tragó la media mentira y le avisó a Tía Juliana que alguien de *El Nuevo Mundo* estaba procurando a Julia para escribir un artículo sobre ella. Tía Juliana pensó que la entrevista podría levantarle el ánimo a su hija, que andaba algo deprimida en esos días, y fue al encuentro del reportero. Lo llevó hasta donde se encontraba Julia.

Julia había salido al jardín y estaba sentada descansando bajo una sombrilla de lona, junto al tanque de oxígeno anaranjado, que seguía en pie junto a ella, como testigo comprometido a guardar absoluto silencio. La entrevista duró media hora y fue muy positiva, con los consabidos elogios de ese tipo de intervención, siempre tan afín a lisonjeras cirugías plásticas.

—Es un honor y un placer conocerla, Julia. ¿Cómo se siente nuestro premio nacional de poesía al cumplir los cuarenta años? ¿Se siente orgullosa de sus logros?

Julia sonrió y le hizo una seña para que se sentara.

—Acepté el premio nacional el año pasado en nombre de mis compañeros escritores, pero no me siento orgullosa de nada —le aseguró—. La satisfacción de un escritor es la escritura misma, no los laudos o premios que pueda recibir.

Hablaron de varios temas, entre ellos, la desastrosa política del gobierno de turno, decidido a hacer el bilingüismo mandatario en todas las escuelas de la Isla.

—Será la destrucción del idioma —afirmó Julia—. La lengua es el último baluarte de nuestra patria.

El reportero guardó silencio y no comentó nada, pero su pregunta siguiente mortificó a Julia.

—No sé si está enterada, pero una profesora de Literatura de Columbia University, Rose Monroig Arizmendi, ha sido nominada para el premio del Instituto de Cultura Puertorriqueña por su novela *Blood Bonds* este año. Tengo entendido que Rose es prima suya y que esta es su primera novela. Si usted formase parte del jurado, ¿le daría el voto a la novela de su prima?

Julia se irguió en la silla de *redwood* y miró al reportero con ojos desafiantes.

—Por supuesto que no. *Blood Bonds* no es una novela, es una autobiografía. Y, además, está escrita en inglés, una lengua extranjera que no es nuestra. La obra de Rose Monroig no califica para el premio nacional de literatura puertorriqueña.

Al día siguiente, la noticia de que se me había adjudicado el premio nacional de literatura salió publicada en *El Nuevo Mundo*. Por casualidad, en ese mismo número salió publicada la entrevista que el reportero le había hecho a Julia y su comentario despectivo sobre mi obra. El comentario de Julia no me tomó por sorpresa, pues ya conocía su opinión; lo que me dejó sin habla fue que me adjudicaran el premio. Jamás me hubiera imaginado que aquello fuera posible, sobre todo, considerando mi larga ausencia de la Isla. Sospeché que el ser familia de Julia, premiada el año anterior, irónicamente me había ayudado ante el jurado. Carlos fue el primero en enterarse de la noticia cuando abrió el periódico en el comedor del Days Inn a la hora del desayuno.

—¡Mis felicitaciones! El premio está bien merecido. ¿Ves? Te dije que la novela era buena y que tenías que tener paciencia. Con este premio, tendrás en Puerto Rico el reconocimiento que te mereces —dijo sonriendo ampliamente—. Esta noche podrás defender tu terreno ante tu prima Julia.

—No haré nada por el estilo, Carlos —le dije compungida—. Prométeme que no mencionarás el asunto. Julia está gravemente enferma, se está muriendo. Es natural que sienta celos. Yo hubiese preferido que no me dieran nada para no hacerle sombra.

Carlos se encogió de hombros y accedió a complacerme.

Ángela y Oriana llegaron del aeropuerto poco después del almuerzo y nos reunimos todos en el *lobby* del hotel, que daba a la piscina, a charlar de las miles de cosas que nos habían sucedido desde la última vez que nos vimos. Ambas estaban estupendamente bien, llenas de historias sobre su vida en Nueva York y sus éxitos en el mundo de la moda. Tía Milagros acudió al hotel a darles la bienvenida a su hija y a Oriana, que hacía meses no veía. Tía Glorisa vino con ella acompañada por Irene y su yerno, el irlandés, Mike. Estaba súper contenta de poder enseñarle a Mike cómo era Puerto Rico.

—Esta Isla es más verde que Irlanda, se lo aseguro —le dijo asomándose con él al balcón del *lobby*—. Aquí sí que se aplica la canción "A Hundred Shades of Green".

Acordaron la hora en que se reunirían esa noche en casa de Julia y, al rato, se fueron todos a descansar.

Mientras tanto, mi hijo llegó temprano esa mañana a San Juan. En cuanto se bajó del avión, me llamó para decirnos que había llegado bien y que pasaría a recoger el Mercedes al departamento de aduanas. Le di entonces el teléfono de doña Laura en Ocean Park, para que se pusiera en comunicación con sus primos, Ernesto y Camilo, que vivían con ella. Julia me había facilitado su número, pues pensamos que podrían hacer el viaje hasta Mayagüez juntos. Charlie llamó desde el aeropuerto y se ofreció a pasar a buscarlos en el auto.

—Soy Charlie Mangual, el primo que vive en Nueva York.

Yo también voy a la cena de Tía Julia esta noche. Pueden venir conmigo y así me dirigen por el camino. Es mi primera visita a Puerto Rico y estoy bastante perdido.

—Por supuesto, Charlie. Pásate como a la una. Será un gusto conocerte —le dijo Cam, mientras sacudía su chaqueta estilo *punk* adornada con tachuelas de bronce y observaba cómo le quedaba, frente al espejo de su cuarto en casa de su abuela.

Charlie estaba loco con el carro nuevo. Era precioso, azul metálico, con asientos de cuero color gris perla y gomas de banda blanca. Antes de embarcarlo, Carlos, con su acostumbrado celo estadista, le colocó una calcomanía de la bandera americana a cada parachoques. Era del tipo que brilla en la oscuridad, cuando los focos de los coches cercanos se encienden.

—¿De dónde sacaste el maquinón, primo? —le preguntó Ernie cuando Charlie se estacionó frente a la casa de Ocean Park. Le dio un espaldarazo amistoso y se ajustó los pantalones a la cintura, unos mahones que le quedaban enormes, como era la moda entre los adolescentes entonces.

Camilo salió de la casa y se paró también frente al carro, soltando un silbido largo. Sacó una peinilla del bolsillo trasero del pantalón y se peinó el gallo de pelo rubio, mirándose en el espejo retrovisor del Mercedes.

—¡Qué tronco de máquina, manito! Ten cuidado, no lo metas a un arrabal porque te van a tirar piedras.

Se montaron de una vez en el carro y Charlie sacó un mapa para averiguar cómo se llegaba a Mayagüez.

—Guarda eso, tonto, nosotros te dirigiremos. Vámonos por la ruta de Ponce; el camino es más largo, pero es mucho más bonito.

—Bueno, por donde ustedes digan —dijo Charlie, encendiendo el motor y soltando la palanca de emergencia. Estaba feliz de conocer gente de su edad con quien compartir la visita a Mayagüez. Iba conduciendo despacio mientras cruzaban la ciudad, pero una vez en la autopista a Ponce, Charlie subió a setenta. La gente le tocaba la bocina cuando Charlie pasaba a las millas y, en más de una ocasión, le levantaron el dedo corazón como mentándole la madre.

—¿Por qué harán eso? —dijo Charlie—. No nos estamos metiendo con ellos.

—Es por la pecosa, primo. Por a'lante y por atrás. ¿Qué te hizo emplastarla a los parachoques de tu maquinón súper súper brilloso y nuevo de paquete? Debes de estar loco.

—¿Qué es la pecosa?

—Coño, ¿será posible que no lo sepas? Es la bandera de los Estados Unidos, por supuesto. Como los americanos están llenos de pecas, en la Isla la bautizamos así. ¿Alguna vez has visto a un puertorriqueño cubierto de pecas? —le preguntó Camilo.

Charlie lo miró brevemente. Había dejado de reír y se quedó observando la carretera con el ceño fruncido.

—La bandera americana es mi bandera, y es la bandera de todos los puertorriqueños. No me gusta bromear con esas cosas.

Camilo soltó una trompetilla y se agarró el vientre como si le doliesen las tripas, pero estaba muerto de la risa.

—¿Oíste eso, Ernie? Dice que la pecosa es nuestra bandera.

No, señor, míster Charlie. Esa bandera no es la nuestra.

Ernesto tenía buen oído para la música y empezó a cantar el "Star Spangled Banner" a todo trapo y con voz destemplada. Estaban cruzando las montañas de la Cordillera Central en aquel momento y sus gritos reverberaban contra los acantilados de piedra a lado y lado de la carretera.

—¡Cállate la boca! —le ordenó Charlie a Ernesto, pero Ernesto siguió cantando. Charlie bajó la velocidad, condujo el carro hacia la orilla de la autopista y se detuvo al borde de la cuneta dando un frenazo—. Para eso ahora mismo, o te saco del carro —amenazó a su primo. Tenía la cara roja de ira.

—No pierdas la chaveta por tan poca cosa, manito. Acuérdate de que somos dos contra uno, y por estos lares no hay nadie que te ayude —dijo Cam.

Era verdad. Había empezado a llover a cántaros y la carretera que cruzaba la montaña estaba desierta. Charlie logró controlarse y volvió a subirse al carro maldiciendo en voz baja. Manejó en silencio el resto del camino hasta Mayagüez, mientras Ernesto y Camilo se desgañitaban cantando "America the Beautiful", "The Star Spangled Banner", "The Battle Cry of Freedom" y otros himnos por el estilo, burlándose a cada paso y tirando trompetillas durante todo el trayecto. Cuando llegaron a casa de Tía Juliana, Charlie estaba agotado. Dejó a sus primos a la puerta del caserón y volvió a bajar el cerro en el Mercedes para encontrarse con nosotros en el Days Inn. Afortunadamente, era fácil de encontrar, pues quedaba justo a la entrada del pueblo.

Serían las tres de la tarde y yo estaba recostada descansando en mi cuarto, esperando a que Charlie llegara de

San Juan. No saldríamos hacia la casa de Julia hasta las seis, y teníamos tiempo de más. Escuché que alguien tocaba a la puerta. La abrí y, al ver la cara de Charlie, supe de inmediato que algo andaba mal. Estaba blanco como un papel y temblaba, no sé si de miedo o de ira. Lo abracé y le di gracias a Dios de verlo llegar sano y salvo. Siempre me daban miedo los viajes en avión, desde la desgracia de mi padre.

—¿Qué te pasa, Charlie? ¿Tuviste algún percance en el camino? —le pregunté en voz baja para no despertar a Carlos, que estaba durmiendo la siesta. Entró y se sentó en mi cama. Carlos estaba tendido en la cama vecina.

—No voy a la fiesta de Tía Julia esta noche, Mamá —me susurró—. Vayan ustedes sin mí. Voy a darme un chapuzón en la piscina del hotel y quiero quedarme descansando.

—No puedes hacer eso. Tu Tía Julia está muy enferma. Probablemente, no tendrás otra oportunidad de conocerla y es alguien muy importante, una gran artista. Además, estarán también Tía Glorisa y Tía Milagros. Probablemente, no volveremos a estar todos juntos nunca. Descansa en tu cuarto un rato y estate aquí a eso de las seis. La cena es a eso de las siete.

—Lo siento, Mamá, pero aun así no quiero ir. No estoy en ánimo de fiestas.

Me tomó unas cuantas preguntas más, yendo y viniendo como bolas mongas sobre la cancha, hasta que Charlie por fin me contó lo que le había pasado con sus primos en la carretera.

—Bien. Entiendo perfectamente que no quieras venir —le dije, colocando mis manos sobre sus hombros—. Yo me sentiría igual que tú si estuviera en tu lugar. Pero debes tener paciencia y tratar de entender a Ernesto y a Camilo. Su madre ha sido independentista toda su vida, y ellos están estudiando verano en la Universidad de Puerto Rico. Allí, probablemente, les han lavado el cerebro con proselitismos baratos. Quizá ni siquiera son independentistas, y solo te están corriendo la máquina. Recuerda que su padre estuvo en la cárcel por robo y que ellos no tienen dinero. Ambos se graduaron de la escuela pública, mientras que tú vas a graduarte de Columbia University. Ellos no tienen carro y tú andas en un Mercedes. Trata de verlo así, y entonces decide si vienes o no a la fiesta.

Charlie se fue a su cuarto, se desvistió y se tumbó en la cama. Se quedó mirando el techo un buen rato, pensando en lo que debía hacer. Sabía que se sentiría mal si no iba a la cena, pero había percibido tal agresividad en sus primos que temía encontrarse con ellos nuevamente.

—Tendré que sentarme lo más lejos posible de Ernesto y de Camilo —se dijo—. Espero que la casa de Tía Juliana sea lo suficientemente amplia para lograr evadirlos y compartir con los otros invitados.

A las seis menos diez, Charlie tocó a la puerta de nuestro cuarto.

—¿Están listos? Voy a buscar el Mercedes al *parking*, ya verán qué buena compra hicieron. Yo puedo conducir.

—Gracias por ser tan buen hijo —le dije a Charlie, con un beso agradecido en la mejilla.

Pasamos a recoger a Ángela y a Oriana, a Irene y a Mike a sus cuartos de hotel. Ellos nos seguirían en su carro alquilado hasta la casa de Tía Juliana. Hicimos nuevamente el recorrido hasta el cerro, admirando la vista y observando el pueblo con ojos de recién llegados. Siempre sucede así cuando uno regresa a la patria, la lejanía y el tiempo transforman los lugares más pedestres en algo desconocido y exótico. El arrabal prendido de la falda del cerro, las casuchas de Despeñaperros montadas en zancos, bajo las que correteaban las gallinas y los cabros, la cuesta que los pobres bajaban a pie y los ricos subían en coches de lujo, ya no nos dolían como antes, más bien nos llamaban la atención como un espectáculo pintoresco. Cuando llegamos a la casa de Tía Juliana, los demás invitados, Tía Glorisa, Tía Milagros y algunos vecinos estaban tomando aperitivos —jerez Tío Pepe, Cinzano, Campari— y comiendo jamón serrano con quesitos blancos fritos. Tía Juliana había invitado a varios matrimonios que conocíamos de antes. Las voces sonaban alegres a través de los setos de pavonas que rodeaban la casa, porque la gente ya estaba entonada.

Charlie me guiñó un ojo y se acercó a donde estaba sentada Julia, cerca del ventanal que daba al patio. No era difícil reconocerla; Charlie había visto su retrato en la contraportada de sus libros.

—¿Cómo estás, Tía? —la saludó en perfecto español, dándole un abrazo.

Me sentí orgullosa de que Charlie pudiera hablar con mi prima en español, a pesar de haber nacido y haberse criado en los Estados Unidos. El esfuerzo que habíamos hecho Carlos y yo de hablar español en casa, para que nuestro hijo fuera bilingüe, había dado frutos.

—¿Eres mi sobrino, el gringuito? De veras no puedo

creerlo. Hablas español sin acento.

Charlie soltó una carcajada bonachona.

—Se ve que Ernesto y Camilo te han estado comiendo el cerebro. No es justo que hablen de mí cuando yo no estoy; no puedo defenderme.

Desde el otro lado del comedor, Charlie vio a Camilo y a Ernesto, quienes se habían dado varios tragos, dirigirse en dirección a Julia. Empezó a escurrirse discretamente hacia donde estaba sentada Ángela, que conversaba con Oriana, pero Julia lo detuvo.

—Espera un momento, sobrino. ¿Es cierto lo que he escuchado, que llevas la bandera americana pegoteada a tu carro nuevo?

—Es cierto, Tía. Vivimos en una democracia y podemos hacer lo que nos dé la gana con nuestro carro. ¿O me equivoco? —lo dijo sonriendo, con una expresión placentera en la voz.

—Deja al muchacho tranquilo, Julia, no lo sigas mortificando. Es mi cumpleaños, además del tuyo, ¿recuerdas? No quiero oír ni una palabra más sobre política —dije.

Julia estaba a punto de contestarme algo, pero Charlie se escabulló hacia la cocina en busca de un trago.

Al rato, Tía Juliana anunció que la cena estaba lista y todos pasamos al comedor. Me fijé en que a Julia se le hacía difícil caminar. El menor esfuerzo la dejaba sin aliento, pero no por eso dejaba de fumar. Tenía un cigarrillo encendido entre los dedos todo el tiempo. Nos sentamos en las sillas de cuero estilo español alrededor de la mesa del comedor y brindamos por la familia Arizmendi, por sus logros y sus éxitos.

Oriana se levantó de su silla y entre ella y Carmen pasaron las fuentes de plata rebosantes de arroz con pollo, piononos, pasteles, todo ello preparado para nosotros amorosamente por Tía Juliana, que, a pesar de su Alzheimer, seguía siendo una hacendosa ama de casa, gracias a su entrenamiento de tantos años. Cuando llegó la hora del postre, Carmen y Oriana trajeron dos bizcochos de la cocina: uno estaba decorado con la bandera norteamericana y el otro con la bandera puertorriqueña. Todo el mundo aplaudió cuando Oriana trajo las velas y les puso cuarenta velitas al bizcocho puertorriqueño y cuarenta al bizcocho gringo.

Oriana había confeccionado ambos postres.

—Antes de irme a vivir a los Estados Unidos, yo era nacionalista, pero ahora, luego de vivir tantos años en Nueva York, la bandera norteamericana es también mi bandera.

Oriana colocó el bizcocho con la monoestrellada frente a Julia y empezó a encender las velas pero Julia la detuvo. Con el jaleo del "*Happy birthday tu yu*", no nos habíamos dado cuenta de que mi prima estaba alterada y que tenía el rostro descompuesto.

—Deja, no sigas —le dijo a Oriana, quitándole los fósforos—. Jamás podría comerme nuestra bandera, sería una falta de respeto.

Todos la abucheamos, seguros de que estaba bromeando.

—¡Que hable, que dé un discurso defendiendo a la patria! —le cantamos riendo, pero Julia estaba tan furiosa que casi no podía respirar.

Se levantó súbitamente de la silla.

—Cómanse la bandera norteamericana si quieren —dijo

abandonando la mesa—. Para muchos pueblos es costumbre comerse al enemigo. Pero no podrán comerse la mía. Y se llevó su bizcocho a la cocina.

Charlie se levantó también de su asiento.

—Estoy harto de tanta mierda patriotera. Me regreso al hotel.

No intenté detenerlo. Mejor precaver que tener que remediar, fue la frase que me pasó por la mente. Y Charlie, sin duda, estaría más seguro en el Days Inn que en casa de Julia, donde podía explotar una bronca entre él y sus primos en cualquier momento.

—Puedes llevarte el Mercedes —le susurré haciéndole señas para que tomara las llaves del coche, que me había entregado para que se las guardara en el bolso—. No te preocupes por nosotros. Nos regresaremos al hotel con Ángela y Oriana al terminar la cena.

Y volví a sentarme a la mesa a terminar el postre, un bizcocho con la bandera norteamericana flotando sobre un mar de picos de azúcar, tan pancha, tan tranquila, sin imaginarme que jamás volvería a ver a mi hijo con vida.

El chofer de un camión cargado de vegetales fue el único testigo de lo que sucedió después. Según aquel hombre tosco y panzudo testificó más tarde, Charlie venía bajando la cuesta de cerro Esmeralda a las millas en el Mercedes cuando se adentró sin querer por el barrio de Despeñaperros. No se sabe cómo se enteraron, quizá por el misterioso don que tienen los habitantes de ese vecindario de comunicarse entre sí, pero una ganga de muchachones del arrabal lo estaba esperando al doblar la última curva. Habían estacionado dos coches viejos con los bonetes perpendiculares el uno al otro, dizque porque uno de ellos se había quedado sin baterías y era necesario *jumpearlo*. Charlie se bajó del Mercedes a preguntar qué pasaba, cuando lo agarraron por las solapas de la chaqueta y le cayeron encima a golpes. Cuando lo vieron inconsciente, lo cargaron hasta el Mercedes y lo amarraron al asiento del pasajero con el cinturón de seguridad. Uno de los muchachones se sentó detrás del guía y condujo el carro hasta punta Esmeralda, el barranco por donde se arrojaba toda la basura del barrio. Lo puso en *drive* y, cuando el coche empezó a moverse, saltó fuera. El Mercedes explotó al pie del risco y se encendió en llamas.

En casa de Julia, Carlos acababa de salir al jardín a conversar con los vecinos y yo estaba en el comedor tomándome un pocillo de café negro con Tía Juliana cuando vi a Ernie entrar conmocionado, llamando en alta voz a Cam. Salieron juntos por la puerta de enfrente y se pusieron a discutir al pie de la ventana del comedor. Pensé que era una garata entre ellos, hasta que escuché el grito angustiado de Camilo:

—Tienes que parar el asunto, Ernie. No debiste hablarles a los Cachiporras Negras de Charlie.

Ernesto agarró a su hermano por las solapas:

—No te me vas a huir ahora, manito, no me vas a dejar en la estacada. Solo vamos a darle una lección al primo. Así tendrá más cuidado la próxima vez que visite Despeñaperros.

Camilo se preocupó tanto que me vino a buscar al comedor. Me contó lo que estaba sucediendo: Ernesto había hablado con una ganga de muchachos de Despeñaperros para que le dieran una golpiza a Charlie por el asunto de la bandera.

—No hay nada mejor que una paliza para escarmentar a alguien, sobre todo si va conduciendo un Mercedes Benz nuevo de paquete —le dijo a su hermano.

Les grité a Ángela y a Oriana que me llevaran inmediatamente al arrabal en su coche. Corrimos las tres al carro como si en los pies nos hubiesen crecido alas. Los demás invitados me miraban asombrados, pero no tenía tiempo de explicarles lo que estaba pasando. Ángela condujo su Chevrolet alquilado hasta punta Esmeralda, donde se veía gente corriendo por todas partes tratando de extinguir un fuego que, azuzado por el viento, rugía al fondo del barranco. Nadie me contó lo sucedido, pero la intuición de madre es más fuerte que las palabras. Me bajé del carro y me arrojé barranco abajo, deslizándome por el pedregal y agarrándome de los arbustos enmarañados y de los cactus hasta llegar al fondo del risco, pero no logré acercarme al Mercedes, que ardía en una cuneta. Paralizada por el horror, contemplé cómo las llamas devoraban el cuerpo de mi hijo sin que pudiera acercármele para ayudarlo.

Cuando llegó la policía, yo estaba sentada junto a Oriana en el Chevrolet de Ángela, muda e inmóvil. Sentía mi cuerpo frío como una estatua, como si le perteneciera a otra persona. Un árbol arrancado de cuajo por la tormenta y arrojado sobre la playa no se hubiera sentido tan vulnerable. El aire a mi alrededor era de plomo fundido, casi no podía respirar. Carlos llegó en el carro de unos vecinos y corrió hasta los restos del Mercedes, que todavía ardían al fondo del barranco. Poco a poco, volvió a subir la cuesta, no dijo ni una sola palabra. Nos refugiamos en los brazos el uno del otro.

Fuimos juntos a la comisaría de la policía a reportar el accidente y repetí las palabras que Camilo me había dirigido esa noche en casa de Julia. A base de mi testimonio, fueron a buscar a Ernesto y a Camilo a la casa del cerro y los trajeron al cuartel para interrogarlos. Todavía estábamos en la comisaría cuando mis sobrinos entraron en el local esposados, cabizbajos y arrastrando el ruedo de los mahones cortados a la última moda, que les quedaban demasiado grandes. Sentí que el corazón se me desgarraba por segunda vez. Ernie confesó que estaba enterado del plan de su hermano Cam, y contó cómo se habían reunido con la ganga de los Cachiporras Negras esa tarde.

—Solo queríamos jugarle una broma pesada a Charlie —me dijo abrazándome y echándose a llorar como un niño—. Por favor, perdónanos, Tía. Te juro que no queríamos hacerle daño. Pero los Cachiporras Negras son unos brutos y las cosas se les fueron de la mano.

Ernesto, el mayor, guardó silencio y permaneció entorunado. De pie frente al comisario, la cabeza de rizos negros hundida entre los hombros, no expresó pena ni arrepentimiento. Cuando por fin habló fue para decir que si Charlie estaba muerto, era por culpa suya.

—Era un cretino —dijo con sorna—. Debió pensarlo dos veces antes de meterse a cruzar de noche el arrabal en un Mercedes Benz, con la bandera norteamericana pegoteada al *bumper*.

En ese preciso momento, Julia entró en el cuartel, apoyándose sobre el hombro de Carmen para lograr caminar.

—Estoy cien por ciento de acuerdo con que mis hijos son culpables —dijo en voz alta—. Adelante, señor Comisario. ¡Arreste a mis hijos! Los hijos son los que pagan las culpas de los padres.

Pero yo rehusé formularles cargos a los muchachos y le pedí al juez que fuera compasivo y los dejara libres, porque había sido un accidente. Al salir del cuartel, me torné hacia mi prima hermana.

—La vida de Charlie a cambio de la libertad de Camilo y de Ernesto. ¿Te sientes feliz ahora? ¿Lo consideras un canje justo? Maldita seas, Julia. Tú eres la verdadera culpable.

Julia me miró impávida, los ojos como dos ascuas, y no me dio las gracias. A pesar de todo, la abracé, y sentí cómo la respiración le resonaba dentro del pecho como si lo tuviera lleno de piedras. Me dio la espalda sin decir nada, y Ernie y Cam la llevaron de vuelta a su casa.

Esa noche Julia murió de una congestión pulmonar, resultado de su enfisema. Cuando la encontraron al día siguiente tendida sobre el lecho de su cuarto, ya estaba fría. ¿Se daría cuenta de que se estaba muriendo? ¿Sufriría al final? Nadie lo supo. Se llevó consigo el secreto al otro mundo.

***

Al día siguiente del entierro de Charlie, Rose y Carlos abordaron un avión de American Airlines y se regresaron a Nueva York. Entraron en su departamento en el East Side y, no bien transpusieron el umbral, se abrazaron llorando a lágrima viva. Sabían que el regreso iba a ser difícil, que tendrían que enfrentarse al vacío implacable que había dejado su hijo por todas partes: en la mesa del comedor, frente a su escritorio donde todavía lo esperaban su iMac, los libros que ya había comprado para el próximo curso, la perrita collie que vendría a lamerle la mano. Pero lo preferían mil veces a tener que enfrentarse al pésame de la parentela en la Isla, cosa que los haría revivir mil veces lo sucedido. No quisieron saber más nada de Puerto Rico, se les habían quitado por completo las ganas de regresar a vivir allí.

En cuanto regresó a Nueva York, Carlos volvió a su práctica de gastroenterología en la clínica Mangual, y se hundió como un desesperado en su trabajo. Rose se refugió en las actividades que le había organizado Curbstone Press luego de la publicación de *Blood Bonds*. Empezó a dar una gira de conferencias por los Estados Unidos, leyendo capítulos y dando charlas sobre la novela. Le sorprendió la acogida que le daban los puertorriqueños en todas partes: le daban las gracias por haber escrito el libro, porque en él estaba descrito un mundo que llevaban por dentro, pero no podían recuperar porque habían olvidado el español. También se deshacían en preguntas, queriendo averiguar cómo se escribía una novela. "Yo también tengo una historia sobre Puerto Rico que contar", le decían. "Enséñenos cómo hacerlo". Ella hablaba de la disciplina que era necesario tener: escribir todos los días de dos a tres horas, con ganas o sin ganas, con frío o con calor, con lluvia o con sol. Decididamente, no era fácil. Lo importante era dar testimonio de la vida, según pasaba frente a nuestros ojos.

Volvió a caer en una depresión profunda y Carlos tuvo que llevarla a ver al doctor Riquelme, quien le aconsejó que la única cura para su tristeza era seguir escribiendo, pues las palabras le sacan a uno todo de adentro. La animó a que empezara un nuevo libro, una nueva novela que la ayudara a exorcizar los fantasmas de la familia. Tras mucho pensarlo, Rose decidió escribir un libro sobre sus primas Monroig, que había venido planeando hacía mucho tiempo. Incluso, ya tenía el título: *Lazos de hierro*, un comentario sobre la manera de ser de los Monroig, quienes, a pesar de su sentido del humor y su generosidad, eran tan conservadores como los Arizmendi en lo que atañe al rol de la mujer en el mundo.

Rose admiraba a sus primas Monroig, y quería ayudarlas a librarse de las cadenas que la familia Monroig fabricaba ya en torno a ellas. Pero cuando le escribió a Martita, preguntándole si ella estaría dispuesta a dejarse entrevistar para, con esa información, empezar a escribir su segunda novela, Martita le contestó que no, que ella prefería escribir la novela ella misma, y que no se molestara en escribirle a la prima Catalina, pues pensaba igual que ella. Rose aceptó los relatos inconclusos de sus primas y les dio forma literaria. Del lobo un pelo, se dijo, y mejor era aceptar aquellos fragmentos que daban, al menos, una idea del todo, que dejar la impresión errónea de que la familia Monroig era de una liberalidad ejemplar, como solía afirmar su padre. Fue así como *Lazos de hierro* terminó siendo una secuela de *Lazos de sangre*, en la cual apareció también la historia de Sarita Portalatini, la prima segunda de Rose. Con Sarita Portalatini, Rose tuvo mejor suerte, y logró escribir una novela corta estupenda: *El tigre por la cola*. Se identificó plenamente con Sarita y sufrió con ella su tragedia.

Segunda parte

LAZOS DE HIERRO

La Patagona

Antes de la llegada de los norteamericanos a la Isla, la gente que tenía los pies grandes estaba en una desventaja: cuando iban de tiendas nunca encontraban zapatos, porque los puertorriqueños éramos en nuestra mayoría bajos de estatura, sobre todo, los de la generación anterior a la nuestra, que todavía no tomaba Theragram ni tragaba multivitaminas por paquete. Resultado de la mala alimentación de la mesa española (cargada de chorizos y sobreasadas, en el caso de la burguesía adinerada), o consecuencia de la pobreza de la mayoría hambrienta, muchos éramos frágiles y delicados, por no decir enjillíos y revejíos. Esto fue cambiando de generación en generación, y, con la americanización, los pies nos fueron creciendo. Mi abuelo, por ejemplo, era bajito y tenía los pies pequeños. Nunca pudo sobreponerse al hecho de que su nieta tuviese los pies más grandes que los suyos. Jamás me llamaba por mi nombre, Marta, sino que me decía su "Patagoncita", y me aseguraba que yo nunca me moriría de hambre y podría valérmelas por mí misma porque, como los indios de Tierra del Fuego, tenía los pies tan grandes que podía matar una gallina de una sola patada en el cogote.

Mi primera experiencia como Patagona la tuve el día que cumplí los doce años. Mis padres me celebraron una fiesta de cumpleaños e invitaron a nuestra casa a todos los niños y niñas de mi edad, del vecindario donde vivíamos. Como era mi primer baile y todos éramos terriblemente tímidos, mis padres se inventaron un juego para romper el hielo: las chicas nos quitaríamos un zapato y lo pondríamos al centro de la pista de baile, que estaría en la terraza. Al empezar a tocar la música, cada chico iría a escoger un zapato, cuya dueña le era desconocida. Con ella, bailaría toda la noche.

Comenzado el juego, tocaron un pito y la manada de varones se tiró al ruedo a pelearse por los *Mary Janes* de charol y las balerinas de cabritilla blancas, con moñas o lacitos de colores adornándoles las puntas, para llevarlas como prenda a su dueña. Al cabo de un rato, todas las niñas calzaban ambos zapatos y estaban emparejadas, todas, esto es, menos yo. Mi zapatilla plateada flotaba a la deriva en medio del piso como una canoa enorme y abandonada. Esa noche no bailé con nadie, hasta que mi padre me invitó a hacerlo. A nadie le importó que Martita, la homenajeada, se quedara pintada en la pared toda la noche. A mí tampoco me importó. No me gustaban las fiestas, ni toda la parafernalia de los peinados y las vestimentas abigarradas.

De niña, me encantaba andar descalza por nuestra casa, que tenía el piso de losetas de cemento pulido grises y amarillas, y que era muy fresco. Sentía que tenía una comunicación especial con la tierra cuando caminaba sin zapatos. Era algo que nutría mi cuerpo; la carne se me esponjaba sobre los huesos y lograba pensar mejor. Era como si, a través de las plantas de los pies, me librara de todas las toxinas y gases venenosos que se me acumulaban por dentro. En la Isla, en aquel entonces, andar descalzo no era nada extraordinario. Medio pueblo andaba descalzo. La diferencia era que yo lo hacía porque me gustaba, y los otros, porque no tenían zapatos. Cuando la gente no puede comprar zapatos y calza suela solo una vez por semana, para ir a la iglesia el domingo, de regreso a casa, trae los zapatos en la mano para que no se le gasten.

Los puertorriqueños siempre se han sentido especialmente orgullosos de sus zapatos. Me di cuenta de eso gracias a una experiencia que tuve algún tiempo después. El Sagrado Corazón tenía entonces dos edificios grandes: uno era de cemento de fachada colonial, el que daba hacia la calle Reina Isabel. Este edificio era para las discípulas que pagaban. El otro era un ranchón de madera que daba para la calle de atrás, el callejón Amor, una vía poco conocida que terminaba en el arrabal de Machuelo Abajo, cerca del río Portugués. Este plantel era para las niñas pobres. Cada colegiala tenía una "pobrecita" asignada a ella, que era su protegida mientras estudiara en el colegio.

Una vez en semana, todos los viernes a la hora del almuerzo, bajábamos en fila india al colegio de las pobres, llevando en la mano una china o un guineo, alguna fruta que ese día se servía a la hora del almuerzo, en el comedor, como postre. Nos la servían, pero no podíamos comérnosla: ese día nos quedábamos sin postre, para que supiéramos lo que era ser pobre. Al llegar al final del patio, nos encontrábamos con la fila de las protegidas, que marchaba en dirección contraria a la nuestra, y cada una le alargaba a su pobre la china o el guineo no degustado, que esta aceptaba cortésmente.

Las monjas nos habían explicado, en un sermón que se suponía que fuera inspirador, el significado de aquel gesto, que estaba dirigido a enseñarnos la importancia de la generosidad y del sacrificio por el bien del prójimo. Pero a mí aquellas visitas al colegio de las alumnas pobres me hacían sentir incómoda, y tuvieron mucho que ver con que estuviese de acuerdo cuando mis padres me enviaron a estudiar a los Estados Unidos, cuando llegué a noveno grado. Allí, en los colegios no había ni ricos ni pobres y todos eran iguales.

El domingo de Pascua las pobrecitas hacían su primera comunión y las colegialas teníamos que pagarles el traje y los zapatos, así como la fiesta de celebración. Mamá envió el dinero del traje de primera comunión, pero se le olvidaron los zapatos. Las monjas me excusaron de ir a clase esa tarde, para que fuera a comprarle a mi pobrecita un par de zapatos para la ceremonia. Llamaron a casa y Mamá envió al chofer, con el dinero, a buscarme. Juntos fuimos a La Gloria, la tienda de zapatos en la calle Atocha ("Tus pies en la Tierra, tus zapatos en la Gloria", cantaba el anuncio en la radio), a comprarlos. Como Aida, mi pobrecita, me había dicho que solo tenía un par de zapatos (los que usaba para ir a la escuela todos los días), pensé que lo mejor era comprarle un par que le durara, y le escogí unos Buster Brown negros, de cuero lustroso y resistente.

Me gustó el nombre que aparecía sobre la caja, con la imagen de dos niñitos norteamericanos vestidos con ropa sencilla, que iban con sus libros camino a la escuela. Eran zapatos unisex; tenían el mismo estilo para las niñas que para los niños. El nombre de *Buster* también me atraía: le daba fuerza a la niña que los llevaba puestos sobre la tapa de la caja: ella también podía ser *Buster*, defenderse de las injusticias del mundo calzando zapatos que podían romperle la crisma al más desprevenido, si fuera necesario. Ajeno a mis especulaciones, el dependiente los empaquetó en papel de estraza y los amarró con un cordel, y cuando regresé a la escuela se los entregué a Aidita, que aceptó el paquete con una sonrisa tímida y se lo llevó a su casa sin abrirlo.

A la mañana siguiente, en la capilla del Colegio, me encontré con Aidita esperándome a la puerta, anegada en llanto. Entramos juntas a la ceremonia, en fila con las demás estudiantas, y cuando todo terminó, me acerqué a preguntarle qué le pasaba. Pero no quiso contestarme, y estuvimos sentadas una junto a la otra en el comedor durante el desayuno de celebración, tomando chocolate caliente con pan untado con mantequilla blanca, la deliciosa mantequilla de crema que batían las hermanitas, pero sin pronunciar una sola palabra. Al final del evento, llevé a Aidita de regreso a su casa en el arrabal de La Cantera, en el Cadillac de la familia, pensando que eso la alegraría, pero siguió igual de compungida y no me dirigió la palabra durante todo el trayecto.

Muchos años después, cuando estaba de vuelta en Ponce, una mujer que no reconocí se me acercó en la calle.

—¿No se acuerda de mí? Soy Aidita, su pobrecita del Sagrado Corazón. Quería darle las gracias por el traje de primera comunión. Fue muy generoso de su parte.

Me acordé entonces de lo que había ocurrido y le pregunté:

—Pero ¿no estuviste llorando durante toda la misa?

Me miró como si dudara si debía decírmelo. Entonces se rio y me dijo:

—Todas las niñas llevaban zapatos de cabritilla blanca, pero yo llevaba puestos los Buster Brown negros que usted me compró.

Me di cuenta de lo que había hecho y me eché a reír también, pero aunque no hablamos más del asunto me sentí terriblemente abochornada.

En aquel entonces, yo visitaba el Club Deportivo de Ponce casi todas las tardes porque me apasionaban los deportes. La americanización trajo también aquello: las mujeres podían practicar todo tipo de actividad deportiva y los equipos eran mixtos. Me encantaba jugar baloncesto y béisbol, y estaba en todos los equipos del Club. Los deportes me enseñaron que la vida es un esfuerzo constante por alcanzar una meta, y que uno tiene que dar de sí para sobrepasarla. Yo despreciaba a las niñas de corsé y fajas Playtex, que iban a los bailes del Club. Las fajas eran tan apretadas que era imposible quitárselas cuando uno tenía que ir al baño, porque el calor las derretía y el sudor las pegaba al cuerpo. Si uno comía algo que no le caía bien, tirarse un pedo se convertía en una tortura medieval, porque el aire no atravesaba aquella armadura de goma, y los gases crucificaban el abdomen. Yo estaba segura de que las jóvenes norteamericanas no tenían que pasar por ese viacrucis.

Mi gusto gringo por los deportes también se reflejaba en mi clóset. Yo casi no tenía zapatos; mi zapatera parecía un escaparate de Champions. Como los Champions eran unisex y venían en tamaños grandes y en todos los estilos y colores, siempre encontraba algún par que podía comprarme. Me encantaban y me hacían sentir contenta. Yo desconocía entonces lo que era la tristeza y la depresión. Iba rebotando por el mundo como una bola de baloncesto a punto de atravesar por el aro. Mamá vivía convencida de que su hija se había convertido en una *tomboy* irredenta.

Algunas semanas antes de mi debut en el Club, Mamá y yo viajamos a San Juan en busca de un par de zapatos de vestir blancos, que armonizaran con mi traje de cotillón de encaje de *Alençon*. Buscamos por todas las tiendas, pero no encontramos un solo par que me sirviera. Todos me quedaban pequeños y solo logramos comprar un par de sandalias talla nueve, que hacían que el dedo grande se me deslizara peligrosamente hacia adelante, asomándose fuera del zapato como pidiendo que lo pisaran. Mamá se puso histérica.

—No puedes debutar en chancletas, Martita. El propósito de un debut es precisamente que la gente lo vea a uno. Eso es lo que se quiere cuando una señorita va a presentarse en sociedad: exhibirse para que los jóvenes la vean. No nos queda más remedio que viajar a Nueva York.

En la Quinta Avenida, existía una tienda que se llamaba Tall Gals, donde solo vendían zapatos para mujeres de pie grande. Mamá estaba segura de que allí encontraríamos los zapatos para mi debut. Viajamos a Nueva York y entramos tímidamente en la tienda, deslizándonos entre las americanas. Todas eran altas y fornidas; algunas de ellas parecían mujeres-gigante y medían cerca de seis pies. Mamá y yo entramos sin hacer barullo y nos sentamos en un par de butacas de cuero rojo. Esto nos hizo sentir mejor, pues sentadas nadie podía ver que Mamá solo medía cinco pies y yo, cinco con cuatro. Nos sentíamos como enanas, no solo por ser menos altas, sino por haber nacido en una isla que nadie sabía dónde quedaba. Cuando se nos acercaban las dependientas, rehusaban atendernos: insistían en que Puerto Rico era un país latinoamericano y que no podían enviarnos los zapatos, porque el correo federal no llegaba hasta allí. Nos miraban con desconfianza, convencidas de que nuestras licencias de conducir eran falsas, y que planeábamos robarnos los zapatos. Una y otra vez, tuvimos que explicarles a las vendedoras que Puerto Rico se encontraba atado a los Estados Unidos por un cabete invisible que se llamaba Estado Libre Asociado, y que éramos ciudadanas americanas.

Quince minutos más tarde, ganada la batalla de la ciudadanía gracias a la tarjeta del seguro social, una de las chicas accedió a atendernos.

—¿Podría usted enseñarnos un par de zapatos de seda blanca en tamaño diez para esta señorita? —le preguntó Mamá cortésmente, inclinando hacia mí la cabeza.

Se sentía abochornada de que yo tuviese el pie tan grande, sin ser alta ni fornida como las americanas. Ella calzaba un refinado tamaño cinco, y no quería que supieran que yo era hija suya. La vendedora entró en los depósitos y regresó con una torre de zapatos balanceada en cada mano. Mamá estaba encantada.

—¡Esto es el paraíso! —me dijo, y me compró seis pares. Desde aquel día, fui una niña normal que no solo calzaba *Champions*, sino zapatos de todos los colores y modelos.

Fue gracias a la insistencia de Mamá que, en aquel entonces, entré en la Academia de Ballet Ana Pavlova de Ponce.

Aunque nunca llegaría a ser bailarina —era imposible llegar a serlo cuando se empezaba a bailar a esa edad—, el *ballet* podía ayudarme a olvidar el baloncesto y refinar mi postura y hasta mi personalidad. Las zapatillas de punta controlarían el crecimiento de mis pies y harían que mis movimientos fueran dúctiles y delicados. La dramatización del amor —como una emoción espiritual que, supuestamente, no tenía nada que ver con el sexo— que proyectaba el *ballet,* también atraía a Mamá. Mi cuerpo se transformaría en una larga línea llena de gracia, y dejaría de parecer un rollo de energía que se desplazaba como una bola de cañón bajo los canastos de las canchas de baloncesto. Gracias a las clases de *ballet*, me transformaría en una joven femenina, pura y etérea, envuelta en bellas faldas de tul.

Al principio, me entusiasmó la idea de las clases. Había visto a Alicia Alonso bailar "El cisne negro" en el teatro La Perla, y la encontré fascinante. Esos seres aéreos desplazándose por el escenario no podían ser mujeres: eran espíritus que se habían despojado del cuerpo y vivían libres de todo pecado. Contemplarlas interpretar la música con sus cuerpos era inspirador.

Yo era muy piadosa en aquel entonces, y existía una relación entre el *ballet* y la religión que me atraía. Iba a misa todas las mañanas y rezaba de rodillas por media hora. En las tardes, iba al estudio de *ballet* de la Academia Ana Pavlova y pasaba, por lo menos, una hora haciendo mis ejercicios de calentamiento y, luego, bailando en punta. Ambas actividades me causaban dolor, pero, gracias a ellas, cosechaba grandes beneficios: por un lado, salvaba mi alma, y por otro, aprendería cómo atraer a los hombres. Si yo no aprendía a sacrificarme y a seducir a los jóvenes del sexo opuesto, no me casaría, me aseguraba Mamá, y esa era la meta principal en la vida de una jovencita de familia bien como yo.

El *ballet,* como mamá pensaba, era un arte excelso, que solo es posible para las mujeres, porque ellas son las que bailan en punta. Los hombres solo bailan en zapatillas planas, y no tienen acceso a ese espacio suspendido entre cielo y tierra donde se vive insuflado por la inspiración. Lo único que los bailarines pueden hacer es brincar más alto que las mujeres, y por eso, a menudo, parecen artistas de circo. Así fue como, convencida de que estaba entrando en un mundo en el que las mujeres reinaban supremas, me abracé al *ballet* con alma, vida y corazón.

Lo que, finalmente, me hizo abandonar la carrera fue, irónicamente, lo que me atrajo de ella en un principio: las zapatillas de punta. Bailar en ellas era una agonía. No importaba cuánta lana de oveja uno les metiera dentro, los pies acababan siempre magullados y sangrando. Lo que era peor, mis pies no dejaron de crecer gracias al *ballet*, como esperaba Mamá.

—¿Qué hace cuando está en casa? —me preguntaba míster Ignaz, el maestro ruso de la Academia—. ¿Pasa día corriendo descalza por el patio como salvaje? Usar zapatos todo el tiempo, para controlar pie.

Pero nada daba resultado y llegué a calzar tamaño once. Pronto necesitaría una grúa para subirme en puntas. Seguí tomando clases de *ballet* por un tiempo, pero un día lo abandoné. El *ballet*, sin embargo, no dejó de gustarme. Cuando mis padres me enviaron a estudiar al Manhattan College, en Nueva York, iba a las funciones del Metropolitan Opera House siempre que me era posible. Contemplar a las bailarinas girar sobre zapatillas, como capullos de seda rosa, me hacía feliz.

Durante mi primer año en el Manhattan College, tomé un curso de Literatura Medieval Francesa con *Monsieur* Honoré, un noble francés venido a menos, que había comenzado a enseñar en el colegio ese año. Leímos en clase un poema que me gustó mucho: "Yseult aux blanc pieds". En él, la reina Yseult cruzaba un río a caballo, seguida por el rey, cuando un chorro de agua le salpicó la entrepierna. Molesta por la humedad, Yseult se quitó los zapatos y las medias, y siguió cabalgando descalza.

—El río fue más atrevido que el anciano rey —dijo *Monsieur* Honoré con una mirada maliciosa—. Cuando Tristán ayudó a la reina a bajarse del caballo, hizo un estribo con las manos para que la reina se apoyara en ellas. Cuando vio la blancura del pie desnudo de Yseult, se enamoró locamente de ella.

Me pareció extraordinario que un poema fuese escrito para elogiar los pies de una mujer, ya que los míos eran la maldición de mi existencia.

—Los pies son un fetiche erótico bastante común en Europa —dijo *Monsieur* Honoré con una sonrisita cínica cuando le hice el comentario—. Tener los pies grandes suele ser algo muy sofisticado en las mujeres.

Sospeché que me estaba dorando la píldora porque había notado que mis pies eran enormes. Era casi un anciano y tenía el pelo gris plata, pero era todavía un hombre atractivo en su estilo casi arcaico. Como todos los franceses, era sumamente cortés. Me cayó en gracia desde el principio.

Estaba echando de menos a mi familia. Mi prima Rose Monroig, la única parienta que tenía en Nueva York, había empezado un doctorado en literatura española en Columbia University y no venía a verme muy a menudo. Así que decidí comprar boletos para ver un *ballet* en el Metropolitan Opera House el próximo fin de semana, para distraerme. Ninguna de mis compañeras de clase quiso acompañarme, pero no me importaba ir sola. El domingo amaneció un día precioso y decidí caminar hasta Central Park, que quedaba a unas veinte cuadras de distancia del colegio. Almorcé un *hot dog* en el parque y me senté en un banco a darles de comer a las ardillas. A la una y media caminé hasta la calle 39 Oeste, donde se encontraba el Metropolitan Opera House.

Había comprado boletos para la obra que la compañía del Metropolitan ponía en escena ese día, *Los amantes de Pekín,* en la función de matiné. Era un *ballet* muy sensual, un dúo inspirado, en parte, en los grabados pornográficos orientales: un príncipe y una princesa, vistiendo unos trajes nupciales espléndidos, que arrastraban colas decoradas con garzas; flamencos y todo tipo de pájaros exóticos, bordados en hilo de oro, entraban en una habitación de paredes de papel semitransparente, para consumar su amor. Dos cortesanos los ayudaban a despojarse de sus opulentas vestiduras hasta quedar desnudos, esto es, vestidos con unos leotardos color carne que daban la impresión de desnudez. La mujer llevaba puestas zapatillas de punta, mientras que el hombre bailaba descalzo durante la escena de acoplamiento. Una vez terminado el apasionado "acto de amor", los cortesanos entraron nuevamente en el cuarto y ayudaron a los amantes a volver a vestirse, para reintegrarse a sus deberes principescos. Me encantó la producción y, al salir de la función, compré un boleto para regresar el próximo fin de semana.

El domingo siguiente, llegué temprano al Metropolitan Opera House y me senté en un banco del *lobby* a leer un libro. Había traído conmigo *La Chanson de Roland*, que discutiríamos en la clase de francés próximamente. Cuál no fue mi sorpresa cuando *Monsieur* Honoré se sentó a mi lado y me saludó cortésmente.

—*Bon après midi, mademoiselle.*

Antes de levantar la vista de la página, adiviné quién era por la voz untuosa, como envuelta en parafina derretida.

—No sabía que le gustaba el *ballet*. De haberlo sabido, le hubiese ofrecido transportación. Yo vengo hasta aquí en mi carro desde el colegio todos los fines de semana.

Tenía un tono de voz agradable y me preguntó que de dónde era. Cuando le dije que de Puerto Rico, se mostró admirado.

—No tiene aspecto puertorriqueño. Más bien parece francesa o italiana.

Ese comentario, por lo general, me enfurecía; no era la primera vez que lo escuchaba.

—¿Y cómo se supone que nos veamos los puertorriqueños? —contesté, molesta—. ¿Con bembe de llanta, ojos bizcos y un cuerno en la frente?

Pero yo le caía tan bien a *Monsieur* Honoré, que decidió ignorar el comentario.

Pasamos los veinte minutos antes de la función

conversando amigablemente. Le pregunté si estaba casado y si tenía familia. *Monsieur* Honoré se rio y sacó un pañuelo de hilo blanco del bolsillo, perfumado con vetiver.

—No, *mademoiselle*, yo siempre he sido soltero. Y supongo que lo seguiré siendo, porque a mí no hay quien me aguante. Vivo en la residencia para los maestros del *College*; las monjitas me recogieron porque en Francia, en el pasado, mi familia les ha hecho donativos espléndidos.

Me di cuenta de que era mejor cambiar el tema. Le conté a *Monsieur* Honoré lo bien que había estado el *ballet* el domingo anterior y se mostró interesado.

—Solo hay una cosa que me confunde de *Los amantes de Pekín* —dijo, secándose con el pañuelo las finas gotitas de sudor que perlaban su frente—. Si la heroína de la historia era una mujer china de la nobleza, era imposible que bailase en zapatillas de punta. Sus pies hubiesen estado ceñidos por apretadas bandas de hilo.

Yo no sabía nada sobre las costumbres chinas y le pedí a *Monsieur* Honoré que me explicara aquello.

—En la China, a las niñas nobles les amarran los pies con tiras de hilo o de seda de diez pies de largo, para que no les crezcan. Si la cortesana del *ballet* era china, no solo no podría bailar; escasamente, podría caminar. Se supone que parezcan capullos de flores de loto. Un pie "loto de oro", que no tenía más de tres pulgadas de largo, era el ideal de la belleza femenina. El "loto de plata", que medía cuatro pulgadas, lo seguía en categoría.

—¡Qué espanto! —le dije, mirándolo horrorizada. Pero *Monsieur* Honoré sonrió tranquilamente—. El mundo está lleno de espantos, *mademoiselle*, que a otras gentes les parecen maravillas.

Su Puerto Rico es una jaulita dorada. Es bueno que salga, para que conozca lo que es el mundo.

Estuve a punto de levantarme, pero *Monsieur* Honoré me detuvo y me agarró una mano.

—Ustedes, las burguesitas de Puerto Rico (ya he tenido varias en mis clases, que la precedieron en colegios donde he enseñado antes), están muy influenciadas por los americanos, que pueden ser un pueblo bonachón e inocente, pero también son tan aburridos como un vaso de leche. Las jóvenes que se sometían a la práctica de amarrarse los pies en la China se consideraban afortunadas. No tenían que trabajar y se pasaban la vida en la corte, tendidas sobre divanes acolchonados de seda, y divirtiéndose de lo lindo. Si las hermosísimas zapatillas chinas, que han sobrevivido y se encuentran expuestas en los museos orientales del mundo, son auténticas, tanto las mujeres como los hombres disfrutaban de la costumbre de amarrar los pies, porque los pies pequeños son un poderoso afrodisíaco.

Y *Monsieur* Honoré procedió a describirme cómo eran las zapatillas de las cortesanas chinas, que estaban bordadas con todo tipo de pájaros, mariposas y flores. Hasta las suelas estaban bordadas, muchas veces, con escenas eróticas, ya que jamás se caminaba sobre ellas, y se dejaban sueltas, a propósito, para hacerles cosquillas a las jovencitas en las plantas de los pies y estimular su sensualidad.

Me sentí tan avergonzada de lo que estaba escuchando que sentí náuseas, pero no me atreví a interrumpir a *Monsieur* Honoré. El profesor se dio cuenta de mi turbación y dejó por fin libre mi mano.

—Estuve sirviendo en Vietnam, sabe, en el Ejército francés, por varios años, y de allí pasé a vivir en la China, donde trabajé de intérprete. La guerra fue algo terrible; todavía no me he repuesto de ella —dijo con la cabeza baja, sin mirarme a los ojos—. Es como si uno tuviera una herida oculta que todavía le sangrara de vez en cuando. Ante el horror de la guerra, los pecadillos del amor resultan asuntos banales. Como bien sabía el fino dramaturgo Marivaux, solo el amor y sus juegos, tan distintos en las diferentes culturas, lo consuelan a uno.

Yo estaba tan impresionada que ni me di cuenta de que todo el mundo se había levantado y había entrado en la sala de conciertos. El *lobby* estaba casi vacío y la función estaba a punto de empezar. El profesor se recuperó de pronto.

—¡Pero qué barbaridad! Entremos, entremos a la sala. Por culpa mía, por poco nos quedamos fuera y llegamos tarde.

Tirando nuevamente de mi mano, se escurrió dentro del teatro conmigo antes de que cerraran las puertas.

Cada uno buscó su asiento en la oscuridad, pero en el intermedio volvimos a encontrarnos en el vestíbulo del teatro. Me fijé en las cariátides desnudas de techo, que eran altas y fornidas, como las amazonas norteamericanas, y sostenían en alto los arcos de la bóveda del techo, que representaba el cielo, sin ningún esfuerzo. *Monsieur* Honoré y yo nos paseamos por el amplio recibidor, tomándonos una copita fría de champán, invitación del profesor. Me sentía feliz, lejos del ambiente provinciano de Ponce y del enclaustramiento del colegio, participando, al fin, de las actividades del sofisticado mundo de Nueva York, que antes solo conocía gracias a los libros. Los pecados del amor, en efecto, parecían haber menguado grandemente en importancia bajo los hermosos cuerpos desnudos de las amazonas del techo, y la prédica de una moral pulcra, tan defendida y repetida por las monjas de Manhattan College, se había esfumado por completo del horizonte.

Solo un detalle me devolvió a la realidad. A la luz brillante de los candelabros, la ropa de *Monsieur* Honoré se veía estrujada y gastada, y sentí compasión por él. No debía de ser fácil para un sofisticado hombre de mundo nacido en Europa vivir en el campus de un colegio católico, donde solo asistían niñas, y tener que atenerse a las estrictas reglas de moral conventuales. Su vida de seguro era bastante aburrida, y la paga, como en todos los colegios católicos, sería móndriga y no permitiría grandes diversiones mundanas. Me pregunté por qué el profesor habría emigrado a los Estados Unidos y prefería vivir allí en vez de en el valle del Loira, en Francia, donde residía su acaudalada familia, pero no me atreví a preguntarle.

Las burbujas del champán soltaron mi lengua y le conté sobre mi pasión por el *ballet*, que albergaba desde pequeña, y cómo había tenido que abandonarlo por el problema de mis pies. Bailar en punta, teniendo los pies tan grandes, resultaba demasiado doloroso; era sumamente difícil controlar los movimientos calzando zapatillas tamaño once. *Monsieur* Honoré se mostró comprensivo.

—Fue una pena que tuviera que abandonar su pasión, pero al menos aprendió algo importante: las mujeres tienen que sufrir para lograr ser bellas. Tienen que hacer arte con sus vidas. Es así que se atrae a los hombres.

El comentario me hizo sentir incómoda, pero me quedé callada para no dañar la magia del momento.

Una vez terminada la función, *Monsieur* Honoré se ofreció a llevarme en su carro de vuelta al colegio, que quedaba en Lower Manhattan, pero rechacé cortésmente su invitación. Preferí tomar la guagua por mi cuenta y no revelarle al profesor en cuál dormitorio del complejo universitario vivía. Fue una reacción instintiva; no lo pensé de antemano, pero algo en el comportamiento de *Monsieur* Honoré hizo que, en aquel momento, no le tuviera confianza. Esa noche, descansando bajo el edredón de plumas color de rosa con volantitos de piqué, que mi madre me había mandado a hacer cuando fui a estudiar a Manhattan, tuve una pesadilla terrible. Soñé que corría descalza por un campo nevado, con *Monsieur* Honoré persiguiéndome tan de cerca que podía sentir su aliento sobre la nuca, y que no podía escapar porque mis pies medían tres pulgadas de largo. Me desperté aterrada.

Dos semanas después, ya se me había olvidado el sueño y estaba de nuevo deprimida, echando en falta a mis amistades y a mi familia. Al salir de la clase de francés, *Monsieur* Honoré se me acercó y me invitó a ver la nueva producción de *El lago de los cisnes*, en el Metropolitan Opera House, el sábado siguiente en la tarde, que se decía que estaba estupenda. Tenía un boleto extra: un amigo le había regalado el suyo, porque había tenido que irse de viaje, y él ya había comprado uno. Le di las gracias y acepté encantada. Quedamos en reunirnos a las tres de la tarde en el *lobby* del Hotel Plaza, en el sofá redondo que quedaba en medio del recibidor, adornado siempre con un enorme jarrón de claveles perfumados. Así tendríamos tiempo suficiente para pasear un poco por la Quinta Avenida, dijo, antes de dirigirnos al teatro para la matiné.

Era un día precioso, de esos que hacen a uno beberse el aire de Nueva York como un licor que provoca una borrachera de felicidad. Los rascacielos brillaban ante nosotros como sables desenvainados que rasgaban el azul del cielo, limpiándolo de nubes, de todo lo que fuera triste, débil o corrupto. Aquellas eran las espadas de los hombres más poderosos del mundo, los príncipes empresarios dueños de todo el dinero y la autoridad, del bien y de la razón. Los príncipes empresarios siempre eran buenos y no se equivocaban nunca; pasear junto a sus edificios hacía que a uno se le pegara un poco del polvillo de diamante que se desprendía de sus costados.

La calle estaba tan llena de transeúntes entrando y saliendo de los establecimientos que caminar por la acera resultaba difícil. *Monsieur* Honoré y yo nos parábamos frente a cada vitrina de cristal a admirar los tesoros exhibidos en las tiendas, que, supuestamente, estaban al alcance de todo el mundo, siempre que el bolsillo lo permitiera.

Nos paramos frente al escaparate de Delman, el exclusivo establecimiento de zapatos entre la Quinta Avenida y la Cincuenta, a admirar los bellísimos modelos que estaban en exhibición.

—Adoro los zapatos femeninos —dijo *Monsieur* Honoré—. Un zapato de tacón alto es una obra de arte. En París, hay una colección fabulosa de zapatos en el Museo del Arte y de la Moda. Allí, he pasado largas tardes admirando los *chaussons* de brocado del siglo dieciocho, los chopines venecianos del diecisiete y las zapatillas de tacón rojo que se usaban en la corte del Rey Luis XIV.

Asentí en silencio, sin mostrar demasiado interés. Aquellos zapatos nunca les servirían a mis enormes pies de campesina patagona, como me llamaba mi abuelo. Pero pronto, la alegría que se desprendía de aquella decoración festiva se me contagió. Como estábamos en marzo y era tiempo de carnaval, la ventana de Delman estaba decorada para la ocasión. Cada par de zapatos lo calzaba una dama enmascarada: la princesa turca llevaba un par de zapatillas Gucci adornadas con turquesas auténticas. La dama de las camelias llevaba un par de zapatillas de encaje negro de chantillí, diseñadas por Charles Jourdan. Varias cortesanas, vestidas según la época de Luis XIV, llevaban botas de brocado, diseñadas por André Perugia. Todas iban adornadas con serpentinas de colores y confeti espolvoreado por encima. Los precios de los zapatos eran astronómicos.

Pensé en lo lejos que estábamos los puertorriqueños de todo aquello. A las sandalias, las llamábamos chancletas; un hombre que solo tenía hijas era motivo de mofa o burla, y lo llamaban *chancletero*. La gente le tenía compasión, porque, al no tener hijos, su situación económica se perjudicaba y bajaba de escalafón social. Pensé en mi madre y en su gusto por las chinelas de plumas, que dejaban el talón al descubierto, las que solía calzar cuando andaba en bata por la casa. Ella sabía que le quedaban preciosas, porque tenía unos pies pequeños y hermosos, tan delicados que parecían tallados en alabastro; eran un arma poderosa para atraer las miradas de Papá. Mis pies, por el contrario, no ejercerían jamás poder alguno sobre los hombres.

Un día, le pregunté a Mamá por qué le gustaban tanto las chinelas de plumas y me contestó:

—Para escapar del aburrimiento, por supuesto. Una sandalia de plumas es como un cohete mágico; le permite a uno elevarse sobre los charcos de fango y escapar. Puedo soñar que no soy una ama de casa avejentada, casada con tu papá.

A pesar de su amor por las chinelas y las sandalias, Mamá casi nunca las compraba, porque en Ponce no había lugares donde ir a lucirlas. A las ocho de la noche, ya todo el mundo estaba trepado en su palo, la cabeza metida debajo del ala y durmiendo como las gallinas. De pronto, me hicieron falta Mamá y la tranquilidad de Ponce, donde no pasaba nada y eso era lo mejor que pasaba. Se me llenaron los ojos de lágrimas.

Monsieur Honoré se dio cuenta de que yo estaba triste y me rodeó los hombros con un brazo.

—Los zapatos son como nuestros espejos, reflejan quiénes somos. Si quiere saber cómo es una persona, solo tiene que fijarse en sus zapatos. Los suyos, por ejemplo, son marrones y de cabetes bien amarrados. Son definitivamente demasiado serios para una cara tan bonita y delicada como la suya. Puedo adivinar, al verlos, que usted es una persona que casi nunca se divierte.

Me quedé mirando mis botas de excursión de suela gruesa, tan parecidas a los Buster Brown de Aidita. Me encantaba llevarlas puestas cuando me desplazaba por la ciudad, porque podía caminar millas y millas sin cansarme y me daban una sensación de libertad.

Pero quizá *Monsieur* Honoré tenía razón. Los zapatos hermosos, como las chinelas de las cortesanas chinas, hacían posible otro tipo de escape. Mamá hubiese estado de acuerdo con él, cuando insistía en que los zapatos y chinelas de lujo podían ser naves espaciales que nos transportaban a un mundo de sueños. De pronto, me fijé en un par de zapatillas Christian Dior exhibidas en la ventana de Delman. Eran de un rosa coralino precioso, con tacones como estiletes, y estaban adornadas con unas cintas rosa que se ataban a los tobillos, igual que las zapatillas de *ballet*. Se las señalé a *Monsieur* Honoré.

—Mire esas —le dije—. Nadie podría caminar sobre ellas, más bien servirían para picar hielo. ¡Pero qué hermosas son!

Para horror mío, *Monsieur* Honoré dio la vuelta sobre sus talones y entró en el establecimiento. Se dirigió a uno de los vendedores y le pidió que le trajera las zapatillas de Dior en tamaño once, porque su nieta, la señorita que lo acompañaba, quería probárselas. Yo recé porque no las tuvieran en mi tamaño, pero de nada me valió. Pasó un rato antes de que el vendedor regresara, pero finalmente se acercó con la caja abierta, y me ofreció las zapatillas como en bandeja.

—Tuve que buscar un rato, pero al fin las encontré. Es un modelo muy juvenil. Vale la pena que lo compre una jovencita tan atractiva.

El joven tenía una sonrisita maliciosa en los labios, como si supiera bien de lo que se trataba —aquello no era ninguna amistad entre un abuelo y una nieta, se trataba de otra cosa— pero él no se lo diría a nadie. *Monsieur* Honoré me obligó a ponérmelas y no pude negarme, luego del comentario del joven.

—Ahora, camine un poco por la tienda, ande, no sea tímida. A ver si le quedan cómodas —dijo *Monsieur* Honoré.

Di una vuelta por el salón, consciente de que las miradas de los otros clientes y de los vendedores caían sobre mis pies como si me hubiese calzado dos imanes. Las zapatillas me quedaban perfectas; destacaban el contorno suave de mis talones y me hacían ver como una mujer sofisticada, desenvuelta y seductora. Una clienta muy elegante, sentada cerca de nosotros, me miró con ojos de envidia y le pidió a su vendedor que le trajera un par idéntico. *Monsieur* Honoré sonrió bajo su bigotito acicalado.

—Muy bien, Martita. La admiración de otra mujer es la prueba de que las zapatillas le quedan bien. Nos llevaremos un par —le ordenó al vendedor—. Por favor ponga esos horribles *sabots* dentro de la caja. *Mademoiselle* se llevará sus zapatillas Dior puestas.

Y le entregó al vendedor mis botas viejas y un billete de cien dólares para pagar por la mercancía.

Me quedé muda de asombro. ¿*Monsieur* Honoré sería un viejo verde, o simplemente quería sacarme de la depresión en la que me sumía el colegio con aquel regalo espléndido? Me sentí intranquila, pero no me atreví a protestar, tal era la seguridad con que *Monsieur* Honoré se movía por la tienda, hablándole a todo el mundo y ordenándole al dependiente que se diera prisa, que íbamos para el teatro y ya estábamos tarde. Sus modales aristocráticos daban a entender que estaba acostumbrado a mandar, y todos se apresuraban a complacerlo. Al salir por la puerta de la tienda, ya no me quedó duda de si *Monsieur* Honoré era un caballero o no. Me agarró sin miramientos por el brazo, se inclinó hacia mí y me dio un mordisquillo en la oreja.

Lo empujé con todas mis fuerzas, pero no me soltó. Yo me moría de la vergüenza, pero seguí caminando obedientemente junto a él por la Quinta Avenida. Las muchedumbres pasaban por nuestro lado, yendo y viniendo por la acera, atareadas con la suprema importancia de lo banal: el conjunto de última moda de Marcel Rochas o los aretes de brillantes que rutilaban como diminutas cataratas de hielo en la ventana de Tiffany, sin que nadie se fijara en nosotros. *Monsieur* Honoré tenía mi brazo agarrado en un torniquete de hierro y no permitía que me alejara de él ni un centímetro. Percibí el perfume de vetiver de su pañuelo, y me dio asco imaginármelo desnudo y perfumándose después del baño, con los pellejos colgándole del cuerpo, como si fuera un joven de veinte años.

—¿Por qué no almorzamos en un buen restaurantito que conozco cerca de aquí, en vez de caminar hasta el Metropolitan Opera House? Así podremos practicar francés y llegar a conocernos mejor —me dijo.

Mascullé algo a media voz, de que los boletos para *El lago de los cisnes* se perderían y que él, seguramente, habría pagado mucho dinero por ellos, pero me dijo que no me preocupara, que perder aquel dinero no importaba en lo absoluto.

Al llegar a la calle 57, tomamos a la izquierda y caminamos hasta un pequeño restaurante francés, Le Steak Aux Pommes Frites, un bistró que quedaba en un sótano cercano a la Quinta Avenida. Un hombre grueso y panzudo se nos acercó, y supuse que era amigo de *Monsieur* Honoré, por la familiaridad con que lo trataba. Nos llevó hasta una mesa al fondo del establecimiento, semioculta tras un biombo de motivos alsacianos, decorado con cigüeñas que levantaban el vuelo sobre techos salpicados de manchas de grasa. Aunque estábamos a comienzos de primavera, los clientes del restorán estaban casi todos vestidos con ropa oscura; las mujeres, con trajes de chaqueta y adornadas con joyas, y los hombres, de gabán y corbata. En las cercanías de la Quinta Avenida, todos los establecimientos adquirían algo de caché, no importaba lo mala que fuera la comida o lo dilapidado que estuviera el lugar. El polvillo de diamante de los príncipes empresarios se le adhería a todo el mundo.

Yo había juzgado mal el clima ese día y me había puesto un vestido de algodón amarillo estampado con florecitas de flamboyán, que había traído de Puerto Rico. No me había importado el contraste con mis botas, porque mi gusto en la vestimenta siempre había sido excéntrico. Quería impresionar a *Monsieur* Honoré, demostrarle que de donde yo venía también había ropa bella, pero el traje no tenía mangas y traía los brazos congelados. Me sentí desgraciada, una jíbara más, acabada de bajar del avión con chaquetita de plumas de marabú, para protegerme del frío ártico de Nueva York. Solo a mí se me ocurría semejante tontería.

El mozo se acercó a nuestra mesa y *Monsieur* Honoré pidió unos *escargots* al ajo y un *lapin a l'Armagnac* para dos. También encargó una botella de Tokay.

—Es un vino de Bohemia muy bueno —dijo riendo—. Dicen que el conde Drácula solía beberlo antes de meterles el diente a las jovencitas, que eran su verdadero manjar.

Me le quedé mirando aterrorizada. Me di cuenta de que me estaba amenazando, haciendo como si aquello fuese una broma. Estas cosas no sucedían en la vida real: los viejos asquerosos no secuestraban a las niñas sofisticadas que estudiaban en el Manhattan College, en el exclusivo barrio de Helmsley Square.

Hice un esfuerzo por no dejarme llevar por el pánico, pero sentí un sudor frío bajándome por la nuca.

—Tengo que ir al baño —dije con voz temblorosa, observado al mozo fornido que se había colocado estratégicamente entre nuestra mesa y el pasillo que daba a la salida del establecimiento.

Monsieur Honoré mostró unos dientes filosos y amarillentos en lo que se suponía fuese una sonrisa. Me atenazó por la muñeca de la mano izquierda con su puño de hierro y, con la derecha, empezó a palparme un muslo por debajo de la mesa.

—No, señorita, usted no se mueve de aquí. No hemos venido tan lejos para que se me escape tan fácilmente.

Hizo un gesto con la mano y le pidió al mozo fornido que le sirviera más vino y nos trajera pan. Consideré empezar a gritar pidiendo auxilio, sacudiendo violentamente el brazo para librarme de aquel pulpo, pero la callada atmósfera del lugar; las copas de cristal puestas en hilera frente a cada plato: una copa para vino blanco, una para vino tinto y otra para el agua; los cubiertos relucientes sobre el mantel de damasco: un tenedor para ensalada, otro para el postre y otro para el plato fuerte; las servilletas anudadas como corbatas de sultán en medio de los platos de porcelana reluciente, todo aquello formaba una barrera de cortesía y de *politesse*, de convenciones elegantes y centenarias, que me paralizaba. Ponerme a gritar allí, donde todo el mundo hablaba en susurros y el silencio solo lo quebraba el tintineo delicado del hielo contra el cristal, cuando el mozo servía el agua en las copas, sería una puertorriqueñada inconcebible. ¿Cómo dejar salir un grito salvaje en un ambiente tan civilizado? *Monsieur* Honoré, sentado frente a mí, era la estampa misma de la respetabilidad. Aquel día, se había puesto sus mejores galas y se veía mucho más distinguido que el domingo anterior. Llevaba puesto un chaquetón de seda cruda color marfil y una corbata Hermès. Nadie me iba a creer si lo acusaba de acosarme sexualmente; pensarían que estaba loca o que era una grosera desquiciada. *Monsieur* Honoré lo sabía, y su sonrisa satisfecha me hacía sentir aún más enfurecida con él.

De pronto, sentí su rodilla, huesuda y dura como un mazo de piedra, introducirse entre mis piernas, tratando de separarlas. Entonces, empezó a empujar hacia arriba poco a poco la falda de mi traje con la mano derecha, oculta bajo el mantel, mientras con su izquierda seguía atenazándome el brazo como un grillete.

—Eres una chica muy bonita, Martita, no sé si te has dado cuenta de ello. Si pudieras podarte el dedo grande del pie media pulgada, como hizo la hermana de la Cenicienta, llegarías, posiblemente, a ser bailarina. Realmente es una pena.

Yo estaba tirando de mi brazo derecho con todas mis fuerzas, pero *Monsieur* Honoré me tenía atrapada entre la mesa y la silla con la tenacidad de un luchador de sumo. Estaba completamente a su merced, cuando, de pronto, me acordé de lo que mi abuelo me decía, cuando me llamaba su Patagoncita y me aseguraba que nunca me moriría de hambre porque tenía los pies tan grandes que podía matar a una gallina de una sola patada en el cogote. Busqué apoyar bien el pie izquierdo en el piso debajo de la mesa, contraje los muslos lo más que pude y tomé impulso a ciegas con la pierna derecha debajo de la mesa. Mi zapatilla Christian Dior salió disparada, con el taco de picar hielo apuntando hacia arriba, y se enterró en los crótalos de *Monsieur* Honoré. Él emitió un aullido de dolor y me soltó la muñeca. Yo agarré mi bolso, que estaba colgando del respaldo de la silla, y salí corriendo en dirección a la puerta. Antes de que *Monsieur* Honoré pudiese levantarse de la silla para seguirme, me arranqué las zapatillas de los pies y salí corriendo descalza, y con ellas en la mano, por la Quinta Avenida, con la velocidad del rayo, mientras los transeúntes neoyorquinos y los turistas saltaban a un lado y otro para dejarme pasar. Al llegar a la esquina, tiré las zapatillas con sus cintas rosadas por la alcantarilla más cercana y di un suspiro de alivio. Y, desde aquel día, jamás volvieron a interesarme las zapatillas exóticas.

Champán en el gallinero

> *La gallina es un ser. Aunque es cierto que no se podría contar con ella para nada. Ni ella misma contaba consigo, de la manera en que el gallo cree en su cresta. Su única ventaja era que había tantas gallinas, que aunque muriera una surgiría en ese mismo instante otra igual como si fuese ella misma.*
>
> *Lazos de familia*, Clarice Lispector

El día en que Catalina Monroig se emborrachó y cayó redonda al suelo, estaba bebiendo champán en un gallinero. Esto pasó cuando tenía dieciocho años, pero la historia en realidad comenzó cuando tenía trece y estaba interna en Norton Hall, una escuela privada en Massachussets a las afueras de Boston. Todas sus tías habían estudiado en Massachussets.

La madre de Cata y la madre de Álvaro, Dora, eran hermanas y se apellidaban Lawrence, sus antepasados eran de Boston. Habían llevado a sus hijos a pasar largas temporadas en los Estados Unidos, para que se sintieran orgullosos de ser americanos, además de puertorriqueños.

Norton Hall era una escuela laica —las llamaban entonces *non-denomination* para que las niñas que venían de escuelas católicas no se sintieran incómodas—, pero todos los viernes era obligatorio asistir a *Vespers*, el servicio protestante, en el sótano del *Main Hall*. Catalina, que estaba acostumbrada a la capilla del Sagrado Corazón de Ponce, donde había cursado la escuela elemental, un lugar luminoso que estaba decorado con muchos ángeles de alas ribeteadas de oro, santos y santas, todos ricamente vestidos, y muchos candelabros y floreros de plata, no se adaptaba a la oscuridad severa de la *Main Chapel*. Al principio, le chocó que la capilla de Norton estuviera en el sótano y que las paredes empaneladas con madera de roble estuvieran completamente desprovistas de imágenes de santos, pero, poco a poco, se fue acostumbrando.

A Cata también le gustaba que, para participar del sacramento de la comunión en Norton, no había que confesarse con un sacerdote, sino consigo misma. Así, los pecados quedaban en privado y la conciencia era un asunto estrictamente entre ella y Dios. Tampoco había que estar en ayunas cuando uno ingería la oblea mojada en vino, como sucedía en la Iglesia católica, sino que, antes del sacramento, uno podía tomarse algún refrigerio que le apaciguara el hambre. "Me he convertido al protestantismo sin darme cuenta", se decía Cata en las noches, cuando apagaba la luz de su dormitorio antes de conciliar el sueño. "Aunque si ser protestante viene de protestar, supongo que lo he sido siempre".

El verano de su primer año en Norton, Cata regresó a la Isla para las vacaciones y fue entonces que llegó a conocer mejor a su primo Albert. Albert tenía el cabello negro como ala de cuervo, y los ojos azul cielo; era alto, esbelto y muy sofisticado; hablaba francés, así como inglés, sin absolutamente ningún acento. En Norton, las amigas de Catalina estaban enamoradas de Clark Gable, Cary Grant, Gregory Peck y Rock Hudson, pero no podían conversar con ellos. Catalina se consideraba afortunada de poder hablar con su primo Albert todos los domingos, cuando este venía a visitarla a la escuela, y la llevaba a pasear por el Lover's Lane del parque sin preocuparles lo que pensara la gente.

En aquel entonces, Albert era un *junior* en Harvard, y sus padres estaban encantados de que hubiese escogido la carrera diplomática. Estaba estudiando *Foreign Affairs*, y era tan bien parecido que hubiese podido figurar en la pantalla de cine de Hollywood. Tenía una sonrisa perfecta, de dientes pulidos como almendras, y su nariz perfilada y su constitución alta y fuerte lo hacían muy fotogénico. Catalina, que era una niña piadosa a su manera, pensaba que Albert era tan bello que podía ser peligroso. Era como Lucifer antes de la caída: Lucifer había sido, en un principio, un ángel bueno, pero, a causa de su belleza, se había vuelto soberbio y había sido expulsado del Paraíso. Entre los miembros de la familia, Albert era famoso por su generosidad. No podía pasar junto a un mendigo en la calle sin darle todas las monedas sueltas que llevaba en el bolsillo, y si se la hubiese pedido, le hubiese regalado su chaqueta al pobre. Por esto, cuando Cata estaba con Albert, su sonrisa angelical borraba todas sus dudas.

Catalina todavía no estaba segura de lo que quería hacer en el futuro. Estaba estudiando francés en Norton, y allí había leído *El Principito* y *Cyrano de Bergerac,* en francés. Le encantaba la Literatura, pero también era buena en Matemáticas, y eso la mantenía en duda sobre la carrera que escogería al ingresar a la universidad más adelante. Un día, quería estudiar Arquitectura y, al día siguiente, quería ser escritora. Pero la Arquitectura era, probablemente, lo más conveniente, porque cuando Albert y ella se casaran se irían a vivir a París, donde estaban los edificios más bellos del mundo. En realidad, no había prisa en decidirlo, ya que no se suponía que las niñas estudiaran nada en específico. Podía decidir no estudiar nada sin que nadie se lo reprochase, y ser, sencillamente, ama de casa. Sus padres, como los padres de sus amigas, querían que ella sacara buenas notas en la escuela, pero cuando se graduara de universidad, su casa y su marido serían su verdadera meta.

A los catorce años, uno se enamora con alma, vida y corazón, y así fue que Catalina se enamoró de su primo Albert, aunque por mucho tiempo no se atrevió a decírselo. Sabía que era demasiado joven para él, y que las probabilidades de que Albert le correspondiera eran casi nulas. En el fondo, sabía muy bien que Albert venía a visitarla todos los domingos porque sentía que era su deber. Su madre le había rogado que se ocupara de su joven prima, que se encontraba lejos de su hogar, por primera vez, en un colegio laico. Pero una parte de Catalina se negaba a perder las esperanzas. Albert era un individualista y, quizá, venía a visitarla a Norton porque se sentía atraído hacia ella, y era lo suficientemente excéntrico como para esperarla. No había tenido ni una sola novia durante sus tres años de universidad, algo que resultaba extraño en el panorama social de entonces. Un joven como Albert habría tenido dos o tres novias para cuando cumpliera los veinte años, y, a los veinticinco, ya habría decidido con cuál joven de buena familia se iba a casar. Pero no había sido así.

A Albert no le gustaban las fiestas, pero cuando asistía a alguna, inmediatamente, se veía rodeado de las jóvenes más bellas, y las trataba a todas por igual. Su padre era dueño de una central azucarera en Humacao, en la costa este de la Isla, y su familia era dueña de una quinta llamada Manantiales, que quedaba en la cordillera de Las Piedras. La quinta tenía unos caballos hermosos, y estaba rodeada por una verja de tablones blancos, tenía su propio río y varias praderas amplias que lo bordeaban. Tía Dora y Tío Francisco Monroig a menudo invitaban a la familia de Catalina a pasar el día en la finca durante el verano. Tenían tres hijos: María Rosa, que tenía veinte años, Albert que tenía diecinueve y Robertito, que tenía catorce, y era contemporáneo de Catalina. Como Catalina no tenía hermanos ni hermanas, sus padres, Alberto y Mariana, a menudo aceptaban las invitaciones de Francisco y Dora, para que los primos estuvieran juntos.

Cata era terriblemente tímida en aquel entonces. Estaba pasando por esa fase en la que el cuerpo de una niña comienza a transformarse en el de una mujer. Siempre había estado orgullosa de sus brazos y piernas, tan fuertes como las de un muchacho, y la rapidez con la que corría por el jardín o se subía al árbol de mangó para colgarse de las ramas más altas, arrojando los frutos maduros al piso para recogerlos más tarde. Cuando, un año antes, sus pechos empezaron a crecer, se sintió deprimida. Hubiese dado cualquier cosa por librarse de ellos. Pero en la finca de su tío, donde corría a caballo con su primo Albert, podía olvidarse de todo eso porque llevaba puestas botas de montar, mahones toscos y una chaqueta abotonada sobre el pecho que disimulaba por completo su anatomía de mujer.

—A ver quién llega primero a la cisterna de desinfectar el ganado —le gritó el primo Albert durante una de estas visitas.

Catalina espueleó a Canela con las botas, y la yegua color melaza, que tenía alrededor de diez años, y por esa razón era paciente y condescendiente con los niños malcriados como ella, dio un salto hacia adelante.

—¡Muy bien! —le contestó Catalina, y bajó al galope por la cuesta de la loma por la que estaban introduciendo el ganado en un tanque de cemento lleno de un líquido verde que mataba las pulgas y las garrapatas. Al primo Albert le gustaba correr a caballo con Cata, no porque la viera como alguien especial, sino porque no tenía a nadie más con quien correr. Su hermano Robertito era un petimetre que odiaba ensuciarse la ropa y se pasaba los días leyendo cómics y vidas de santos, y no se habría montado en un caballo, así lo torturaran con carbones encendidos. Era el hijo preferido de Tía Dora, que era muy devota y a quien le encantaba que Robertito la acompañara a la iglesia, porque pensaba que iba a ser sacerdote.

Mariana, la madre de Catalina, era de cuerpo menudo, pero bien formado, y se la pasaba diciéndole que tenía que tener cuidado con lo que comía, porque la gordura era hereditaria y podía acabar pareciéndose a su tía Dora, que tenía la cintura regordeta como un pudín y la cara redonda como la luna llena. Tía Dora era muy buena y Cata la quería mucho; no le importaba para nada que fuese gorda. Siempre estaba organizando actividades para los niños en la finca e invitaba a los hijos de los campesinos y de los agregados, que le alquilaban terrenos a su marido para sembrar caña para la central. Celebraba carreras de sacos saltarines; *shows* de perros satos, a los que todo el mundo traía sus mascotas, bañadas y perfumadas como si fueran pura sangres; competencias de conejos; competencias de hornear bizcochos y cosas por el estilo. Pero Tía Dora tenía los pechos grandes y Catalina estaba aterrada de acabar como ella y tener que cargar con aquellos dos pesados sacos el resto de su vida.

—Vamos a ver el potrillo recién nacido —le gritó Albert a Cata al salir juntos al jardín—. Está en el corral nuevo con la yegua.

Cata corrió hacia la derecha y se subió a la verja del picadero donde estaba el potro. Cemí la vio y se acercó caminando sobre sus patas todavía temblorosas. Albert se apoyó en el portón cercano y le ofreció a Cata un puñado de cubos de azúcar:

—Ten, dale esto. Yo voy a buscar el cepillo para darle a su mamá una buena frotada.

Cemí tenía solo una semana de nacido; era hijo de Anacagüita, una de las yeguas de paso fino de Tío Francisco. Cata tomó los cubos de azúcar y se deslizó con cuidado por el lado de la verja hasta tocar el piso, lo más lejos posible de las patas traseras del animal. Anacagüita asomó la cabeza por encima de la empalizada, mirando en todas direcciones en busca de Albert.

Cata le ofreció a Cemí los cubos y sintió la respiración tibia del potro haciéndole cosquillas en la palma de la mano. Sintió acelerársele el corazón debajo de su chaqueta almidonada. La ternura del potro la hizo pensar en Albert. ¿Por qué se sentía tan extraña, como si su cuerpo estuviese hecho de crema, cuando estaba cerca de él? La vida tenía misterios que no tenían explicación. Era necesario aceptarlos sin cuestionarlos, tal y como lo representaban los taínos en sus extraños petroglifos. Cata estaba segura de que Albert también se sentía atraído hacia ella; de otra forma no iría todos los domingos a visitarla a Norton, ni se molestaría en ponerle cubitos de azúcar en los bolsillos para que ella se los diese al potrillo. Pero era necesario tener mucho cuidado de no hacer nada estúpido, que lo hiciera rechazarla por ser mucho más joven que él.

Repecharon a caballo la loma y se bajaron de los caballos al llegar al tope. Cogidos de la mano, llegaron al final del pastizal, que formaba una pequeña meseta. Detrás de la casa, había un barranco pedregoso, por el cual bajaba la cascada del río Manantiales. Un lado del despeñadero no tenía piedras y estaba cubierto de hierba. Por ese lado, Tío Francisco había construido una especie de pista por la que se podía bajar en yagua tan rápido como una centella. Era una manera más de no dejarles olvidar a los muchachos sus orígenes. En lugar de trineo, en Manantiales, la muchachería se montaba en yagua, pencas de palma real que descendían a la velocidad del rayo por los barrancos de hierba más empinados. La familia se hacía la ilusión de que tirarse en yagua por las cuestas de Manantiales era como tirarse en trineo por los riscos de Vermont, donde iban a menudo a esquiar en invierno.

Las Piedras era un lugar adecuadamente nombrado. Consistía de un túmulo de rocas encimadas unas sobre otras, muchas de las cuales tenían cuevas cubiertas de petroglifos, los símbolos de los taínos. A Cata le fascinaban, porque representaban un misterio; siempre querían decir algo distinto de lo que aparentaban. Era muy difícil separar a Yuquiyú, el dios del bien, de Juracán, el dios del mal; por ejemplo, ambos formaban parte de la naturaleza y era necesario aceptarlos como parte nuestra, o por lo menos eso había entendido Cata al escuchar al maestro de Arqueología.

Tío Francisco había construido una piscina natural al pie de la catarata, muy cerca de la cueva de los petroglifos. El agua allí era tan fría que parecía hielo derretido, y a Cata le encantaba tirarse a nadar en ella. Estaban acalorados por la subida al monte y sudaban copiosamente.

—¡Tirémonos a la piscina! ¡A que esta vez te gano! —le dijo Cata a Albert, mientas lo empujaba hacia los cuartos de baño junto a la alberca, al otro extremo del jardín. El mes anterior, habían tenido una carrera nadando *free-style* y Albert le había dado una pela a Cata, pero Cata no se daba por vencida. Ganarle a Albert hubiese sido lo máximo. Ella era alta y forzuda; no parecía que tuviera solo catorce años.

Tía Dora siempre guardaba trusas de baño extra en los camerinos para los miembros de la familia. Cata entró y enseguida encontró una y se la puso. Debía de pertenecer a Tía Dora, porque el corpiño le quedaba enorme, pero como era elástico, se encogió alrededor de su torso y, aunque le quedaba flojo, la abrigó adecuadamente. Cuando salió del vestidor, ya Tío Francisco y Tía Dora estaban sentados con Mariana y Alberto, los padres de Cata, alrededor de la piscina, tomando aperitivos y conversando con su prima María Rosa y su novio, que habían venido a almorzar con ellos.

Una vez al mes, la Familia Monroig se reunía en la casa de Manantiales para comer juntos y darle cabuya a la lengua comentando noticias y chismes. Cata y Albert se acercaron a saludar y, luego, se arrojaron al agua y nadaron hasta la parte más honda, cerca de la catarata, esperando a que sirvieran el almuerzo. Salieron del agua agarrándose de los barrotes de acero de la escalera mientras conversaban, y volvieron a arrojarse al agua, riendo y bromeando entre ellos. Robertito se había sentado en la escalera del lado opuesto de la piscina, y estaba leyendo una hermosa Biblia forrada en cuero, que había encontrado en el dormitorio de los abuelos en Manantiales.

—Ten cuidado de que no se moje —le gritó Tía Dora—. Es la Biblia King James, que los abuelos trajeron consigo de Europa, y la familia la usa para todas las ceremonias. Si se cae al agua, se va a echar a perder.

Robertito se limitó a hacer una mueca y siguió leyendo el libro, sin hacer caso. Sostenía la Biblia en alto mientras leía, usándola como sombrilla para que el sol no le diera en los ojos.

—Ándale, tírate, a ver quién gana —le gritó Albert a su prima, y se arrojó de cabeza al rectángulo de agua color turquesa, veloz como una flecha—. Me han dicho que estás nadando mucho más rápido ahora que el verano pasado —le dijo su primo, cuando sacó la cabeza del agua en el lado opuesto de la piscina.

Cata metió la cabeza debajo del torrente y el chorro de espuma y agua le reverberó sobre el cráneo. Le encantaba hacerlo porque le parecía escuchar los susurros de los espíritus que vivían en el río.

—Te alcanzo más tarde; estoy escuchando las voces del manantial —le contestó Cata. Pero, en el fondo, estaba encantada de que su primo estuviese tan pendiente de ella.

—*Escuchando las voces del manantial* —la imitó Robertito gritando en falsete—. ¡Tú siempre tan romántica y tan idiota: todavía soñando con indios y cuentos de hadas!

Cata se le quedó mirando enfurecida, y arrimándose al borde de la piscina, se impulsó hacia arriba con ambos brazos y saltó fuera del agua. Trató de empujar a su primo al agua pero no lo logró, y decidió no hacerle caso. ¿Qué se podía esperar de alguien como Robertito, que nunca leía novelas ni libros de historia, y no tenía absolutamente ninguna imaginación? No era alto y sofisticado como Albert, sino bajito y rechoncho, con el pecho como un barril y las manos cortas y burdas con dedos como tocones.

—Tírate de la tabla alta, Cata —le gritó Albert a su prima—. Estoy seguro de que puedes hacer un *swan's dive*. Luego, nada lo más rápidamente posible hasta el otro extremo de la piscina. Yo me quedo aquí y te digo cuánto tiempo te toma.

Los padres de Catalina guardaron silencio y miraron hacia donde ella, que había empezado a subir por la escalera de la tabla de los clavados, que tenía veinte pies de altura. El balaustre de la escalera estaba recién pintado con pintura de aluminio, y brillaba al sol como si fuese de plata. Cata cruzó a lo largo la tabla y se paró en el borde. Podía sentir la brisa acariciándole los dedos desnudos de los pies. Desde donde estaba, podía ver a Albert de pie en la parte llana de la piscina, con el agua hasta la cintura y consultando su Rolex para marcar el tiempo. Catalina nunca se había tirado de la tabla alta anteriormente, solo de la baja, pero había visto a otras personas hacerlo. Sintió un cosquilleo en el estómago, y el pelo de la nuca y de los brazos se le erizó, pero estaba decidida a seguir con su proeza. Albert la animaba con su sonrisa: el salto del cisne no era tan difícil y ella podía hacerlo. Era una buena nadadora.

Cata estiró los brazos frente a ella, las manos en una V uniendo ambos índices, como había visto hacer a los clavadistas de las Olimpiadas, cerró los ojos lo más apretado posible y dobló las rodillas. Empujó hacia abajo con las piernas y el impulso la lanzó hacia arriba, hacia un cielo tan límpido como los ojos de Albert, pero no se despegó de la tabla. El segundo impulso fue más fuerte y esta vez se soltó de la tabla y su cuerpo se disparó al vacío como un proyectil. A medio camino en dirección del agua, se acordó de abrir los brazos en posición de cisne, pero ya era demasiado tarde. Medio segundo después, se estrelló contra el agua, levantando una montaña de espuma a su alrededor.

Al dar contra la superficie de la piscina, sobrevino la tragedia. Su traje de baño, que era dos tamaños demasiado grande para ella, formó un globo a su alrededor y, antes de que pudiera remediarlo, los manguillos se le deslizaron de los hombros y el traje de baño se le bajó casi a los pies. Cata salió nadando a la superficie completamente desnuda de la cintura para arriba. Sus padres y sus tíos empezaron a reírse, y Robertito empezó a silbar enloquecido, señalándola con el dedo y llamándola por toda clase de nombres.

—¡Miren a Miss Tetas! ¡Qué les parece, tenemos una *strip teaser* en la familia!

La última cosa que Catalina alcanzó a ver antes de volver a sumergirse al fondo de la piscina, roja de vergüenza y deseando morir, fue al primo Albert, que nadaba furioso hacia Robertito y lo sacudía para que se callara. Tan ajetreada estaba tratando de subirse el traje de baño a la vez que trepaba por las escalerillas de mano para escapar corriendo de allí, que no vio a Robertito dejar caer la Biblia en la piscina. Albert se zambulló hasta el fondo y la rescató, aunque, probablemente, se habría echado a perder.

Roja de humillación y temblando de arriba abajo, Cata le dio la espalda a la familia y corrió hasta los vestidores, donde se quitó la trusa de baño y se vistió rápidamente, sin siquiera molestarse en secarse el cuerpo con la toalla. Le echó llave a la puerta del vestidor y se escondió en un rincón, rehusando abrir, aun cuando su madre y su tía vinieron a tocar a la puerta y a rogarle que saliera, que había muchas cosas ricas para comer y se las iba a perder. Ya estaba oscuro cuando por fin corrió hasta el Pontiac de la familia, sin querer ver a nadie. Ninguno de sus parientes vino a despedirse de ella por compasión del mal rato que había sufrido, pero su mamá le trajo un plato con morcillas y arroz con gandules que Cata se comió con gusto. Cuando por fin se fueron, Cata le dio gracias a Dios por haberla eximido de tener que mirar a Albert después del incidente, y verse reflejada en sus ojos azul cielo.

Cata no volvió a encontrarse con Albert por dos años. Para entonces, era una *sophomore* en Norton y Albert había empezado su maestría en la Escuela Diplomática de Columbia University. Cata había oído decir que su primo se había ganado una beca para estudiar en París. Eso quería decir que pasaría el próximo año de universidad en el extranjero, pero Cata lo vería una vez más antes de su partida. María Rosa, la hermana de Albert, se casaba con su novio ese verano, y Cata iba a ser dama en la boda. Tuvo que viajar a Ponce, para visitar a Oriana, la modista que estaba cosiéndoles los trajes a las damas.

—¡Vaya, vaya, miren lo altas y rellenitas que nos hemos puesto! —exclamó Tía Dora cuando la vio entrar en la casa de la modista, donde María Rosa se estaba midiendo su vestido—. La familia Lawrence estará muy bien representada en la boda.

Pasaron al taller de costura donde la costurera procedió a medirle a Cata el traje de tul salpicado de mariposas. Le alargó a Cata el alfiletero, un colchoncito relleno de guata, en forma de corazón y forrado de bayeta, para que los alfileres entraran más suavemente. Tía Dora hizo que Cata se diera la vuelta y se parara frente a la costurera arrodillada en el piso.

—Te verás muy bonita desfilando por el pasillo central de la iglesia del brazo de tu primo Albert. Tienes la estatura perfecta para él, a pesar de ser mucho más joven —dijo, con una chispa de malicia en los ojos.

Cata miró incrédula a su tía.

—¿Quieres decir que Albert no tiene quien vaya con él a la boda? —preguntó Cata, con la voz tan bajita que parecía un suspiro.

—Definitivamente, jovencita. Tu primo se comporta como un zorro; es un solterón muy difícil de atrapar. Tiene a una manada de jovencitas de las mejores familias de San Juan corriéndole detrás, pero él las desprecia a todas. Es un esnob insoportable.

El corazón de Cata dio un saltó y tuvo una vez más la sensación de que todas las coyunturas se le ponían blandas como la crema. ¡No todo estaba perdido, al fin y al cabo! Abrazó con entusiasmo a Tía Dora y apoyó su cabeza sobre su pecho amplio.

—¡Gracias, Tía, eres chulísima!

Tía Dora sonrió con un deje de picardía en los labios, pero guardó silencio. La mamá de Cata, por supuesto, no se dio cuenta de nada. Estaba demasiado ocupada quejándose de lo feas que se veían las mariposas de tul color pastel con que Tía Dora había mandado a decorar los vestidos de las damas, que en su opinión eran la jibarería a la máxima potencia.

—Las mariposas traen mala suerte. ¿Quién te convenció de usarlas como motivo decorativo en la boda? —le preguntó Mariana a Tía Dora.

—Solo las llevan las damas en sus trajes. La novia no las lleva; no te preocupes más por eso —le contestó Dora a la mamá de Cata.

—Pero, ¿qué va a pensar la gente? Me han dicho que la decoración de las mesas, las servilletas, las lámparas, todo estará cubierto de mariposas. Eso no está a tono con la atmósfera ultramoderna del Club Caribe. Acuérdate de que viene mucha gente de fuera, y se van a reír de nosotros.

El novio de María Rosa era un chico sano y fortachón, que se había criado en Nueva York. Su familia, los Barney Simpson, eran socios de una de las firmas de corredores más prestigiosas de Wall Street. La Tía Dora y el Tío Francisco estaban invitando a más de cincuenta personas, todas ellas amigos y parientes del novio, a quedarse en el recién inaugurado hotel Caribe Hilton, y pagarían todos sus gastos. Además de esto, tenían sus propios invitados. Entre todos, se esperaban, por lo menos, doscientas personas de lo más granado de la sociedad de San Juan.

El edificio del Hilton era vanguardista y estaba recién construido. Se elevaba en una península espectacular; parecía un navío a punto de zarpar hacia el Atlántico. Todas las habitaciones tenían acondicionador de aire —un lujo inaudito para aquel entonces—, radio estereofónico con bocinas *built-in,* y agua dulce y agua salada en el baño. El hotel proyectaba la imagen de la Isla como destino caribeño de primera. Catalina soñaba con poder diseñar algo tan hermoso algún día, cuando se graduara de arquitecta. Frank Sinatra, Rosemary Clooney, Nat King Cole, Bing Crosby, Patti Page, Za Za Gabor, las heroínas y héroes de su adolescencia ya se habían alojado allí, y Elizabeth Taylor y Nicky Hilton pasaron en el *honeymoon suite* su primera noche de recién casados. Cuando Elizabeth se divorció de Nicky y se casó con Richard Burton, también se alojaron en el Hilton, pero aunque los puertorriqueños de clase alta admiraban a Elizabeth y le hacían la mar de fiesta, Burton no le caía bien a nadie, porque era un galés burdo, de cejas peludas y cachetes enormes, un vil minero de carbón. "Es un hombre ordinario, aunque le haya regalado a Liz Taylor el diamante más caro del mundo", decían, y en las reuniones sociales nadie le hacía caso.

—Tendrán que aprender nuestras costumbres jíbaras, querida —dijo Tía Dora, sacándose los alfileres de la boca.

Mariana sacudió la cabeza en reproche.

—¡Ay, Dora! Tú no cambias. ¿Qué harás ahora, con una hija casada con un millonario de Nueva York y un hijo que, seguramente, se irá a París, después de graduarse de Columbia? Me han dicho que, probablemente, lo nombren para un puesto diplomático allá, gracias a su carrera brillante en la escuela.

Pero Tía Dora solo se rio y le entregó el alfiletero a Mariana antes de ayudar a Cata a quitarse el vestido.

—Eso lo veremos. "El hombre propone y Dios dispone", como dice el refrán.

Dos semanas más tarde, se celebró la boda de María Rosa

en la catedral de San Juan. Antes de que Cata entrara por la puerta de la iglesia, besó y abrazó a su primo Albert en la mejilla como si hubieran acabado de verse la semana antes. Cata tenía varios pretendientes detrás de ella ese verano, pero Albert seguía siendo el hombre de sus sueños. Mientras desfilaba por el medio de la iglesia acompañada de su primo, feliz en su traje de dama salpicado de mariposas, se sintió segura de que estaba ensayando para su propia boda, que se celebraría algunos años más tarde, cuando ambos, ella y Albert, se hubieran graduado de la universidad.

La noche de la boda, el Club Caribe se veía espectacular. Los tíos de Cata no querían sentirse abochornados frente a sus invitados de Nueva York, y habían decidido tirar la casa por la ventana. Contrataron a la orquesta de César Concepción, que era la última moda entonces, y una bola de mosaicos de cristal colgada del techo giraba en el centro del salón, al ritmo de la música. Era como si la realidad estuviese fragmentada, y Cata empezó a sentirse mareada. Las servilletas y los manteles llevaban mariposas pintadas en los bordes, y el bufé, preparado por un chef que había venido de Fort Lauderdale específicamente para la ocasión, estaba decorado con esculturas de hielo en forma de mariposas. Los mozos circulaban alrededor de las mesas vestidos con sus chaquetas blancas, y llenando las copas solo con champán Dom Perignon.

Albert le dijo a Catalina que se veía muy bonita con su traje de dama. Ya para esa época, los pechos grandes habían dejado de preocupar a Cata y los llevaba expuestos coquetamente por el escote. Su vida había mejorado considerablemente desde que su padre le había dado permiso para estudiar Arquitectura en una universidad en los Estados Unidos. Pensaba solicitar a varias y estaba segura de que llegaría a ser arquitecta, aunque, si algún día, su primo Albert se decidía por ella, se conformaría con ser la esposa del embajador de los Estados Unidos en París.

Luego del segundo *set*, la orquesta se tomó un receso y Albert invitó a Cata a dar una vuelta por el jardín del hotel. Con los brazos trenzados en la cintura, rodearon un pequeño lago habitado por flamencos rosados que se encontraban en la parte de atrás del jardín. Los flamencos no son endémicos de Puerto Rico y, cuando los importaron a los jardines del Caribe Hilton por primera vez, la gente se volvió loca con ellos; les parecía chistoso su color rosa subido y cómo dormían parados en una sola pata con la cabeza metida debajo del ala, como un signo de interrogación. A Cata le parecían un símbolo perfecto del problema de la identidad nacional.

—"¿Qué somos?", parecen preguntarles a los boricuas. ¿Americanos o puertorriqueños? Los han traído para hacer que nos parezcamos a La Florida, pero ya verás como aquí esos pajarracos no se van a dar.

Y así fue porque, poco después, una epidemia acabó con los flamencos del Hilton, que aparecieron una mañana tendidos junto al lago, como fantasmas grises, desteñidos signos de interrogación que nunca obtuvieron respuesta.

Cata le cotorreaba a Albert de esta manera mientras paseaban por el rompeolas del hotel, junto al borde del océano Atlántico. El paseo terminaba en un balcón de cemento en forma de T, que sobrevolaba atrevidamente la entrada a la bahía del Escambrón. A Cata todo le parecía maravilloso y se sentía como si estuviera caminando sobre las nubes. De pronto, se sorprendió cuando Albert dijo:

—¿No odias las fiestas como esta? Son tan aburridas. Preferiría mil veces estar en casa leyendo un buen libro.

—¡Por supuesto que no! —le respondió Cata— Me encanta estar aquí contigo.

Y se asió al brazo de Albert, tomando su mano entre las suyas. Se quedaron callados por varios momentos, contemplando el agua que batía intranquila a sus pies, iluminada por faroles poderosos. A veces, en las noches se podían ver tiburones deslizándose sigilosamente por entre las rocas.

—¿Alguna vez alguien te ha dicho que eres muy bonita, Catalina? —dijo Albert. Y, de pronto, se inclinó sonriendo hacia su prima y la besó tiernamente en la boca. Fue un beso pasajero, más un roce de falena que una caricia sensual, pero a Cata le pareció maravilloso.

Caminaron en silencio hacia el hotel, tomados del brazo, cada uno sumido en sus pensamientos. Subieron las escaleras hacia el Club Caribe, que parecían estar suspendidas en el vacío por su diseño moderno. Cata estaba tan contenta que no le importó cuando Robertito vino a su mesa y la invitó a bailar el próximo *set*. Empezó a girar con ella por toda la pista de baile, como una centella, de manera que Cata casi no podía seguirlo.

—¿Cómo está la Reina de las Tetas? —le preguntó sonriendo de oreja a oreja—. He oído decir que vas a estudiar Arquitectura en los Estados Unidos. ¡Te deseo buena suerte! Probablemente, te morirás de hambre o tendrás que mendigar por tu sustento.

—Cállate la boca, Robertito. ¿Quién te dio permiso para insultarme de esa manera? Si no fueras mi primo, te daría una patada por el culo y te empujaría fuera del salón de baile por estar mortificándome.

Sabía que podía hacerlo, porque en aquel entonces Cata era mucho más alta que él. Mientras hablaba, se pasaba mirando por encima del hombro de su primo, a ver si divisaba a lo lejos la silueta de Albert, que Dios sabe dónde se había metido.

—Te conviene más pasarla bien conmigo que perder el tiempo soñando con mi hermano. Con Albert no vas a llegar a primera base. A él lo que le gusta es irse de parranda por los arrabales. No le interesa la gente como tú, créeme.

—No tengo idea de lo que me estás hablando. Albert no es más que un buen amigo. Y ustedes son mis primos hermanos. No me podría enamorar de ninguno de los dos aunque quisiera.

—Eso tiene solución. Solo necesitaríamos una dispensa papal para casarnos. Es lo que se hace entre primos.

—Supongo que se podría —asintió Cata con cara distraída.

Estaba mirando por encima de la cabeza cubierta de rizos rubios de Robertito, y le pareció ver a Albert parado en una esquina oscura del salón de baile, conversando animadamente con alguien. Estaba cerca de la puerta por donde entraban y salían los mozos que servían las mesas, cargados de bandejas, y no estaba poniendo atención a lo que Robertito le decía.

—Está decidido entonces. Eres mía —dijo Robertito y, sin dar señas de lo que planeaba hacer, le plantó un beso a Cata sobre los labios. Ella se sorprendió tanto que le tomó varios segundos reaccionar a la situación. La cachetada debió escucharse al otro lado del Club Caribe.

—Te lo tenías bien merecido —le dijo a Robertito, mientras se alejaba corriendo en busca del cuarto de baño de damas—. No me interesas en lo absoluto, ni me interesarás aunque pasen mil años.

Unas semanas después de la boda de la prima María Rosa, Albert y Cata se marcharon a los Estados Unidos para continuar con sus estudios. No volvieron a verse ese año y durante los próximos meses nunca se escribieron, pero eso a Cata no le preocupaba. En su mente, el beso que Albert le había dado en el rompeolas del Caribe Hilton era una promesa sagrada que sellaba su amor.

Pasaron dos años antes de que Cata tuviera noticias del primo Albert. Estaba en el carro de sus padres, y su mamá acaba de recogerla en el aeropuerto, de regreso en Puerto Rico para las vacaciones de verano, cuando escuchó hablar de él. Estaba cursando su segundo año en Columbia University, preparándose para entrar en la escuela de Arquitectura, pero las materias que estaba tomando le estaban dando mucha candela. Se había matriculado en cinco clases, todas ellas dificilísimas: Trigonometría, Física avanzada, Mandarín 101, Filosofía y Diseño Arquitectónico. Estaba considerando tomarse un año de vacaciones y no regresar a Columbia hasta el año siguiente. Necesitaba tiempo para pensar, y decidir si de veras quería seguir con la carrera de Arquitectura, o si sencillamente obtendría un BA antes de casarse, para dedicarse a la mucho más fácil carrera de ama de casa.

Mientras tanto, ese verano se anticipaban varias fiestas de rompe y raja, celebradas por amigas de Cata en San Juan. Las invitaciones le habían llegado por correo a la universidad y ya su mamá estaba planeando cuáles trajes se pondría y quiénes serían sus acompañantes, pero Cata no había querido comprometerse a nada hasta ese momento. Quería estar de vuelta en la Isla y hablar con el primo Albert antes de tomar alguna decisión definitiva.

—Te tengo un notición —le dijo su mamá, mientras atravesaban en el Volvo blanco la avenida que venía del aeropuerto en dirección al Condado—. Tu primo Albert se casa. Obtuvo su diploma de maestría de la Universidad de Georgetown, pero ya no quiere ser diplomático. Ha decidido unirse a los *Peace Corps* y se va a mudar a La Paz, Bolivia. Como no quiere ir solo, se va a casar con su novia, una muchacha que nadie en la familia conoce.

Hizo un gesto de disgusto y se quedó mirando fijamente el tráfico de la avenida. Cata sintió como si una mano de hielo le apretara el corazón. El cielo, las nubes, el sol, todo perdió su profundidad y el mundo se hizo chato e incoloro, como si estuviese hecho de cartón.

—¿Con quién se casa? —preguntó incrédula.

—Con Margot Rivera, una muchacha de Humacao.

Cata no pudo evitar soltar una carcajada, corta y amarga.

—¿Y quién es esa Margot?

—Una Miss Nadie. No conocemos a su familia.

—Me estás tomando el pelo, Mamá.

—Por supuesto que no. La familia entera está escandalizada. Están furiosos, especialmente con tu tía Dora y tu tío Francisco, porque han permitido la situación. Ellos dicen que no ven nada de malo en el noviazgo. La chica es muy bonita —añadió la mamá de Cata—. Es alta y delgada, con unos ojos verdes despampanantes y piel color de humo. Fue reina del Festival de Fajardo hace algunos meses. Albert la conoció en una boda hace varios años. Ella estaba trabajando como mesera en el Hilton.

—Albert tiene veintitrés años. ¡Puede hacer lo que le dé la gana! —dijo Cata, tratando de sonar despreocupada sobre el asunto.

—Podría ser más discreto y averiguar un poco más sobre ella. No sabemos si su familia es blanca; todo el mundo dice que es mulata. Pero yo no me atrevería a afirmarlo; ya sabes cómo las apariencias engañan.

Cata se quedó mirando a su mamá en silencio, dividida entre su furia con Albert y su deseo de defenderlo. A ella le daba igual si la joven era blanca o verde. ¿Por qué Albert estaba haciendo aquello? ¡No iba a esperarla, después de todo! ¿Y qué le importaba a su madre la vida privada de Albert? No tenía por qué meterse en nada de eso.

—Ese Albert fue siempre un muchacho raro. En las fiestas parecía un sordomudo: era tímido y callado, y no le hablaba a nadie. Y siempre con aquella manía de que los puertorriqueños éramos latinoamericanos y no gringos, como nosotros creíamos.

Dice que por eso quiso estudiar diplomacia, no para darse buena vida en París, sino para ayudar a los puertorriqueños a escapar de debajo de la bota de los Estados Unidos. ¡Habrase visto semejante disparate! Y encima de las excentricidades de tu primo, ahora tu tía Dora se ha vuelto loca. Dice que si Albert de veras quiere a Margot, hay que dejar que se casen y que tenemos que aceptarla en la familia. Aparentemente, Dora y Francisco están planeando una boda en el Hilton todavía más elegante que la de tu prima María Rosa, y no nos quedará más remedio que asistir.

Cata cerró la boca y se hundió en el asiento. Sabía muy bien cuál era el sentir de Albert en cuanto a la política local, aunque nunca se había atrevido a conversar con él sobre el tema. Ella también era una rebelde, y eso era algo que la hacía sentirse atraída hacia su primo. Pero ahora Albert la había traicionado y sentía un pozo de cenizas ardiéndole en el corazón. Logró contener las lágrimas hasta que llegó a la casa y, en cuanto se bajó del carro, se encerró en su cuarto, echándole llave a la puerta.

Toda esa semana, Cata estuvo deprimidísima. Pensó en suicidarse, pero todos los métodos eran demasiado dolorosos. La única forma indolora de morir hubiese sido tirarse desde lo alto de un edificio y, en el Ponce de aquel entonces, el almacén de los Subirá en la Plaza de las Delicias solo tenía cuatro pisos. Eso era demasiado bajo y una podría no morirse, sino quedarse lisiada para toda la vida. Si estuviese todavía en Columbia podría tomar el *subway* y tirarse del Empire State Building. Esa hubiese sido una muerte perfecta: bajar tan rápido que no tuviese tiempo de arrepentirse y, al final del trayecto, abrazarse al olvido absoluto del primo Albert. Pero ese era el problema de vivir en un país subdesarrollado: uno no tenía ni siquiera de dónde tirarse para suicidarse como Dios manda.

Catalina entró en crisis y, por primera vez, durante los últimos cuatro años regresó a la religión de su niñez. Visitó una tarde la iglesia de La Merced, en Ponce, sin que sus padres se enteraran y le pidió al cura que la confesara. Al principio, se sintió avergonzada de hablarle a un hombre sobre sus debilidades de mujer, pero, luego, se dijo que no debía importarle tanto, que lo que de veras contaba era lo que pasaba entre ella y Dios. Y ella estaba segura de que Dios la amaba como ella amaba a su primo Albert. El padre Danilo, que la conocía desde niña, escuchó con gusto su confesión. La aconsejó largo y tendido. Su primo era mayor que ella y tendrían muy pocas cosas en común; no podía existir entre ellos el verdadero amor cristiano, la amistad que permite apoyarse uno en el otro. La atracción del cuerpo, sin mediar el propósito de la fe cristiana, que era fundar una familia, era pecado. Y aunque esto, en el caso de los hombres, era a veces inevitable, dada la naturaleza de las hormonas masculinas, en el caso de la mujer, era imperdonable, porque la mujer había sido educada para ser la guardiana del hogar. Por eso el sexo, y no el diablo, era el peor enemigo de Dios.

Cata aceptó sumisa todos los consejos del padre Danilo y se sintió en paz. Descubrió que le gustaba sentarse en La Merced por las tardes a rezar por Albert, mientras contemplaba a los santos dentro de sus nichos, primorosamente acicalados por las monjas, siempre adornados con flores y velitas encendidas. Había logrado perdonarlo y, desde entonces, se sentía mucho mejor. Le daba alegría entrar en la iglesia a escuchar la misa en su nombre, algo que no hacía desde que asistía a la capilla del Sagrado Corazón en Ponce.

Se acercaba la fecha de agosto en que se celebraría la boda del primo Albert, y Tía Dora estaba ya comenzando a hacer los arreglos para la recepción en el Caribe Hilton, cuando recibió una visita de Elpidio Rivera, el padre de Margot, que vino a verla acompañado de su mujer a la casa del tío Francisco en El Condado. Elpidio había trabajado durante muchos años con los tíos de Cata, cuando estos todavía vivían en Humacao, antes de mudarse a vivir a San Juan. Casi se había criado en casa de los Monroig, y cuando se casó con Generosa Martínez, compraron, con la ayuda de Tía Dora, una casita con balcón que daba a la plaza del pueblo. Era una casa de madera y techo de cinc toda pintada de verde, pero tenía un hermoso balcón de balaustres de cemento y un gran árbol de quenepas en el patio de atrás. Debajo de este árbol, Elpidio construyó un gallinero amplio, con verjas de tela metálica de ojales grandes y techo de acero corrugado, para proteger las gallinas de la lluvia y que no les diera moquillo. Eran unas gallinas americanas, gordas y blancas como la nieve y de enormes crestas rojas, y debían de sentirse felices porque, a pesar de que solo había dos gallos paseándose orondos entre ellas, ponían muchos huevos, que Elpidio vendía a buen precio en el pueblo.

Elpidio y Generosa vinieron hasta San Juan a pedirles a Tía Dora y a Tío Francisco que los dejaran celebrar la recepción de la boda en su casita de Humacao.

—Les prometemos que no se avergonzarán de nosotros —dijeron—. Ustedes conocen la casa, y el patio de atrás es sumamente amplio. Estamos seguros de que allí cabrá todo el mundo, sobre todo ahora que Elpidio construyó una terraza de *quarry tile*, que podrá servir cómodamente de pista de baile. Hasta hay lugar para una veintena de mesas y pensamos acomodar un combo de primera debajo de los aleros.

—Rosa está preocupada por que el patio de los Rivera sea demasiado pequeño para la recepción, a la que tendrán que invitar a muchas de las amistades de la familia —le comentó Mariana a Cata—. Pero yo le dije que no perdiera el sueño, que muy poca gente de San Juan asistiría a aquella boda tirada por los pelos. Enviarán un regalo y una notita excusándose, pero no se van a presentar por todo aquello.

La única persona que verdaderamente se alegró cuando se enteró del matrimonio de Albert y Margot fue Alberto, el padre de Cata. Su familia no era de alcurnia, como la de los Lawrence, ni tampoco pertenecía a la aristocracia cañera, como el tío Francisco. Había estudiado Ingeniería Civil, y era miembro activo de la junta de directores de la Asociación de Ciudadanía Cívica, que estaba siempre haciendo proyectos como inaugurar bibliotecas en pueblos pequeños o recaudar dinero de becas para los niños huérfanos.

—El muchacho tiene agallas —le comentó a Cata—. La familia está furiosa, pero no se atreve a decir nada malo de la novia en público. Si el matrimonio de Albert y Margot tiene descendencia, sería un insulto para sus propios parientes.

Y a su esposa le dijo:

—Quiero que les compres un buen regalo a Albert y a

Margot. No hay mucha gente en el mundo que prefiera trabajar con una tribu de indígenas aymara a orillas del lago Titicaca antes que en un puesto diplomático en una mansión parisina de la *Place Vendôme*, que es donde se encuentra la embajada norteamericana.

Cata y su mamá peinaron las tiendas de San Juan buscando un regalo adecuado, hasta que, finalmente, la mamá de Cata decidió comprarles un juego de maletas de cuero marca Hartman, que era terriblemente caro, pero que les duraría para toda la vida.

—Van a viajar por Bolivia llevando mochilas a las espaldas, Mamá. Un juego de maletas Hartman es un regalo totalmente absurdo para gente como ellos —dijo Cata sacudiendo la cabeza en desaprobación.

—Nada de eso, señorita. Ese embeleco de trabajar con los *Peace Corps* no es más que un follón pasajero. Albert pronto se cansará de todo eso y regresará a vivir a Puerto Rico, donde, como el hijo mayor de tu tío, reclamará la parte de la herencia que le pertenece. Entonces, podrán viajar a Europa como corresponde.

Cata se controló y no dijo más nada. Había logrado, luego de un gran esfuerzo, no pensar más en Albert ni en la boda, y estaba enfocada en otras cosas. Iba a nadar a la YWCA todos los días y empezó a tomar clases de navegar a la vela en el Yatch Club, tratando de mantenerse lo más ocupada posible. "Todavía puede arrepentirse y darse cuenta del error que está a punto de cometer", se dijo. Robertito la llamaba por teléfono casi todos los días, y Cata lo invitó a pasar por el apartamento que tenían sus padres en el condominio San Luis, que quedaba cerca del Caribe Hilton. Era solo un *pied-à-terre*, pero los padres de Cata lo usaban a menudo a causa de los frecuentes viajes de negocio de Alberto a San Juan.

Robertito se sintió halagado por la invitación de Cata. Tocó el timbre de la puerta, escondiendo detrás de la espalda el ramo de rosas que le había traído. Cuando Cata abrió la puerta, empujó el ramo de rosas hacia ella y le sonrió de oreja a oreja.

—Una docena de bellas para la más bella —le dijo con picardía—. Pero antes tienes que darme un beso.

Cata se sonrojó, pero decidió ser benévola, y le estampó un beso rápido en la mejilla. Robertito había dado un estirón y ahora le llevaba a su prima por lo menos un palmo de alto. Tenía una personalidad alegre y era muy sociable, lo que le ganaba muchos amigos. Era un trabajador incansable y, durante el curso escolar, tenía también dos o tres empleos en los que trabajaba en las noches. Quería ser empresario de televisión, y estaba ahorrando dinero para empezar su propio negocio. Cata le enseñó el apartamento de sus padres, que era sumamente elegante y estaba todo decorado en tonos de azul turquesa. Luego, preparó unos sándwiches y lo invitó a ir a pasear por los jardines del Caribe Hilton.

Hacía un día precioso y, mientras paseaban por entre los cisnes y los flamencos "de la identidad", como los llamaba Cata, Robertito se excusó por el mal rato que le había hecho pasar a su prima durante la boda de María Rosa dos años antes.

—Era un becerro ignorante entonces; las hormonas se me subieron a la cabeza. Ahora que entré en la universidad estoy más civilizado, aunque sigo igual de ignorante. Pero contigo tengo que portarme bien.

Cata había oído decir que Robertito había ingresado a la Escuela de Comunicaciones de la Universidad de Puerto Rico porque no le había quedado más remedio. No lo habían admitido en ninguna universidad de los Estados Unidos, por sus malas notas. Pero tenía una humildad encomiable; nunca se alababa y estaba siempre echando bromas y desvalorizándose a sí mismo, como si deseara pasar desapercibido. Con los años, había empezado a parecerse físicamente a su hermano; tenía las mismas facciones *clean cut*: la nariz perfilada y la frente alta y despejada de Albert, solo que con el pelo rubio y rizo. Pero a pesar de que hacía reír a Cata y esta le había tomado cariño, no la hacía sentir que tenía las coyunturas hechas de crema, como le sucedía con Albert.

La boda de Albert y Margot estaba fijada para el mes de agosto, y Cata se pasó casi todo el verano esperando a que Albert la llamara por teléfono. Todavía una pequeña luciérnaga parpadeaba tercamente en el fondo de su alma, pero en general estaba resignada. Durante aquellos dos meses, Albert nunca la llamó, ni siquiera para saludarla. Mientras tanto, a Cata le ofrecieron trabajo en una de las oficinas de arquitectura más prestigiosas de San Juan, donde podría experimentar de cerca con la profesión y averiguar si de veras le gustaba, antes de empezar su maestría en Columbia, pero no acababa de decidirse a aceptar el empleo. Su padre la instó a tomarlo. Decía que San Juan estaba lleno de edificios mal diseñados y que, como arquitecta, ella podría contribuir a mejorar la infraestructura de la ciudad. Pero

Catalina estaba demasiado ocupada tratando de olvidar a Albert y se arrojó en cuerpo y alma al remolino de la vida social. Todos los días, visitaba a la modista para probarse un nuevo traje de baile, o iba de pasadía a El Yunque o a una excursión en Icacos en algún velero de sus amigos, siempre con la esperanza de encontrarse por casualidad a Albert. La mamá de Cata, por supuesto, creía que trabajar en una oficina de arquitectos durante el verano era una locura. Amanecería todos los días con bolsas debajo de los ojos, por tener que levantarse a las siete de la mañana, y casi no tendría tiempo de ir al *beauty parlor*.

El verano pasó sin novedad y la fecha de la boda se acercaba cada vez más. Cata rehusaba darse por vencida. El mundo estaba lleno de casos en que los novios se arrepentían en el último momento, dejando a la novia plantada ante el altar, vestida y alborotada. Cata andaba como un autómata de fiesta en fiesta, dando una falsa impresión de alegría, pero con el pecho a punto de estallarle en lágrimas. No había podido derramar ni una sola desde el día en que se enteró de la noticia. "Me siento como el Boulder Dam", se dijo, tratando de reírse de sí misma. "Esperemos que pueda aguantarme hasta después de la boda, porque si no, será el diluvio universal".

Llegó por fin la temida fecha y, haciendo un gran esfuerzo, Cata logró no pensar en el asunto durante las primeras horas de la mañana; aparentaba estar tranquila. Sus padres y ella se estaban quedando en el apartamento de San Juan y viajarían en el Cadillac de la familia hasta Humacao, donde se celebraría la boda. Cata decidió ponerse su traje de seda color granate y sus zapatos de *rhinestones* rojos, en honor a su corazón sangrante, pero quizá también en desafío al dios del amor, que tanto la había hecho sufrir últimamente. Llevaba un escote vertiginoso por el cual se asomaban sus generosos pechos como dos lunas blancas y resplandecientes. Era la primera vez que Cata se atrevía a ponerse un vestido tan escotado como aquel. Si Albert la rechazaba, era bueno que se enterara de lo que se estaba perdiendo. Cata no había visto nunca a la novia, pero estaba segura de que la humacaeña de piel atabacada no podría competir con una mercancía como aquella.

La misa nupcial se celebraría a las once de la mañana en la iglesia de Humacao y, como el viaje desde San Juan tomaba tres horas en automóvil, tuvieron que salir a eso de las ocho de la mañana del condominio San Luis. Cata se empeñó en comulgar, por lo cual tendría que quedarse en ayunas hasta muy tarde, pues, después de la misa, vendría la sesión con los fotógrafos, y la fiesta en casa de Don Elpidio, seguramente, no empezaría hasta la una de la tarde.

—¿Estás segura de que quieres comulgar? —le preguntó Mariana a Cata—. No tienes que hacerlo, sabes. De hecho, no creo que muchos invitados lo hagan, pues tendrían que estar hasta quién sabe qué horas con el estómago vacío.

—Quiero comulgar, Mamá. Si me siento incómoda a causa del hambre, lo ofreceré como sacrificio por la felicidad de Albert y Margot.

Pensó que era un buen momento para probarse a sí misma que era capaz de ser conforme y obediente, y aceptar la voluntad de Dios, como le aconsejaba el padre Danilo, dejando de lado las rebeliones protestantes.

El Cadillac Fleetwood llegó por fin a Humacao y se abrió paso por entre la muchedumbre congregada en el centro del pueblo. La familia se bajó, consciente de las miradas curiosas de los parroquianos al ver tanta gente vestida de guante y sombrero a las once de la mañana, cruzó la calle y subió los tres escalones que llevaban a la explanada de la plaza. Era la primera vez que Cata visitaba la iglesia colonial de Humacao y le encantó. Su fachada, con su torre central tipo fuerte medieval y sus dos torreones pequeños adosados a las esquinas, la conmovió. Tenía el mismo encanto rústico de los santos de palo puertorriqueños, esas imágenes sin pretensiones talladas en madera, que tan bien captan nuestro espíritu.

Al entrar en la iglesia, vieron que el lado derecho estaba casi vacío. Solo unos cuantos invitados de San Juan habían llegado, y estaban sentados a la mano derecha de la nave; no pasaban de media docena. El lado izquierdo, sin embargo, destinado a los humacaeños, estaba atiborrado de gente vestida sencillamente, cuchicheando y riendo entre sí. El susurro del abrir y cerrar de los abanicos acompañaba el rumor de la conversación.

La iglesia había sido decorada con un gusto exquisito: crisantemos, rosas y lirios llenaban los jarrones de plata del altar y los candelabros estaban todos encendidos: Tía Dora y Tío Francisco habían cumplido su palabra, y la boda de su hijo con la hija del cocinero prometía ser tan espléndida como había sido la de María Rosa con el corredor de bienes raíces millonario de Nueva York.

Un cuarteto de violines a mano izquierda del altar empezó a tocar el Ave María de Brahms y, en ese mismo momento, Margot apareció en la puerta de la iglesia, tomada del brazo de Elpidio, su padre. Cuando Cata la vio, empezó a temblar: era en efecto una joven muy bella. Llevaba puesto un traje de satén de seda blanca cortado al bies, absolutamente sencillo, que se abría en el centro de la falda como el pliegue secreto de un lirio cala. Catalina se dio cuenta al instante de que Albert y Margot estaban hechos el uno para el otro.

Todavía no se había atrevido a mirar hacia la mano derecha del altar, donde Albert estaba de pie, aguardando la llegada de la novia, junto al sacerdote y los monaguillos. Cuando, finalmente, lo hizo, vio que Robertito estaba junto a su hermano, ambos vestidos de *tuxedo*. Estaban inclinados examinando algo con mucho interés, y, un segundo después, Cata se dio cuenta de lo que era: la Biblia King James, de cuero negro y canto dorado que se había caído en la piscina de Manantiales el día de su *swan's dive*. Ver aquella Biblia y romper a llorar fueron una misma cosa: fue como si el dique dentro de su pecho se hubiese roto y toda su alma comenzara a derramarse ante el altar.

Cata lloró en silencio durante toda la ceremonia, completamente obnubilada ante el espectáculo de Albert y de Margot. Estos no lograban quitarse los ojos de encima, contemplándose arrobados todo el tiempo. Las lágrimas le bajaban por las mejillas en oleadas. Así que esto era el milagro del amor, esta metamorfosis inaudita. Parecía como si los novios estuviesen suspendidos en un jarrón de cristal donde nadie podía alcanzarlos. El amor los definía y los enmarcaba, formando un muro impenetrable a su derredor. Al final de la misa, Cata logró dejar de llorar y se hincó ante el altar para comulgar, pero aunque trató de rezar por la felicidad de su primo y de Margot, se le hizo imposible. Si Dios había permitido aquello, ella ya no estaba segura de que Dios la amaba.

Todo el mundo salió de la iglesia al mismo tiempo y se dirigió, bajo un sol de fuego, hacia la casa de don Elpidio, al lado opuesto de la plaza. Había más de ciento cincuenta invitados, porque don Elpidio era muy popular en Humacao y todo el mundo quería felicitarlo por el golpe de suerte de su hija. El novio y la novia tomaron su lugar a la entrada de la casita de balcón verde de los Rivera, y se unieron al *receiving line* bajo una tumbergia florecida que parecía una tormenta de nieve. Cata se les acercó y Albert se la presentó a Margot como su prima preferida. Cata le dio a cada uno un abrazo formal y distante, y fue luego a reunirse con Robertito, que estaba sentado en una mesa al fondo del patio.

—Te ves muy elegante vestido de frac —le dijo a su primo, sentándose a su lado.

—Pues tú no estás nada mal. Me gusta mucho ese traje rojo; pareces una fresa que está pidiendo que se la coman.

Cata se rio, acostumbrada ya a las groserías de su primo, y aceptó una copa de champán helado que le ofreció un mozo en una bandeja. Se fijó que era Dom Perignon 1960, la misma cosecha excelente que se sirvió en la boda de su prima María Rosa. Se la bebió de golpe, porque estaba sedienta y pensaba que así lograría calmar el dolor que llevaba hincado como un puñal dentro del pecho.

El combo de Pérez Prado, uno de los más famosos de aquel entonces, empezó a tocar a todo tren en cuanto los novios pasaron al patio de atrás de la casa. Cata se sintió mucho mejor y se dijo que había sido una tonta al ponerse triste y darle tanta importancia a la boda del primo Albert. Aquella infatuación era cosa de niños y ahora ella era una mujer hermosa, deseada y adulada por otros hombres. El combo empezó a tocar "Piel canela", la guaracha de moda del momento, y la gente se levantó enseguida a echar un pie, deslizando fácilmente los zapatos sobre la superficie empolvada con talco del piso de *quarry tile*.

—Vamos a bailar —le dijo Robertito a Cata, tomándola posesivamente de la mano y apretándola contra sí sin miramientos. Cata se dejó llevar obedientemente hasta el centro de la pista y no protestó cuando Robertito se le pegó como una lapa, de manera que podía sentir el bulto caliente de su sexo rozándole los muslos. Era como si le hubiesen sorbido la voluntad. Con los ojos cerrados se hacía de la cuenta de que estaba bailando con Albert: ambos hermanos estaban vestidos igual y tenían la misma estatura.

Mientras bailaban, le dio con pensar que el padre Danilo estaba equivocado en cuanto a la naturaleza del amor. Albert no la amaba, pero el placer del sexo existía independiente de ese hecho tremebundo. El cuerpo era más importante que el alma. Sin el cuerpo no existía nada, y todo, la moral cristiana, la educación matrimonial, el deber de ser esposo o esposa, los deberes de padre y de madre, no eran sino entelequias que el viento se llevaba al menor soplo. Cata se dejó llevar por una sensación tibia que le subía por entre los muslos y no se separó de Robertito cuando este empezó a palmearle disimuladamente un seno. Robertito la empujó hasta el árbol de quenepas al fondo del patio y empezó a besarla bajo su sombra espesa, metiendo su lengua dentro de su boca. Cata lo besó de vuelta, dejando que Robertito hiciera lo que quisiera con su lengua. Las conversaciones que había tenido con el padre Danilo, tratando de olvidar a Albert, se esfumaron. Su cuerpo era un desierto y su sexo era su único oasis, del que fluía ahora una fuente de vida indetenible. La mujer era parte de la naturaleza tanto como el hombre y ella rehusaba sentirse culpable. El sexo no era malo: hacía a uno sentirse vivo y olvidar las penas del mundo, por lo tanto, era bueno. Ahora ya sabía por qué el sexo, y no el diablo, era el peor enemigo de Dios, como decía el padre Danilo. El placer del sexo erradicaba la presencia de Dios de la faz de la tierra.

Al tercer bolero, Robertito le dijo:

—Tengo el Thunderbird nuevo parqueado detrás de la casa; me lo regalaron de graduación. ¿Te gustaría dar un paseo hasta la playa de Punta Santiago?

Cata agarró una segunda copa de champán de la bandeja cuando pasó el mozo y se la bebió de golpe. Fue como si le nacieran alas.

—¿Por qué no? Me encantaría —le respondió a Robertito, y salieron de la casa rápidamente y sin hablar con nadie.

Pronto se encontraban en el Thunderbird rojo descapotable, camino a la playa, que quedaba a unos quince minutos de distancia. El carro mismo era un ícono de Lucifer rebelde, con sus aletas traseras erguidas, sus faroles posteriores en forma de pequeños cohetes de rojo, y su bonete como un hocico fino y acicalado desplazándose camino al infierno. El interior tenía un olor delicioso: era todo de cuero tibio color crema, como si los asientos, las puertas y hasta el plafón del techo estuviesen forrados de piel humana y el carro fuera una proyección del cuerpo de Robertito.

Cuando llegaron a la playa, encontraron que no había pescadores por ninguna parte porque era domingo. Robertito estacionó el carro detrás de un Boston Whaler que yacía conectado a un *trailer* a un lado de la carretera, que ofrecía alguna privacidad. Cata se recostó hacia atrás en el asiento, disfrutando de la suavidad de los cojines y de la belleza del paisaje: la playa estaba desierta, y las mansas olas lamían la arena como tratando de borrar los trazos que dejaban las patas de los cangrejos y de las cocolías tras de sí. Aquello parecía el bastidor de un pintor moderno, que había trazado con sus pinceles las divagaciones de su espíritu sobre la arena del alma.

De pronto, Robertito se volvió hacia ella y la sacó de su ensoñación.

—Venga acá ahora, Reina de las Tetas. Entrégueme por fin ese tesoro por el que llevo esperando tantos años —le dijo con una sonrisa sensual explayada sobre los labios. Y con un ademán violento de la mano le bajó a Cata los manguillos del escote de su traje de seda rojo, dejándola completamente desnuda de la cintura para arriba.

Cata se incorporó inmediatamente en el asiento. La sensación de placer, la entrega de su intimidad que había venido haciendo poco a poco, como si se deslizara por el azul del cielo en un carruaje de nubes achampanadas, se disipó al instante. El tono grosero del comentario quebró por completo la ilusión de que Robertito se parecía a Albert, y todo se vino abajo. Le dio un empujón a su primo y, luego, lo abofeteó con todas sus fuerzas.

—¿Qué te pasa? ¿Ya no te gusto? —Se rio a carcajadas Robertito. Y la agarró por los hombros con manos de hierro hasta pillarla contra el asiento de cuero mientras le mordía los pechos. Cata no tenía espacio para retroceder: el *bucket seat* del Thunderbird seguía muy de cerca el contorno del cuerpo y no se lo permitía. De nada le valía gritar, pues la soledad del lugar seguía siendo íngrima, pero el rechazo de su cuerpo fue tan fuerte que una bocanada de vómito le llenó de pronto la boca y escupió con todas sus fuerzas el rostro de Robertito. Este la soltó al instante, y saltó fuera del carro en busca de su pañuelo para limpiarse las mejillas, la frente y los ojos, por los que chorreaba un líquido amarillento.

—No eres más que una puta. Te la pasas abriéndoles el apetito a los hombres con tus escotes y tus coqueteos para luego dejarlos empalmados. Sal ahora mismo de mi carro antes de que te muela a golpes.

Cata, pálida de terror, abrió la puerta con mano temblorosa y cayó de hinojos sobre la arena. A sus espaldas, oyó como Robertito se subía al carro. Dando un portazo, metió el acelerador hasta el fondo y la goma derecha del Thunderbird pasó girando velozmente a una pulgada de su cabeza.

Cuando por fin se incorporó, el Thunderbird había desaparecido y Cata se encontraba completamente sola en la playa, rodeada por los botes vacíos y el susurro de las nasas que los pescadores habían dejado secando, tendidas sobre unos esquejes enterrados en la arena. Se subió el traje para cubrirse los pechos y se quitó los tacones de *rhinestones*, dando un suspiro de alivio. Al rato, emprendió el camino de regreso al pueblo con la cabeza gacha. Como, en aquel entonces, el pueblo estaba rodeado de caña por todas partes, trató de mantenerse a la derecha de la carretera lo más posible para que los coches que se acercaban no le vieran el rostro manchado de lágrimas. Ya era un espectáculo lo suficientemente excéntrico, una joven vestida con un traje de seda roja y zapatillas de *rhinestones*, caminando sola por la carretera un domingo, en pleno sol y, para colmo, llorando.

Llegó casi una hora después a casa de los Rivera, empapada en sudor y atosigada por la sed y el calor, y lo primero que hizo al llegar fue agarrar otra copa de champán de la bandeja de un mozo que le pasó volando por el lado. Salió al jardín donde la boda seguía prendida, el combo tocando guaracha y mambo, y dándole fuego a la lata, todo el mundo divirtiéndose de lo lindo. Con la copa en la mano, buscó a sus padres por todas partes para ver si ya estaban listos para regresarse a San Juan, pero estaban gozando a más no poder y ni le hicieron caso. Pasó por el comedor, donde vio a don Elpidio preparando una ensalada de langosta a la vinagreta, unos camarones al mojo isleño y una paella de la que brotaba una bocanada de perfumes marítimos sobre el mantel de encaje de la mesa. De pronto, Cata empezó a sentirse mareada, y miró a su alrededor buscando un lugar lejos de la música y el barullo, donde pudiera estar sola. Divisó el gallinero a lo lejos, desde la ventana del comedor, y dirigió hacia allí sus pasos.

Unos minutos después, entró tambaleándose en el espacio de piso de tierra rodeado por el *cyclone fence*, y dio un suspiro de alivio. Era una jaula amplia, y por los ojales de la verja de alambre entraba una brisa tenue. El espacio frente a ella estaba atestado de gallinas, todas blancas, gordas y pechugonas, que la miraban fijamente con una expresión de asombro en los ojos, como preguntándole altivamente qué hacía ella allí, invadiéndoles su territorio. Cata volvió a beber de su copa para darse ánimo, y se quedó mirando absorta las crestas de las gallinas que subían y bajaban agresivamente frente a ella. La ponedora muchedumbre avícola miraba para todos lados, dando vuelta a la cabeza y azuzando el pico para aquí y para allá, como las flechas de un compás maldito que ha perdido el sentido de dirección. Cata sintió que se iba a desmayar, y se recostó contra la verja de alambre, que cedió peligrosamente bajo su peso.

En ese momento, uno de los dos gallos dentro de la jaula, el que llevaba las plumas de la cola enroscadas orgullosamente tras de sí como los rizos negros de una navaja, cantó, y la masa de cuerpos blancos y emplumados empezó a girar alrededor de él. De pronto, sucedió algo extraordinario: Cata se vio a sí misma entre las gallinas, girando con ellas alrededor del gallo e hipnotizada por su canto, sin otro propósito en la vida que encontrar y obedecer al macho que buscaban obsesivamente por todas partes. Sintió pánico y dejó caer la copa, dirigiéndose apresuradamente hacia la salida del gallinero. Sus movimientos torpes asustaron a las gallinas que formaron una rebatiña a su alrededor, cacareando y picoteándose unas a otras y haciendo volar las plumas que comenzaron a metérsele a Cata en los ojos y la nariz, de manera que ya no sabía en cuál dirección se encontraba la puerta. Aterrada, trató de limpiarse la cara con las manos, pero de nada le valió, porque el sacudir desesperado de sus brazos asustó aún más a las gallinas, que se pusieron todavía más nerviosas y el remolino de plumas se hizo cada vez más denso. Por fin, Cata se rindió. Se dejó ir contra la verja de alambre y perdió el conocimiento.

El batiburrillo del gallinero llamó por fin la atención de los festejantes, que dejaron de bailar y acudieron a rescatar a la víctima. Cuando Cata volvió en sí, estaba tendida en el sofá de la sala con la cabeza apoyada en el mullido pecho de Tía Dora, que le sostenía una bolsa de hielo sobre la frente. A su alrededor, su padre, su madre y Tío Francisco la observaban preocupados, abanicándola y pasándole un pañuelo con eucaliptino setenta por las sienes. Tenía una pelota amoratada sobre el ojo derecho, que se le hacía imposible abrir, y se dio cuenta de que la música hacía cesado y de que sus familiares estaban solos. Los novios acababan de salir por la puerta y todo el mundo se había marchado.

Mariana no lograba salir de su pasmo.

—¿Pero qué te pasó, hija? ¿Qué hacías borracha y metida en el gallinero? —le preguntó asombrada, con un deje de furia en la voz—. ¡Si tú nunca habías bebido champán en tu vida hasta hoy! Te lo dije, tú tienes toda la culpa por no hacerme caso. Estoy segura de que fue el champán. No se puede tomar champán con el estómago vacío.

—No fue el champán, Mamá. Pero olvídalo, tú nunca entenderás. Y volviéndose hacia su tía añadió, con los ojos llenos de lágrimas—: Siento mucho lo sucedido, Tía. Por mi culpa se echó a perder la boda.

—Qué va, si la gente se divirtió de lo lindo —le aseguró Tía Dora cariñosamente mientras la ayudaba a ponerse de pie—.

Los novios se marcharon felices y ya deben de estar a punto de montarse en el avión. Lo que te pasó no fue culpa de nadie, Cata. El cuerpo tiene sus propios motivos para hacer lo que hace, y a veces no lo podemos controlar. No se puede predecir lo que hará.

Cata sospechó que su tía Dora había adivinado desde un principio el origen de su tristeza.

A la semana siguiente, Cata se unió a la oficina de arquitectos que le había ofrecido trabajo algunas semanas antes, y trabajó allí durante el resto del verano. Fue una experiencia maravillosa, que la llevó a decidirse por continuar sus estudios en Columbia, donde terminó su maestría en arquitectura. Fue durante una visita al Instituto de Arquitectos, en Washington D. C., varios años después, que volvió a ver a Albert. Ya Cata estaba ejerciendo su carrera, lo que le daba una gran satisfacción. Conoció a otros hombres con los que tuvo amoríos, sin decidirse por ninguno que le gustara lo suficiente como para poner en peligro su profesión. Al encontrar un camino en la vida, había dejado de preocuparle si el amor era pecado o no, o si debía ser católica o protestante, soltera o casada.

Se tropezó con él en una placita de D. C., cercana al Instituto de Arquitectura, en la cual crecía un bosque de magnolias. Fue en abril, y los árboles estaban todos florecidos, esparciendo a su alrededor su perfume a la vez tenue e inocente, que emanaba de sus flores despampanantes. Cata estaba trabajando en un proyecto para el Banco Mundial y se sentó a comerse un sándwich de ensalada de pollo en un banco, cuando se fijó en el hombre que estaba sentado al otro extremo de este. Era muy bien parecido:

alto y delgado, y con el cabello negro como ala de cuervo. Estaba bien vestido, pero con la ropa estrujada y maltratada, como si hubiese visto mejores tiempos.

—Eres Cata, ¿no es cierto? —le preguntó clavando en ella sus ojos intensamente azules—. Te hubiera reconocido en cualquier parte, a pesar de que te teñiste el pelo de rubio.

Cata dio un grito de alegría y se abrazaron cariñosamente. Hablaron largo y tendido: Albert le contó que se había metido a misionero y que estaba trabajando con la UNICEF, donde sus conocimientos diplomáticos eran de gran ayuda para recaudar fondos para los niños huérfanos de Bolivia, y Cata le contó de lo mucho que le gustaba la arquitectura, y de cómo había disfrutado diseñando el Asilo de Ancianos de Reston, Virginia, donde se había ido a vivir junto a un lago rodeado de pinos. De pronto, Cata se quedó callada y cambió el tema.

—Tienes que perdonarme por lo de la borrachera el día de tu boda. Debiste pensar que era una tonta arrebatada, pero estaba enamorada del amor.

Albert se le quedó mirando y sacudió la cabeza enérgicamente.

—No te imaginas lo agradecido que te estuve. Cuando te vi hacer el salto del cisne el día del picnic en la piscina de Manantiales, solo porque yo te lo había pedido, supe que aquello era amor. Me hubiese gustado cuidar de ti el resto de mi vida, porque me ayudaste a entenderlo, pero Margot y yo ya andábamos juntos. Precisamente por eso, cuando me casé, me fui con ella a vivir a Bolivia. Allí hemos ayudado a muchos jóvenes tan inocentes como tú a adquirir seguridad en sí mismos.

Albert sonrió, y tomándole la mano, se la besó suavemente. Por un momento, el destello pícaro de sus ojos le hizo dudar a Cata de si estaba diciéndole la verdad, pero recapacitó inmediatamente.

—Yo de veras te quise —le dijo con voz trémula.

—Y yo también te quise —le respondió Albert.

Aquella fue la última vez que Cata vio a su primo Albert. Margot y él se quedaron a vivir como misioneros en Bolivia el resto de sus vidas, ayudando a los menos afortunados, y viviendo el uno para el otro. Algún tiempo después, Cata conoció a su marido, un arquitecto puertorriqueño que trabajó con ella en varios proyectos de Virginia, y supo lo que era tener de veras un compañero en el que se podía confiar. Juntos regresaron a Puerto Rico, donde vivieron felices por muchos años.

El tigre por la cola

Se veía a leguas que estaban recién casados, por la manera en que entraron en el *lobby* del Hotel Praga Intercontinental. Sara Portalatini, todavía atractiva a los treinta años, llegó colgada del brazo de Richard Tannebaum, mientras Richard, bastante mayor que ella, pero alto y buen mozo, le ofrecía su apoyo con una sonrisa cortés. Acababan de aterrizar en el aeropuerto de Rusgni, luego de un vuelo de toda la noche desde Nueva York hasta Praga, y Sara estaba exhausta. Viajar a Europa en avión era difícil para ella y, en cuanto llegaba al hotel, cerraba las cortinas del cuarto, se tomaba una Valium y se iba a la cama. No quería que le fuese a dar una de sus temblequeras nerviosas justo cuando estaba a punto de comenzar su luna de miel. Tres horas más tarde, se levantó sintiéndose refrescada y lista para empezar sus vacaciones.

Richard era el hombre que le convenía a Sara; había tenido suerte de encontrarlo. No era romántico ni misterioso como Edgardo Verdiales, su primer marido, pero era una persona de fiar, y eso era todo lo que a Sara le importaba en esta etapa de su vida. Richard era un coronel del Ejército, jubilado, y a, su lado, Sara se sentía protegida.

Sara vivía en Washington D. C. y trabajaba en la National Geographic Society, situada entre la calle T y la 17. Era ayudante del doctor Fishler; llevaba a cabo investigaciones y lo ayudaba a escoger las fotos de animales salvajes que ilustraban los artículos sobre la conservación de la naturaleza que la revista publicaba mensualmente. El doctor Fishler era un zoólogo alemán de barbita acicalada, que escribía muchos de los artículos sobre el reino animal, que el público norteamericano leía con entusiasmo. Sara le tenía mucho cariño y lo admiraba sobremanera, pero a las cinco de la tarde, cuando llegaba la hora de irse a casa, se sentía muy sola.

Washington le había hecho posible a Sara una nueva vida. Cuando se mudó allí en 1975, decidió dejar atrás todos sus problemas y empezar de nuevo. Todavía visitaba Puerto Rico una o dos veces al año para darle una ojeada a la casa de Miramar y ver si todo andaba bien. Miramar era un vecindario elegante con hermosas casas de balcones amplios y mansardas elevadas desde las cuales se divisaba el mar. Al morir su padre, don Adalberto Portalatini, Sara no había tenido el valor de venderla, pero cuando el avión aterrizaba en el aeropuerto de Washington D. C., sentía como si una armadura de acero se le desprendiera de encima. Desde el taxi, podía ver cómo los monumentos de la ciudad se iban acercando, iluminados como linternas mágicas de mármol blanco.

Su trabajo en la *National Geographic* le gustaba: era un empleo tranquilo y alejado de toda bulla. Era un trabajo anticuado, sin computadora ni celular que interrumpieran su paz mental. Escribía cartas, pagaba cuentas y ayudaba al doctor Fishler en las investigaciones referentes al catálogo de animales que estaba haciendo. Le encantaba escribir sobre las nuevas especies que su jefe descubría de tanto en tanto en el curso de sus viajes por las selvas tupidas de Centroamérica y el sureste de Asia. Gracias a su personalidad callada, el doctor Fishler apreciaba a Sara y le daba un trato especial.

Tres años habían transcurrido desde su matrimonio con Edgardo Verdiales y Sara temía volver a caer en la trampa de una relación sentimental. Tenía veintiséis años cuando se enamoró locamente de Edgardo. Pero todo eso estaba en el pasado, se dijo, apoyándose en el brazo de Richard al salir del elegante elevador forrado de paneles de roble del Hotel Praga Intercontinental.

Sara había conocido a Richard Tannebaum en la casa de unos amigos en Virginia. La habían invitado a cenar y la sentaron a su lado en la mesa. Hablaba algo de español porque había nacido en Ciudad Juárez, en la frontera de Tejas. Era un hombre educado que empezaba cada oración con un cortés "¿No le parece que...?", en lugar de hablar en primera persona, omnipotente, como sucedía a menudo entre los hombres que Sara conocía. Richard prefería el plural anónimo.

—Construimos un proyecto de recreación para los niños en Anacostia —le comentó calladamente a Sara cuando ella le preguntó a qué se dedicaba—. No ganamos mucho dinero con él, pero es la clase de proyecto que más satisfacción me da.

La respuesta fue del agrado de Sara; ese era el tipo de hombre que a ella le gustaba. Richard posó en ese momento la mirada tímidamente sobre los hombros de Sara, como si no se atreviera a mirarla directamente a los ojos.

Richard tenía un perfil atractivo, y su timidez le permitió a Sara observarlo con detenimiento. Enfocaba la mirada en las manos de Sara, como si esperara que estas le respondieran a sus preguntas. Hablaron durante un rato en español y, luego, cambiaron al inglés, porque Richard se sentía más cómodo. Permanecieron sentados a la mesa del comedor luego de que los demás invitados se trasladaran al jardín. Richard era muy discreto y cambiaba el tema cada vez que Sara llevaba la conversación al tema de su vida personal.

—No creas que es poca cosa —le dijo a Sara su amiga Carmen un poco más tarde, cuando se encontraban preparando el café en la cocina—. Vive en una casa preciosa en Rock Creek Park, muy cerca de nosotros. No sabes la suerte que tienes si se fija en ti.

En ese preciso momento, Richard se estaba sirviendo una copa de coñac, y Sara vio que llevaba los zapatos cubiertos de polvo y que su traje estaba estrujado. Obviamente no tenía quién se ocupara de él.

Richard había estado casado durante treinta años y acababa de enviudar recientemente. En Tejas, había vivido en una casa estilo *ranch* a las afueras de Houston y tenía dos hijas, Margie y Daisy, ambas casadas y con varios hijos. Sara dejó que Carmen le contara todo lo que sabía de Richard, mientras caminaba detrás de ella, en dirección al jardín, cargando la bandeja con las tacitas de café negro. Al llegar a su destino, el informe estaba casi completo y estaba enterada de la vida y milagros de Richard: se había mudado a Washington D. C. de Tejas un año antes, aunque nadie lo hubiera dicho, porque había perdido el acento sureño casi por completo.

—Te podrás imaginar lo mal que se sintió cuando quedó viudo después de estar casado durante treinta años. Agarró todos sus motetes y se vino a vivir acá, trayéndose consigo su negocio.

—¿Cómo sabes todo eso de él? —le preguntó Sara con curiosidad.

—Somos miembros del mismo club de golf en Falls Church, querida. No es más que radio bemba, el noticiero de siempre.

Sentada en el jardín de su amiga, luego de pasar los *liqueurs*, Sara sintió una llamita de interés encendida en el pecho. Quizá no tendría que pasarse el resto de la vida sola, después de todo, se dijo, mientras se levantaba para servirse otro Marie Brisard. Casada con alguien como Richard, ya no tendría que trabajar y podría viajar, algo que siempre había soñado hacer. Miró hacia otra dirección cuando se dio cuenta de que Richard la estaba observando desde el otro lado del jardín.

Poco después de mudarse a Washington D. C., Sara recibió una oferta de trabajo de la National Geographic Society. Carmen fue su mentora, la entusiasmó hablándole de la ciudad y de sus hermosos parques y, luego, la ayudó a buscar un apartamento en el barrio latino de Columbia Road, donde se sentía cómoda. Fueron juntas al Conran's de Georgetown, donde Sara compró unos muebles modernos muy bonitos y de buen precio, y, luego, almorzaron pupusas en un restaurante salvadoreño.

Hacía tiempo que Carmen estaba empeñada en encontrarle novio a Sara. Estaba segura de que por eso Richard Tannebaum estaba sentado junto a ella durante la cena aquella noche. Ese tipo de casualidad no se daba en casa de Carmen, donde hasta el *bric-à-brac* aparecía siempre reluciente y colocado en su sitio. Carmen pensaba que Sara no se había repuesto completamente de su viudez, una viudez extraña, en la cual no había habido ni cuerpo ni funeral. Su amiga estuvo casada con Edgardo Verdiales solo durante un año, antes de que desapareciera sin dejar rastro. Pero durante ese año, Sara había amado intensamente.

El padre de Carmen, don Fulgencio Artémides, era un inmigrante cubano que se había abierto camino en Puerto Rico. Era un otorrinolaringólogo, que había luchado arduamente por hacerse de una práctica en San Juan. Tenía cuarenta años cuando pasó los exámenes que le permitían practicar la Medicina en los Estados Unidos, luego de ejercer en Cuba por muchos años.

Carmen nació en Miramar, en la casa vecina a la de los Portalatini, y las niñas siempre estaban juntas. Estaban en el mismo grado, en el Perpetuo Socorro, y corrían bicicleta en las calles sombreadas por las caobas rosadas del barrio Miramar. Cuando don Adalberto mandó a construir una piscina en el jardín de su casa, Carmen venía a visitar a Sara todos los días después de la escuela, y se tiraban a la piscina juntas para ver cuál de las dos llegaba primero al otro lado. En el calor atosigante del verano, era delicioso tirarse al agua y rasgar la superficie con los cuerpos. La piscina era larga y estrecha, un pulido espejo de treinta y seis pies de largo que Sara cruzaba a la velocidad del rayo, casi sin llegar a mojarse. La natación mantenía su cuerpo saludable y la lectura, su mente.

Cuando Sara ingresó en la Universidad de Puerto Rico para cursar sus estudios de primer año, Carmen entró en el

Trinity College, en Washington D. C. Allí conoció a su esposo, Juan Partagás, y se casaron cuatro años después. Juan se unió a un bufete muy conocido en San Juan, y se hizo un abogado de renombre. El matrimonio fue un éxito y Carmen iba y venía de la Isla a Washington D. C. durante las vacaciones hasta que su familia decidió mudarse a D. C. definitivamente. Sara se quedó a vivir en la Isla y cursó sus cuatro años de estudios universitarios en la UPR. Hija única, vivía con sus padres en la antigua mansión colonial de Miramar.

Sara estuvo siempre a la cabeza de su clase; quería estudiar Medicina y, cuando se graduó de la UPR, así se lo informó a su padre, pero don Adalberto la disuadió de intentarlo. Temía que esa carrera expusiera a Sara al contagio de enfermedades, lo que pondría en riesgo a su familia, incluso a sus propios hijos, cuando los tuviera. Quizá, si Sara hubiera nacido hombre, esto no hubiese sucedido así y su padre no se hubiera opuesto, pero Sara quería demasiado a don Adalberto para rebelarse y hacer un *issue* del asunto. Para complacer a don Adalberto, Sara se limitó a obtener un bachillerato en Ciencias con especialidad en Zoología, lo que no era en absoluto peligroso. Pero, aunque encontró fascinante el estudio de las especies y de las subespecies, una vez fuera de la UPR, se dio cuenta de que con un diploma en Zoología no era fácil conseguir trabajo. Cuando se graduó, tuvo suerte de encontrar empleo como profesora en el Departamento de Zoología de la UPR, gracias a las conexiones de su padre.

El verano de 1983, Sara tenía veintiséis años y su vida le parecía poco interesante. Ese verano, sus padres le regalaron un viaje para ir a visitar a su prima Rose Monroig que vivía en Nueva

York. Cuando regresó a la Isla, conoció a Edgardo Verdiales, un periodista guatemalteco que escribía reseñas para el Festival de Cine Latinoamericano. Llegó a la Isla como reportero de *Prensa Libre*, el conocido diario de Ciudad de Guatemala, para acopiar información sobre los contratos recientes entre Guatemala y Puerto Rico, gracias a la *Caribbean Basin Initiative*. El asunto iba lentamente, los Estados Unidos habían prometido ayuda económica, pero primero los países latinoamericanos tenían que ponerse de acuerdo en eliminar sus propias tarifas, y se les hacía difícil coincidir en algo. Como no se había logrado llegar a un acuerdo, los Estados Unidos habían retirado su apoyo.

Edgardo vino a la Isla por una semana, pero decidió quedarse por más tiempo. Tenía un presupuesto limitado y empezó a escribir reseñas de cine para *El Mundo*, un diario local. Como no tenía residencia, no se suponía que trabajara, y le pidió a un amigo suyo que publicara las reseñas bajo su nombre y acordaron en que le pasaría a Edgardo el dinero. Este arreglo le permitía a Edgardo sobrevivir en Puerto Rico.

Ese verano, Adelaida Portalatini, la madre de Sara, todavía tenía buena salud. Era una mujer de apariencia llamativa, para quien el éxito se medía según el grado de belleza que se había logrado alcanzar. Esa había sido su meta: era una mujer alta, de ojos verdes y cabellera dorada, que llevaba el peinado en un *up*, al estilo de Eva Perón. Era famosa por sus heliconias, que cultivaba en todos los rincones de su jardín. Las tenía rosadas, de las que tienen un delicioso aroma a jengibre; anaranjadas, de las que asemejan picos de cotorras volando en manadas; y rojas, de las que florecen como grandes velones de cera en medio de la vegetación tropical. Le gustaba recoger dinero para los pobres y, a menudo, daba *fund raisers* en su casa para diversas causas.

Don Adalberto estaba locamente enamorado de su mujer y no le importaba que, cuando hacían el amor en las noches, Adelaida yaciera entre sus brazos como una estatua de mármol, dejándolo hacer lo que se le viniera en gana, pero sin participar nunca de los placeres del sexo.

Sara era todo lo opuesto de su madre. Tenía un aspecto común y corriente: era bajita, medía 5'3", y tenía el pelo marrón sin brillo alguno. Pero tenía muy buen cuerpo, gracias a su amor por la natación, y, cuando sonreía, una luz maravillosa le inundaba el rostro. Adelaida a menudo se burlaba de ella diciéndole bonachonamente:

—De nada te vale rebelarte contra la naturaleza, querida. Naciste con aspecto de ratita sabia, así que búscate a un ratoncito sabio que sea buen esposo, y haz tu nido con él.

Pero, a pesar de crueldades como esta, Sara quería mucho a su madre y estaba segura de que su madre la quería a ella también.

Un día, mientras Adelaida se medía un traje *strapless* en casa de la modista, sintió que tenía un bulto en el seno. Nunca se examinaba mientras se estaba duchando, como le aconsejaba su marido, porque le daba vergüenza verse desnuda. Las monjas de Sagrado Corazón le enseñaron que el cuerpo le pertenecía a Lucifer, y que mientras menos atención le pusiéramos, mejor era para el alma. Esto fue una bendición porque, cuando Adelaida tuvo que someterse a una mastectomía, la idea de que el cuerpo era menos importante que el alma le ahorró bastante sufrimiento.

Desgraciadamente, el cáncer de Adelaida hizo metástasis y se le regó a otras partes del cuerpo, y, desde entonces, don Adalberto no encontró el valor para hacerle el amor a su mujer, tan horrorizado se sintió al saber que ella padecía una enfermedad mortal.

Cuando Adelaida pasó a mejor vida, tenía solo cincuenta y cinco años, y demostró un temple y una fortaleza admirables ante la presencia de la muerte.

—Me alegro de regresar al Creador antes de que llegue a vieja y estrujada —le dijo a Sara—. Así siempre me recordarás en mi edad de oro.

Y otro día le dijo:

—Mi corazón está en paz porque dediqué mi belleza a ayudar a los pobres. Cuida a tu padre y recuerda que te quise más que a nadie en el mundo.

La muerte de su madre le causó a Sara más dolor del que esperaba. Siempre pensó que Adelaida era vanidosa y superficial, y, en el último momento, descubrió que estaba equivocada.

Sara siguió con su vida y le hizo compañía a su padre en su vieja mansión. No tenía prisa alguna por casarse. Le gustaba su trabajo en la universidad, y no se veía a sí misma como una solterona, a pesar de los miedos de su madre. Disfrutaba de nadar en la piscina que su padre le había construido y se llevó todas las medallas de las justas intercolegiales durante su último año de universidad. Durante un tiempo, soñó con formar parte del equipo olímpico puertorriqueño, pero, cuando se dio cuenta de que tendría que viajar a menudo y dejar solo a su padre, decidió no unirse al grupo.

Antes de morir, Adelaida mandó a llamar a Margot, la empleada dominicana de los Portalatini, a su habitación y le dijo:

—Anoche soñé con tu hijito, el que está muerto. Te prometo que cuando llegue al cielo lo buscaré y me ocuparé de él. Pero tienes que prometerme que cuidarás de Sara con igual ahínco.

El hijo de Margot se había ahogado cuando el bote de treinta pies de largo en el cual Margot hizo la travesía desde Santo Domingo a Puerto Rico se volcó en el canal de la Mona. Cuando escuchó aquello, Margot corrió a su cuarto y le trajo a Adelaida una foto del niño, que la madre de Sara se metió bajo la blusa de su camisón.

—Menos mal que se me ocurrió dársela a tu madre en el último momento, porque si no, ¿cómo iba a reconocer a mi angelito al llegar al otro mundo? —le dijo a Sara. La enterraron con la foto y Margot le guardó luto a Adelaida como si hubiese sido su hermana.

Un día, Margot le contó a Sara cómo había sido aquel viaje de pesadilla. Margot le estaba dando el pecho a su bebé cuando una ola inmensa levantó la yola y la viró de costado, de manera que todos los pasajeros cayeron al agua como guisantes fuera de la vaina. Margot era una mujerona fuerte y ágil. Gracias a Dios, sabía nadar, a diferencia de la mayoría de los pasajeros restantes. Al caer al mar, se sostuvo a flote por algún tiempo, dando patadas en el agua y braceando con un solo brazo, pero tuvo que soltar al bebé porque la corriente era demasiado fuerte y estaba a punto de ahogarse. Margot había nacido en un arrabal cerca de la boca del río Ozama, y estaba acostumbrada a nadar en el mar todos los días con sus hermanitos, zambulléndose en busca de los carruchos rosados que tanto les gustaban a los turistas.

«Haciendo un gran esfuerzo alcancé la playa y, entonces, solo podía pensar en mi bebé, pero ya era demasiado tarde. Las olas eran tan altas que no había forma de atravesarlas para llegar al lugar donde se hundió la yola. Quise morir, pero el instinto de preservación fue más fuerte y cuando escuché la sirena de los agentes de inmigración que se acercaban por el camino, en lugar de tirarme al agua a buscar a mi hijo, corrí hacia tierra adentro y me escondí entre las malezas.

«Unos pescadores pasaron por allí y, cuando los vi, salí de mi escondite y les rogué que me ayudaran. Me llevaron a su casa, me dieron comida y me prestaron suficiente dinero para llegar hasta San Juan. Al día siguiente, vi el anuncio que tu mamá había puesto en el periódico de que necesitaba una empleada para la cocina y apunté su dirección. Me armé de valor, pagué el pasaje a uno de los carros públicos estacionados en la plaza de Rincón con el dinero que me dieron los pescadores y llegué a San Juan. No hubo preguntas ni explicaciones, los puertorriqueños reconocen a los sobrevivientes cuando los ven.

«Llevaba puesto el único traje que tenía y se me había roto en la travesía; mi carne oscura se asomaba por las rasgaduras. Cuando tu mamá me vio tan agotada, me invitó a entrar, me dio uno de sus trajes viejos y me puso a trabajar en la cocina. Cuando terminé de limpiar y de ponerlo todo en orden, la cocina brillaba como si estuviera hecha de plata. Tu mamá me contrató ahí mismo y me pidió que me quedara».

Sara fue al festival de cine el sábado en la tarde. Estaban dando la película cubana *Cecilia Valdés* y quería verla. Hizo cola y compró un boleto, pero, cuando fue a entrar en el teatro, se dio cuenta de que le habían vendido un *ticket* para una película argentina, *El tigre del Aconcagua*. Tendría que esperar en fila otra vez y el gentío casi le daba la vuelta a la manzana. Estaba debatiendo lo que debería de hacer, examinando su boleto en la acera con el ceño fruncido, cuando un joven se detuvo a su lado.

—¿Necesita ayuda? —le preguntó.

—Quería ver *Cecilia* y mire, me vendieron el boleto equivocado. Esta no es la película.

—Yo tengo una entrada extra para *Cecilia*. Tenga, aquí está —le dijo el joven, entregándole el *ticket*. Sara le dio las gracias y entraron en el teatro juntos. Los asientos estaban uno junto al otro y, al terminar la función, el joven la invitó a ir a El Agapito's Bar, una barra que frecuentaban obreros de la construcción, en la avenida Ponce de León. Los hombres eran musculosos y toscos, los rostros cubiertos de sudor, y hablaban con acento dominicano. A Sara le pareció chistoso que Edgardo pensara que aquel era un sitio agradable porque allí estaban rodeados por el proletariado.

—Este bar está fabuloso, ¿no le parece? Los obreros hacen a uno sentirse cómodo —dijo el joven.

Sara miró a su alrededor y pensó que aquella gente no le parecía tan distinta a la que caminaba por la calle. Su padre, por ejemplo, era de origen campesino —nació en una finca de Utuado—, pero nunca se vio a sí mismo como miembro del proletariado. Su familia era pobre, había perdido sus tierras y se había arruinado al llegar los americanos a la Isla. Él había tenido que hacerse a sí mismo de la nada. Fue a estudiar Medicina en España con una beca y, al regresar, se abrió camino como uno de los primeros gastroenterólogos de la capital. Escribía poesía y hacía generosos donativos al Hogar del Niño, el orfelinato de San Juan. La madre de Sara, por otro lado, venía de una de las familias más viejas de la Isla, los Arizmendi, y había heredado una fortuna considerable, gracias a la cual hacía muchas obras de caridad.

Sara invitó al joven a visitarla en su casa al día siguiente. Edgardo llegó como a las seis, y se sentaron en la terraza que miraba hacia la laguna del Condado a charlar sobre Zoología, Literatura, Filosofía y otros temas interesantes. Edgardo había estudiado Filosofía en La Sorbona, luego de ganar una beca del gobierno de Guatemala. Aprendió a hablar francés e inglés por su cuenta. Sara, que nunca había estado en Europa, estaba impresionadísima.

Cuando Edgardo se fue, le preguntó a su padre:

—Bien, ¿qué te pareció nuestro visitante?

Don Adalberto la miró cariñosamente. Conocía a Sara lo suficiente para no darle a entender lo que estaba pensando. Edgardo, con sus gafas de concha de carey, era obviamente un intelectual; no había más que escuchar la conversación de aquella tarde para darse cuenta de ello. Don Adalberto era políticamente conservador y se olió que Edgardo era radical, pero, como muchos de los amigos de Sara eran de izquierda, decidió callarse y no dijo nada. Vio que los jóvenes congeniaban y pensó que aquel nuevo amigo podría alegrar a Sara. Había estado deprimida desde la muerte de su mamá.

—Es un joven agradable —le contestó don Adalberto con una sonrisa diplomática—. Parece una persona interesante.

Don Adalberto era bastante flexible en cuanto a las amistades de Sara y, algún tiempo atrás, había hecho un trato con ella. Era la época del feminismo a ultranza y muchas de las amigas de Sara en San Juan se habían independizado de sus familias y vivían en apartamentos propios, pese a las condiciones a veces deplorables de los barrios de clase media baja, donde corrían peligro de que las violaran o las asaltaran. La libertad personal, el derecho a vivir y a ganarse la propia vida y hasta a experimentar con el sexo se consideraba más encomiable que vivir rodeados de comodidades burguesas, y era la medida por la cual la juventud idealista de entonces juzgaba llevar una vida útil. Sara había conseguido el trabajo en la UPR, enseñando Zoología, y estaba a punto de mudarse a un apartamentito en el Viejo San Juan, cuando Adelaida pasó a mejor vida. Don Adalberto le pidió a Sara que se quedara a vivir con él, porque no quería quedarse solo. La pena de abandonar a su padre en aquellas circunstancias fue más fuerte que la necesidad de afirmar su independencia, y Sara se quedó acompañándolo. Hicieron un trato: ella no se mudaría, pero podría invitar a sus amistades a quedarse con ellos el tiempo que quisiera.

Sara era muy cercana a su padre y disfrutaba de su compañía. Don Adalberto se distinguía por su alegría y su optimismo. Sara podía estar deprimida y sentarse en la terraza envuelta en una nube de preocupaciones, pero, en cuanto don Adalberto se le acercaba, la nube se disipaba y el sol brillaba nuevamente.

—La vida es un regalo de Dios —le decía a Sara—. Debemos hacer todo lo posible por conservarla.

Vivía según la máxima de "más sabe el Diablo por viejo que por Diablo" y, desde que Sara había ingresado en la Universidad de Puerto Rico, guardaba un silencio absoluto acerca de sus convicciones políticas, porque sabía que Sara estaba rodeada de radicales. Era un padre ejemplar y un excelente gastroenterólogo, y también sabía mucho de negocios, de manera que, gracias a sus inversiones y a la fortuna de Adelaida, la familia gozaba de una posición económica muy holgada.

—En vez de Zoología debiste estudiar Medicina —le dijo un día, sin acordarse de que había sido él quien en un principio se opuso a que ella escogiera esa carrera.

Pero Sara le perdonó a su padre su insensibilidad. Descubrió que el reino animal era un universo paralelo al nuestro, que existía envuelto en el misterio, prácticamente inaccesible al hombre. En Puerto Rico, por ejemplo, descubrió que había más de cinco mil especies endémicas de mariposas, sapos y lagartijos, que casi no se habían estudiado. El campo de la investigación de las especies naturales de la Isla estaba casi virgen.

Edgardo se alojaba en un albergue de estudiantes en Santurce y tenía que caminar dos millas todos los días para ver las películas que reseñaba. La casa de los Portalatini en Miramar estaba a dos cuadras del barrio de los teatros, y, en la casa, había una habitación para huéspedes muy cómoda. Estaba en el desván y Sara le decía *el mirador*, porque tenía un balcón de balaustres desde el cual se podían vislumbrar los barcos que navegaban por la costa del Atlántico. Luego de pedirle permiso a su padre, Sara invitó a Edgardo a quedarse con ellos hasta su regreso a Guatemala.

—Gracias por tu generosidad —le dijo Edgardo, mientras Sara lo ayudaba a desempaquetar la valija y a colocar su ropa en el clóset. Solo tenía dos pares de zapatos, un traje de fibra sintética viejo y dos camisas. Cuando terminó de colocarlo todo en la alacena, todavía se veía vacía.

—No me des las gracias. Estarás ganándote la renta distrayéndonos a Papá y a mí. Discutiremos las nuevas películas y novelas, y nos contarás cómo es Guatemala y cómo es tu vida por allá.

En la habitación, había una vieja cama de espaldar de hierro metida bajo el alero interior y un pequeño escritorio con una lámpara de metal roja. Sara trajo de su cuarto la Smith Corona portátil y la colocó sobre el escritorio para que Edgardo pudiera escribir en ella sus artículos de cine para *El Mundo.*

—¿De qué parte de Guatemala eres? —le preguntó Sara la primera noche que pasó en la casa. Estaban sentados en la terraza después de comer, observando las luces lejanas de los carros que cruzaban por el Puente del Agua.

—De Antigua, una ciudad al centro del país.

—¡De veras! He visto fotos de Antigua, Guatemala y es un lugar precioso. Hay docenas de monasterios e iglesias antiquísimas. ¿Es cierto que la ciudad está al pie de tres volcanes?

—Así es. El Pacaya, el Acatenango y el Fuego.

—¡Vivir en un sitio como ese debe ser toda una aventura!

Edgardo se puso serio y frunció el ceño.

—La vida en Guatemala es muy dura, no es una aventura. El valle alrededor de la ciudad es fértil a causa de la ceniza de los volcanes, pero es un lugar peligroso para vivir.

Sara se dio cuenta de que estaba siendo insensible y le dio vergüenza.

—No viajé a la Isla para escribir sobre la *Caribbean Basin Initiative,* como te dije antes —le confesó Edgardo—. *Prensa Libre* pagó mi boleto a Puerto Rico porque participé en una protesta que acabó en tiroteo, y el Ejército me andaba persiguiendo. Me escondí en una bañera de hierro durante la balacera y los tiros rebotaron de los costados. De milagro, salí ileso.

Estaba pálido y los ojos le brillaban como carbones encendidos.

Sara sintió mariposas en el estómago al escucharlo. Sospechaba que Edgardo era un revolucionario que luchaba por sus ideales, y su sinceridad la conmovió.

—Lo siento mucho. Soy una tonta por hablar así. Prometo que te ayudaré en lo que sea posible.

Durante los próximos días, Sara llevó al joven a conocer varios pueblos de la Isla: Loíza, Barranquitas, Aibonito. Le habló sobre la historia de Puerto Rico.

—En 1898, nos invadieron los norteamericanos. A ustedes los invadieron los gringos más recientemente, en el 1954, cuando los *Marines* desembarcaron y sacaron a Jacobo Arbenz de la presidencia. ¿Ves? Conozco un poco de la historia de Guatemala.

Edgardo era muy bien parecido. Tenía la piel dorada y suave; no tenía barba ni pelos en el pecho ni en los brazos.

—Es porque soy maya y los indios somos lampiños —le dijo Edgardo—. El vello tupido es señal de barbarie.

Sara se rio de buena gana.

—Así que les viras la tortilla a nuestros antepasados españoles. Bueno, a mí no me importa nada de eso.

Sara lo miró a los ojos, y pensó que Edgardo escondía un misterio. Tenía una mirada profunda, y sus ojos rasgados eran como dos estanques en el fondo de los cuales un cuchillo de obsidiana estaba a punto de repuntar. "Tiene ojos de soñador", pensó Sara. "De alguien comprometido con un mundo mejor".

Edgardo había tenido una juventud difícil: su familia lo había perdido todo por culpa de las guerrillas —la URNG— que se concentraban en la selva del Petén. Su padre había muerto en un asalto de las tropas del gobierno cuando se dirigía a Antigua desde la capital. Edgardo y su hermano Luis habían sobrevivido a esa guerra porque estaban estudiando en la universidad, en Ciudad de Guatemala.

—Durante los últimos cuarenta años, ha tenido lugar un genocidio —le dijo un día Edgardo—. Han muerto más de cuatrocientos mil guatemaltecos, aldeas enteras han sido borradas del mapa. Solo el comunismo nos puede salvar.

Sara se quedó callada. Aquella confesión la preocupó: declararse comunista en Puerto Rico era algo muy serio, sería necesario mantener el secreto. De enterarse, don Adalberto pondría a Edgardo de patitas en la calle inmediatamente. Sara había oído hablar de la violencia que cundía en los países de América Central, pero conocía muy poco de ello. Visitó la biblioteca de la universidad y se puso a leer sobre Guatemala,

Nicaragua y otros países: por todas partes eran masacres y más masacres. Se sintió terriblemente culpable: aquel infierno existía en el Caribe, el mismo mar de Puerto Rico, y ella nunca había hecho nada por ayudar a aquellas víctimas. Quizá Edgardo tenía razón y el comunismo era la única respuesta.

Don Adalberto jamás se hubiera imaginado que Sara era capaz de casarse al vuelo con un extraño, pero eso fue exactamente lo que hizo. Una semana después, Sara voló a Saint Thomas con Edgardo y llamó a don Adalberto por teléfono desde el Lemon Tree, el hotelito donde decidieron pasar las dos noches de su luna de miel, que Sara pagó con sus ahorros. Era un lugar modesto, pero hermoso, con una playita de arena blanca y una piscina rodeada de hibiscos de pétalos enormes y colores brillantes. Una iguana gigante vivía entre unas rocas cercanas a la piscina y se comía los pétalos de las pavonas.

—Edgardo y yo acabamos de casarnos, Papá —le dijo Sara a su padre muerta de risa, como si se tratara de una broma. Eran los nervios; cuando tenía que hablar de temas difíciles con su papá, siempre le pasaba lo mismo. Desde la barra del hotel, donde Sara estaba sentada junto a Edgardo, podía verse el crucero de lujo del Princess Line anclado al otro lado de la bahía como un enorme hotel encendido—. Tú sabes que yo no creo en el matrimonio, pero nos casamos para complacerte. Pensé que te sentirías incómodo si dormíamos en el mismo cuarto sin casarnos. No te preocupes por nada, estoy absolutamente feliz y regresaremos a casa el lunes.

Don Adalberto se quedó mudo, pero recobró el habla unos instantes después.

—Que Dios los bendiga. De su mano caminan los indefensos.

Luego de su regreso de Saint Thomas, Edgardo se mudó a la habitación de Sara y compartió con ella su cama y su baño. Don Adalberto se hizo de la vista larga. Era preferible aquello a que Sara se mudara con Edgardo a un apartamento como los que alquilaban los estudiantes en el Viejo San Juan, donde viviría rondada de peligros a causa de los atómicos y maleantes que salían en las noches del arrabal de La Perla a recorrer la ciudad. Después de todo, Sara no estaba haciendo nada diferente de lo que hacían miles de jóvenes en el mundo entero: casarse a lo loco y sin medir las consecuencias de lo que hacían. Tenerla cerca era lo primordial para él.

El mirador de la casa se transformó en la oficina de Edgardo, y fue, poco a poco, llenándose de libros y manuscritos. Edgardo escribía todas las mañanas. Ya no escribía únicamente reseñas de cine para el periódico; enviaba por correo expreso artículos de corte político a *Prensa Libre,* en Guatemala, bajo un seudónimo. En las tardes, Edgardo y Sara salían a caminar alrededor de la laguna o iban a pasear por la carretera panorámica que repechaba las montañas del centro de la Isla en el carro de don Adalberto. En las noches, iban al cine o se quedaban en la casa leyendo un libro.

Sara admiraba a Edgardo enormemente. Era un verdadero intelectual, no un aficionado que recitaba poemas en las bodas y en los entierros, como solía hacer su padre. Su verdadero hogar estaba en la mente, no en una mansión de Miramar. En las noches, Sara y él conversaban hasta muy tarde, disfrutando de los gustos que compartían. Si Sara decía:

—El francés es la lengua de la cortesía.

Edgardo afirmaba:

—Y el inglés la lengua de los negocios.

Pero coincidían en que el español era la lengua del corazón. Si Sara decía que su poeta favorito era García Lorca, Edgardo recitaba en voz alta la "Muerte de Antoñito el Camborio". Si Sara citaba un verso de Ronsard, Edgardo recitaba un verso de Garcilaso. Estaban seguros de haber sido hermanos de sangre en otra vida.

A Sara le empezó a preocupar que Edgardo seguía sin trabajo. Había visitado varias agencias de publicidad, donde se ofrecía para escribir libretos de programas de televisión o anuncios escritos en verso, pero, en cuanto se enteraban de que era guatemalteco, le cerraban las puertas. Las uniones obreras locales supervisaban muy de cerca los empleos en la Isla, y en cuanto un extranjero se empleaba para hacer una tarea que podía desempeñar un puertorriqueño, le montaban una investigación y el pleito terminaba en los tribunales.

Para colmo, a los seis meses de casados, Edgardo todavía no había recibido su *green card*. Esto le hacía aún más difícil encontrar trabajo. Decidió que la enseñanza era la mejor opción, pero seguía posponiendo las entrevistas en los colegios privados.

—La cosa no es tan fácil como parece —le explicaba a don Adalberto, para convencerlo de que estaba haciendo todo lo posible por resolver el problema y no estaba virando huevos—. ¿Qué voy a decirles cuando me pregunten por qué no tengo visa de residente? Hace seis meses que Sara y yo nos casamos y la *green card* todavía no ha llegado. En el pasado, era casi automático y llegaba por correo en cuanto un extranjero se casaba con un ciudadano americano. Ahora es muy distinto, y hay que rogar y peregrinar de oficina en oficina para que se dignen a hacerle caso a uno.

Don Adalberto le escribió una nota al Secretario de Estado en la que le pedía una cita para su yerno, para tratar de aligerar el proceso. El anciano tenía amigos de gran influencia en el gobierno y, pronto, Edgardo recibió una llamada telefónica en la que le informaban que debía pasar por las oficinas del secretario. Cometió la indiscreción de aparecerse vestido con una camisa hindú de algodón bordado y sandalias de cuero de búfalo, lo que le causó mala impresión al funcionario.

—*Are you sure you want to stay married to this boy?* —le preguntó el secretario en inglés a Sara cuando entraron en su oficina, sin ofrecerle asiento a Edgardo, como si se tratara de un sirviente. Edgardo se molestó; estuvo a punto de marcharse, pero Sara lo retuvo por el brazo.

—Sí, estamos muy felices juntos —le contestó al Secretario en español, mirándose la punta de los zapatos de cuero color crema y arrebolándose de vergüenza.

El oficial acribilló a su marido a preguntas por más de una hora, indagando sobre su ocupación y sus simpatías políticas. No tuvo ningún miramiento, trató a Edgardo como a cualquier dominicano que acabara de cruzar a nado el canal de la Mona. Regresaron a la casa de Miramar con las orejas todavía calientes por el interrogatorio y Edgardo, enfurruñado, se encerró en su habitación. No salió a la hora de la cena ni le dirigió la palabra a nadie hasta el día siguiente.

Una semana después, la *green card* todavía no había llegado y la melancolía de Edgardo se hizo más pronunciada. Empezó a hablar de su país y a decir que tenía que regresar, pero sin dar razones para ello. Sara sintió una punzada en el corazón. Edgardo no le había pedido que lo acompañara, y ella no se atrevía a preguntarle si aquel viaje se trataba de una visita o si se quedaría por allá indefinidamente. Tenía terror de su respuesta.

Margot empezó a sentirse impaciente con el joven.

—Edgardo parece una hoja de yagrumo —dijo sacudiendo la cabeza—. Cambia de color cada vez que sopla el viento. Un día está en Puerto Rico y al día siguiente quiere estar en su país. Usted tendrá que llevar el timón, Niña.

Cuando la visa de residente llegó por fin en el correo, Edgardo recobró su buen humor. Don Adalberto logró conseguirle un puesto en la Escuela de Comunicaciones, enseñando Redacción y Periodismo, y Edgardo dejó de hablar de irse a Guatemala. El director de la Escuela había llamado por teléfono a la Universidad de Ciudad de Guatemala pidiendo referencias de Edgardo Verdiales, y un tal doctor Malinalco, amigo de Edgardo, se las suministró con gusto. La recomendación fue positiva y, gracias a ella, Edgardo obtuvo el puesto de profesor en la Escuela de Comunicaciones.

Pero Edgardo era incapaz de mantener sus opiniones políticas en privado y, durante sus clases, entre col y col, metía siempre una lechuga, de manera que parecía un curso de marxismo más que de periodismo. Pronto, los oficiales de la universidad se enteraron del asunto y, al finalizar el semestre, no le renovaron el contrato. Cuando perdió el trabajo, lo arropó la pesadumbre.

Se pasaba el día encerrado en su habitación, leyendo, fumando y escuchando las cantatas de Bach en el tocacintas de Sara. En las noches, el tecleo de su maquinilla se podía oír hasta las tantas de la madrugada, mientras escribía artículo tras artículo que enviaba semanalmente a *Prensa Libre*. Las reseñas de cine ya no las escribía porque le pagaban muy poco por ellas.

Margot sacudió la cabeza en desaprobación. No entendía qué hacía un joven tan instruido como Edgardo, encerrado en la casa entorunado, escuchando música de entierro, en vez de salir a la calle a buscarse un trabajo decente.

—Si fuera dominicano no sería tan para'o —le refunfuñó a Sara mientras le lavaba los calzoncillos al joven—. ¡Y no dejaría las medias tiradas en el piso del baño para que yo se las recogiera si de veras le importaran los trabajadores!

Sara se reía y besaba a Margot en las mejillas.

—¡Ay, Nana! Lo que pasa es que estás celosa. Edgardo me quiere mucho y es un hombre bueno.

Sara no quería presionar a Edgardo a que buscara un trabajo; como su padre tenía suficiente dinero para que los tres vivieran cómodamente, no había por qué preocuparse. Si Edgardo necesitaba un poco más de tiempo para acostumbrarse al estilo de vida norteamericano, no veía por qué no dárselo. Estaba acostumbrado a un ritmo más lento —el que impone la vida del pensador—, a las conversaciones estimulantes en los cafés de Ciudad de Guatemala con sus amigos intelectuales. En la Isla, nadie tenía tiempo para leer ni para conversaciones profundas, para la introspección que se necesitaba para escribir.

—¿Qué debo hacer? ¿Tirarlo a la basura como un par de zapatos viejos porque no encuentra trabajo? Es mi esposo y permaneceremos casados en las buenas y en las malas —le dijo a su padre con voz temblorosa, un día que sugirió, a la hora del almuerzo, que Edgardo podía esforzarse un poco y buscar trabajo en algún periódico, donde podía ser corrector de pruebas. Margot fue menos diplomática y sacó el tema sin tapujos: Edgardo estaba cacheteando demasiado y se estaba aprovechando de Sara. Pero a Sara no le importaba un bledo lo que dijeran Margot y su papá. Antes de conocer a Edgardo, todos la trataban como una niña, como la hija consentida de don Adalberto. Ahora, por primera vez, alguien la trataba como una mujer.

Unos días después, Edgardo recibió una carta de Luis, su hermano menor, que se había unido a los guerrilleros de la UNRG. Estaba estacionado en una región casi inaccesible de las selvas del Petén, donde se refugiaban las guerrillas guatemaltecas. Luchaba contra el presidente Ríos Montt, que tenía el apoyo del gobierno de los Estados Unidos.

Una carta de la mamá de Edgardo llegó la semana siguiente. En ella le informaban que a Luis la policía secreta lo había cogido preso y se desconocía su paradero. Edgardo se sintió aplastado por la culpa. Él se había escapado a Puerto Rico mientras su hermano se había quedado peleando en la capital. Se sentía como si anduviera por la calle con un mancharón de cenizas untado sobre la frente.

—Necesito dinero para ayudar a mi hermano —le dijo a Sara. No le habló suplicándole ni nada por estilo; sus palabras salieron de su boca como balas, parecía que estuviera furioso con ella—. Es por culpa de los Estados Unidos que mi hermano está preso. No puedo esperar a conseguir trabajo para ahorrar dinero. Te quiero, pero tengo que regresar a Guatemala enseguida. Cuando logre rescatar a Luis y lo deje fuera de peligro, regresaré a la Isla. Te prometo que de entonces en adelante siempre estaremos juntos.

Sara se armó de valor y fue al estudio de su papá. Nunca le había pedido dinero; tenía más que suficiente para vivir con su salario de profesora de la universidad. Sentado junto a ella en el sofá de algodón blanco del estudio, don Adalberto escuchó pacientemente lo que Sara tenía que decir. Cuando la joven empezó a llorar, le acarició la mano.

—Quiero vender los terrenos que heredé de Mamá y darle el dinero a Edgardo. Necesita ayudar a su hermano, que está preso en las selvas del Petén —dijo Sara. Le daba tanta vergüenza pedir aquello que no podía dejar de temblar. Don Adalberto la miró a los ojos.

—¿Cómo sabes que Edgardo está diciendo la verdad? ¿Estás absolutamente segura de ello? Han estado casados solo unos meses. Quiero que pienses bien las cosas.

Sara volvió a derramar lágrimas. Edgardo no estaba mintiendo, dijo, y ella lo admiraba por querer ayudar a Luis, su hermano más pequeño.

—Tienes razón, querida —dijo don Adalberto dándole un abrazo—. No todo el mundo tiene el valor de arriesgar la vida por su hermano en los laberintos de la jungla del Petén. Quizá, estando allí, Edgardo se dé cuenta de la suerte que tiene de vivir en los Estados Unidos, casado con una ciudadana norteamericana. Estoy seguro de que, una vez encuentre a Luis, regresará donde ti.

Lo dijo con un retintín irónico en la voz, pero Sara estaba tan angustiada que no se dio cuenta de nada. Estaba dispuesta a hacer todo lo necesario por ayudar a Edgardo. Tenía veintiséis años y el dinero que había heredado de su madre era legalmente suyo. Sería un sacrificio pequeño con tal de que Edgardo regresara a ella.

Don Adalberto hizo lo que su hija le pidió y vendió la parcela de terreno en medio de Santurce por doscientos mil dólares. Antes de hacer esto, sin embargo, tomó ciertas medidas para enterarse sobre el pasado de Edgardo. Debió haberlo hecho antes, pero el intempestivo matrimonio de Sara no le dio la oportunidad. Se puso en contacto con un detective privado y le pidió que le hiciera un informe completo sobre Edgardo Verdiales. ¿Quién era en realidad? ¿Cómo era su familia? Al agente, sin embargo, se le hizo difícil conseguir información porque Guatemala estaba en medio de una guerra civil y era difícil viajar allá. Don Adalberto prefirió no molestarse y dejar que las cosas se resolvieran por sí mismas. Pensó que algo podría descubrir sobre Edgardo en Puerto Rico.

Cuando llegó el dinero de la venta del terreno, don Adalberto fue con Sara a cambiar el cheque. Guardaron el dinero en un maletín de cuero y se lo llevaron a la casa. Esa misma noche, Sara le entregó el maletín a Edgardo, y Edgardo lo escondió debajo de su cama. Antes de terminar la semana, Edgardo estaba montado en un avión en dirección a Miami, donde abordaría otro vuelo que lo llevaría a Ciudad de Guatemala. Cuando Sara estuvo de vuelta en la casa luego de dejar a Edgardo en el aeropuerto, sintió un vacío terrible en el pecho.

Don Adalberto le pidió a una compañía de detectives que le asignara un agente a Edgardo Verdiales cuando este llegara a Guatemala, costara lo que costara. Pero esa misma noche don Adalberto recibió una llamada telefónica, en la que le informaban que el detective privado le había perdido la pista a su yerno al llegar al aeropuerto de Ciudad de Guatemala. Un Mercury azul, dilapidado y polvoriento lo estaba esperando junto a la salida cuando abandonó el terminal. Edgardo caminó rápidamente hacia el coche con el maletín negro en la mano y se montó en el asiento trasero. Ni siquiera esperó por el resto de su equipaje. Lo dejó todo por detrás y sus pertenencias acabaron en el *Lost and Found.* Jamás se supo más de Edgardo. Fue como si se lo hubiera tragado la tierra.

Cuando don Adalberto oyó esto, se sintió aliviado. Estaba rezándole a todos los santos para que Edgardo no regresara a Puerto Rico; doscientos mil dólares era poco dinero para librar a su hija de un sinvergüenza como aquel. Algún día, Sara se daría cuenta de la verdad y se lo agradecería.

Don Adalberto esperó pacientemente, sin presionar a su hija sobre lo que debía de hacer. Al no recibir noticias sobre Edgardo, Sara sintió una tristeza profunda. Abría el clóset del joven y hundía la cara en sus camisas. Todavía olían a él, a los Camel sin filtro que fumaba. Aquel olor traía a la zaga la imagen de su rostro, de su piel dorada y de sus ojos oblicuos, de sus orejas pequeñas y su pelo suave y brillante como plumas de cuervo. Sara se ovilló en su dolor como una oruga y dejó que la arropara la oscuridad.

Empezó a sufrir ataques de pánico. Se despertaba en las noches temblando y con el pijama tan empapado en sudor que tenía que levantarse a cambiarse. Caminaba en la oscuridad por toda la casa y se quedaba mirando por la ventana las palmas sacudidas por el viento, tratando de calmarse. "Gracias a Dios que no estoy allá afuera, sufriendo los embates del viento", se decía. "Quién sabe dónde estará guareciéndose Edgardo esta noche, perdido en el laberinto del Petén".

La depresión de Sara amenazaba con tornarse en un trastorno clínico, y don Adalberto estuvo a punto de recluirla en una institución, pero desistió gracias a Margot. La empleada dominicana no la dejaba sola ni por un minuto: le hablaba para consolarla, le daba té para calmar los nervios, le cantaba canciones de cuna como cuando Adelaida estaba viva y Sara era todavía pequeña. Gracias a Margot, Sara no siguió derrumbándose por aquella pendiente que la hubiera llevado a la locura.

Cuando Sara se recuperó, algunos meses después, le pidió a su padre que la acompañara a Guatemala a buscar a Edgardo. A don Adalberto la enfermedad de Sara lo había afectado mucho, y accedió con gusto para complacer a su hija. Sospechaba que Edgardo no aparecería; sus detectives habían peinado el país buscándolo, pero Sara no estaba enterada de eso y la visita podría servir de clausura a un episodio trágico. Viajaron a Antigua, de donde Edgardo había dicho que venía su familia. Se alojaron en un hotel precioso tipo hacienda, construido en las ruinas del monasterio de Santo Domingo. Antigua estaba llena de extranjeros, muchos de ellos arquitectos, que vivían en unas casas coloniales preciosas, completamente ajenos a la terrible situación política por la cual atravesaba el país.

Era como si los residentes de aquellas casas no percibieran la miseria que los rodeaba. La pobreza era idealizada para darle mayor atractivo turístico a la ciudad. Las casitas de los campesinos estaban pintadas de colores alegres, pero solo había que acercarse a ellas, luego de bajarse del autobús, para ver que tenían las paredes desconchadas y los techos rajados, de manera que era imposible que nadie viviese allí. En el hotel, los empleados guatemaltecos se veían mal alimentados e iban descalzos, moviéndose entre las sombras como si fuesen fantasmas.

En las noches, el hotel se alumbraba con velas puestas sobre el piso, protegidas tras fanales de cristal, pues no había electricidad. Aquellas velas hicieron a Sara pensar en los miles de seres humanos —civiles, soldados y guerrilleros— que habían perecido en la guerra civil guatemalteca provocada por Ríos Montt. Miles de campesinos habían muerto, muchos habían cometido suicidio disparándose unos a otros al borde de las fosas abiertas, antes de verse atrapados entre dos frentes. Las velas encendidas eran las almas de los asesinados que ardían para recordarles cuál había sido su fin. Sara había visto cómo la carretera desde la capital hasta Antigua estaba sembrada de cruces a lado y lado. Eran cruces de cemento sin nombre ni fecha, rústicos recordatorios de la tragedia de los habitantes. Guatemala era un enorme campo santo donde era imposible caminar por la calle sin sentir que la muerte lo acechaba a uno detrás de cada puerta.

Sara y don Adalberto cruzaron la plaza de Antigua hasta la catedral, y admiraron su hermosa fachada colonial, con sus gemelos campanarios barrocos. Una fuente del siglo dieciséis lucía ocho sirenas que vertían agua por los pechos desnudos. A su alrededor, un grupo de mujeres indígenas vendían sus mercancías sentadas en el suelo. Sus niños, mugrientos y semidesnudos, tenían los ojos cubiertos de moscas. Las mujeres vendían camisas bordadas a mano, manteles, tapetes, todo confeccionado con hilos de colores brillantes, como si con aquellos objetos alegres y hermosos quisieran compensar la tristeza que imperaba en sus vidas. Cuando vieron a Sara y a don Adalberto acercarse, se levantaron del piso y corrieron a rodearlos como pájaros hambrientos, empujando y gritando: "¡guandola, guandola, guandola!", para competir por su atención. Sara no entendía lo que decían hasta que don Adalberto le tradujo aquellos gritos. *Guandola* no era una palabra indígena, sino "*one dollar*". Sara, conmovida, vació todo el dinero que llevaba en su cartera y compró toda clase de chucherías.

Se encaminaron hacia la alcaldía, que quedaba al otro lado de la plaza. Les habían informado que todas las familias de Antigua aparecían allí registradas. Pasaron al depósito de registros de propiedad, partidas de nacimiento y defunción, y don Adalberto le pidió a uno de los secretarios que por favor buscara el expediente de la familia Verdiales. El secretario le dijo que cómo no, que con gusto lo haría, pero que volviera al día siguiente porque buscar en el archivo entre tantos desaparecidos tomaba mucho tiempo. Sara y don Adalberto regresaron a la alcaldía al otro día, y el secretario les informó que en Antigua no había ninguna familia Verdiales, y que nunca la había habido. Sara salió a las arcadas de la plaza y se quedó mirando los campanarios de la catedral como si no hubiese escuchado nada. Lo último que recordó antes de caer redonda al suelo fue los volcanes que rodeaban la ciudad. El Pacaya y el Fuego botaban fumarolas de humo como gigantes milenarios. El Acatenango estaba dormido y su silueta se recortaba limpia contra el azul del cielo.

Don Adalberto decidió ir personalmente al cuartel de la policía, a pedir que lo ayudaran a encontrar a Edgardo Verdiales. Sara le rogó que no lo hiciera porque Edgardo le había dicho que los agentes de la policía de Guatemala eran unos matones, pero don Adalberto no le hizo caso. Temiendo por su seguridad, Sara quiso acompañarlo. En el cuartel, lo hicieron pasar a una celda y los interrogaron durante varias horas. Edgardo no estaba mezclado con la UNRG, dijo, era periodista de *Prensa Libre* en Ciudad de Guatemala, y ella temía que los guerrilleros lo hubieran secuestrado. Sara se dio cuenta de que la policía sospechaba de ellos, sobre todo desde que los agentes telefonearon al periódico *Prensa Libre*, en Ciudad de Guatemala, para verificar su historia y les dijeron que allí no trabajaba, ni había trabajado nunca, el tal Edgardo Verdiales. El doctor Malinalco, quien había recomendado a Edgardo para su puesto en la universidad, desapareció como por encanto y no pudieron dar con él.

Los policías, entonces, les informaron que aunque no tenían noticias de Edgardo, sí conocían a Luis Verdiales, un líder guerrillero muy activo estacionado en el Petén, que era un terrorista asesino. ¿No sería un familiar de Edgardo? Sara dijo que no creía una palabra de aquello; los llamó mentirosos, lo que enfureció a los agentes, y les ordenaron a ella y a su padre que salieran del País inmediatamente.

Esa noche, sentada en la cama junto a uno de los candiles encendidos del hotel, Sara rezó por el alma de Edgardo. Con agentes de la ley como aquellos, era probable que Edgardo estuviera muerto, y si estaba preso, lo más seguro era que no volvería a verlo. Aunque su padre tuviera razón y Edgardo se hubiera casado con ella por su dinero, no le importaba en lo absoluto si eso le había hecho posible aliviar la miseria de los habitantes de aquel país tan desgraciado. Al día siguiente, temprano en la mañana, Sara y don Adalberto abordaron juntos el avión de American Airlines que los llevaría hasta la Florida y, esa misma tarde, tomaron la conexión aérea hasta San Juan.

A los seis meses de regresar a la Isla, don Adalberto insistió en que Sara fuera a visitar a un abogado, para que definiera su estado civil. No se había sabido nada de Edgardo en doce meses. Sara había logrado mantenerse a flote gracias a su trabajo como profesora de Zoología de la UPR, pero se sentía como si viviera en el limbo, perdida en una nube gris que envolvía el mundo como una mortaja. Era una mujer casada, pero no tenía marido. La situación resultaba muy inconveniente, porque en Puerto Rico las mujeres solas estaban siempre en desventaja. Como era imposible probar que Edgardo estaba muerto, lo más recomendable era un divorcio *in absentia*, por razones de abandono.

El proceso de divorcio de personas desaparecidas era largo y costoso, pero también relativamente sencillo, le dijo a Sara el abogado de don Adalberto. Se publicarían edictos, con el consentimiento de los tribunales, en varios periódicos, para convocar la presencia del marido desaparecido. También se enviarían cartas a todos los conocidos de Edgardo y a las personas que habían tenido que ver con él en Puerto Rico (como, por ejemplo, sus estudiantes y profesores colegas en la UPR), indagando sobre su paradero. Si no había respuesta a los edictos, el divorcio era automático a los nueve meses.

Al principio, Sara estaba reacia a siquiera considerar este curso de acción. ¿Divorcio por abandono cuando ellos se habían querido tanto? ¿Cómo podía don Adalberto ser tan insensible? Pero don Adalberto siguió insistiendo. Sara tenía veintisiete años, era demasiado joven para condenarse a estar sola y, después de todo, el divorcio no era más que una formalidad. Si ella quería seguir siéndole fiel a Edgardo, podía hacerlo. Pero si los años seguían pasando y, un día, Sara conocía a alguien y se enamoraba, podría volver a casarse.

—Tienes que rehacer tu vida —le dijo a Sara, tratando de consolarla—. El tiempo cura todas las heridas y, gracias al dolor, nos hacemos mejores personas.

Entonces, el FBI intervino en el asunto. Don Adalberto recibió una llamada telefónica, convocándolo a venir a las oficinas de la agencia en San Juan, acompañado por Sara. El anciano quiso que Margot los acompañara, en caso de que se desatara alguna crisis. Una vez en su oficina, míster Humphrey, el director del departamento, preguntó si la señorita Portalatini había estado casada en el pasado con un guatemalteco llamado Edgardo Verdiales. Sara tragó saliva y respondió que sí, que Edgardo Verdiales era su esposo, pero que hacía casi un año había desaparecido y no tenía noticias de él.

—Tenemos una información importante que compartir con usted —dijo míster Humphrey, carraspeando ligeramente—. Los restos del señor Verdiales fueron encontrados en un estacionamiento abandonado de Ciudad de Guatemala hace unos días. La pesquisa forense da a entender que fue asesinado de un tiro en la frente. ¿Tiene usted alguna información que nos ayude a capturar al homicida?

Sara sintió que el mundo se hundía bajo sus pies. Por segunda vez, perdió el conocimiento y despertó en brazos de Margot.

—Suéltelo ya y acepte su destino —le aconsejó Margot en su habitación esa noche—. Es lo mejor para usted y para él.

Sara se reconcilió con su suerte y aceptó el hecho de que Edgardo estaba muerto.

Los días se sucedieron uno tras otro hasta que otra vez intervino el destino en la vida de los Portalatini. Poco tiempo después de su regreso de Guatemala, don Adalberto empezó a experimentar dificultad al orinar y fue al nefrólogo a hacerse un examen. Se pasaba casi media hora frente a la taza de inodoro pensando en musarañas y contando hasta cien, como le había aconsejado el especialista, sosteniendo su pene como un plátano disecado en la mano, pero solo lograba soltar tres gotas de orín, que ahora se le hacía un precioso líquido. Le diagnosticaron cáncer de la próstata y sus colegas le aconsejaron que se operara inmediatamente. Ingresó al Hospital Presbiteriano en El Condado y la intervención fue un éxito: el cáncer fue extirpado de raíz. Don Adalberto regresó a casa sintiéndose mucho mejor y de muy buen humor. El chofer bajó la silla de ruedas del Cadillac de la familia, y Ruby Cruz, la nueva enfermera de don Adalberto, se puso al timón. Empujaba el vehículo rodante con asientos de cuero *beige* y armazón de platino resplandeciente, con el mismo orgullo que si empujara un Jaguar convertible.

Don Adalberto conoció a Ruby durante su convalecencia en el hospital Presbiteriano. Era muy joven, le llevaba solo cuatro años a Sara, y a don Adalberto le encantaba tenerla cerca porque le recordaba a su hija. Igual que Sara, Ruby tenía un cuerpo de atleta: corría cinco millas todas las mañanas en un Armani *sweat suit* color amapola que don Adalberto le había regalado. Nunca se había casado y le gustaba estar sola. Durante el día, vestía su uniforme de enfermerita pizpireta con orgullo, con su gorra blanca firmemente prendida a la cabeza con horquillas. Las batatas de sus piernas, enfundadas en medias de nailon blancas, parecían espolvoreadas de nieve.

—Ruby es enfermera práctica y ha venido a ayudarme con los tratamientos de quimioterapia —le dijo don Adalberto a Sara cuando se la presentó—. También podrá ayudar a Margot a limpiar y a mantener en orden la casa.

Sara había oído decir que las enfermeras prácticas ganaban menos que las graduadas y que, a menudo, las trataban como a domésticas glorificadas, pero cuando vio las uñas esmaltadas de rojo emperatriz china de la joven recién llegada, sospechó que ese no era el caso de Ruby.

Ruby había nacido en Sabana Grande, un pueblo al sur de la Isla, famoso por sus peleas de gallo. Cuando de la agencia de enfermería la mandaron al Hospital Presbiteriano a cuidar a don Adalberto Portalatini, Ruby sintió un escalofrío de anticipación.

Sabía quién era don Adalberto desde hacía mucho tiempo. Una vez, cuando ella tenía escasamente cinco años, lo había visto pasar en su Cadillac azul cielo por la plaza de Sabana Grande. Iba sentado junto a doña Adelaida en el asiento de atrás del coche conducido por un chofer uniformado. Doña Adelaida parecía una reina: llevaba puesto un vestido de Balenciaga, porque los habían invitado esa noche a casa del alcalde de Ponce a celebrar su cumpleaños.

La gente sentada en los bancos de la plaza dejó lo que estaba haciendo para quedarse mirando a la pareja cuando el Cadillac pasó por allí. El papá de Ruby dejó caer los dominós que ocultaba en la mano en ese preciso momento, y su adversario pudo ver que cargaba la mula del doble seis; su vecino dejó de abanicarse el pescuezo con su sombrero de Panamá para que los mosquitos no lo picaran; y su compañero dejó de rascarse el fondillo y se resignó a que se lo comieran las pulgas. Todo el mundo en la plaza se quedó pasmado, y Ruby fue la única que reaccionó: se zambulló de cabeza debajo del banco de piedra donde estaba sentado su padre, tanto miedo le tenía a *Bolsas de Oro*, el famoso médico de San Juan cuya foto salía publicada a cada rato en la primera plana de sociales en el periódico *El Mundo*. Don Adalberto soltó una carcajada al oír esto.

—Ahora sabes que yo no era tan malo como decían —le dijo, metiéndole un pellizco en una nalga.

Ruby era pelirroja, y el nombre le iba bien, pues el rubí es una piedra preciosa relacionada con la pasión. Era tan hermosa como Adelaida, solo que ni fría ni distante. Por culpa de su afición a los juegos del amor y de la suerte, había salido encinta a los dieciséis años, y tenía un niño de quince del cual se le había hecho imposible adivinar quién era el padre.

Era hija de Gilberto Cruz, el dueño de la gallera Cantaclaro, el coliseo gallístico más grande de Sabana Grande, y su padre había estado en la cárcel varias veces por culpa de los gallos. Había nacido en Matadero, el barrio donde se encontraba el macelo del pueblo, y estaba acostumbrada a ver correr la sangre de los cerdos y de las vacas por la cuneta que pasaba frente a su casa. Gilberto había tenido dieciocho hijos, cada uno con una mujer distinta, y Ruby era la más jovencita de todos. La niña se había criado mirando peleas de gallo y, junto a la empalizada que rodeaba la arena para evitar que los gallos volaran hacia los espectadores, aprendió cosas que jamás hubiera aprendido en una universidad. Sabía cómo mantener las espuelas bien afiladas y la lengua bien enfundada dentro de la vaina roja de su sonrisa, pero, sobre todo, sabía cómo escupirles buches de ron a los gallos en el pico, para azuzarlos a atacar más enardecidamente a sus adversarios.

Ruby le decía a todo el mundo que era enfermera, pero aquello no era más que un eufemismo, pues su entrenamiento había sido esporádico. Nunca se graduó de la escuela de enfermería de San Juan, donde tomó algunos cursos durante los veranos. Sabía cambiar las sábanas de la cama, vaciar y enjuagar el pato, y ayudaba a don Adalberto a bañarse sin que se le mojaran los vendajes. En cuanto a ayudar con la limpieza de la casa y la comida, como había asegurado al principio don Adalberto, a Ruby aquello nunca se le pasó por la mente, y Margot siguió haciendo todas las tareas domésticas.

Era muy alegre y se la pasaba hablando de que un día sería doctora; estaba ahorrando unos chavitos para embarcarse a los Estados Unidos, donde pensaba matricularse en un colegio médico de primera. Don Adalberto la admiraba por su entusiasmo, y le prometió todo su apoyo en su carrera.

—Tu deber por ahora es cuidarme a mí. Cuando yo no esté, podrás correr detrás de todos los diplomas del mundo, como se te venga en gana.

Pasaron varios meses y la salud de don Adalberto continuó mejorando considerablemente. Ya no necesitaba una enfermera, pero en vez de despedir a Ruby, empezó a darle más responsabilidades: la enviaba al banco a cambiar sus cheques y a hacerle sus depósitos, le pedía que le escribiera cartas, o que le hiciera, de vez en cuando, algún postre especial, como isla flotante, que a don Adalberto le encantaba porque era una crema tan suave que le recordaba las manos de Ruby cuando le estaba cambiando los vendajes a la cicatriz de la próstata.

—Ruby tiene buen corazón. Es casi de tu misma edad, y cuando yo muera, podrá hacerte compañía —le dijo don Adalberto a Sara un día que estaban solos.

Sara estaba rociando las matas con la manguera y aquel comentario se le hizo raro.

—No hables así, Papá. Tú no te vas a morir. El doctor te dijo que tenías una buena oportunidad de sobreponerte al cáncer de la próstata con el tratamiento adecuado.

Se hizo un silencio entre los dos y Sara vio que don Adalberto tenía los ojos aguados.

—Cuando yo muera, lo que más pena me dará será dejarte sola, mijita. Aunque, gracias a Ruby, puede que te dure un poco más. Por eso deberás estarle agradecida.

Sara se quedó callada, pero hizo un mohín de disgusto. No veía por qué tenía que darle a Ruby tantas veces las gracias, si su papá le estaba pagando el doble de lo que ganaban las enfermeras prácticas, y dar las gracias a alguien por hacer bien su trabajo era lo mismo que agradecerle a un soldado que pelea bien la guerra.

Otro día, a la hora del almuerzo, don Adalberto le dijo a su hija:

—Lo único que podemos llevarnos de este mundo cuando nos morimos son nuestras buenas obras y, por eso, me gustaría pedirle a Ruby que se case conmigo. Nació pobre como yo y, por ser mujer, nunca ha tenido la oportunidad de hacerse dueña de una fortuna propia. A mi lado, tendría un futuro asegurado, pero no me atrevo a casarme sin tu consentimiento. Necesito que vengas a la boda, para que la gente vea que te llevas bien con ella y que estás de acuerdo con el casorio. De otra manera, las malas lenguas de San Juan nos dejarán pelados.

Sara se quedó asombrada.

—Pero si es casi de mi misma edad, Papá. Le llevas treinta y cinco años.

—Eso es lo maravilloso, Sara. Estar cerca de Ruby me hace sentir joven otra vez, me siento como si me hubiera curado. A ti también te hará bien que se una a la familia. Nunca tuviste una hermanita y te criaste un poco malcriada. Ahora tendrás una compañera con quien compartir tus cosas, y aprenderás a ser generosa.

—Pero si casi no la conocemos, ni sabemos nada de su familia —protestó Sara, cada vez más débilmente—. ¿No es cierto que su papá estuvo en la cárcel hace poco? Oí decir que en una pelea de gallos mató a cuchillazo limpio a su adversario. Además, le prometiste a Mamá en su lecho de muerte que nunca volverías a casarte. No creo que te convenga Ruby como esposa; es mejor que la tengas como amiga.

Don Adalberto se secó las lágrimas con su pañuelo de hilo y salió del cuarto con la cabeza gacha, pero, al día siguiente, temprano en la mañana, estaba de vuelta en la habitación de Sara, tocándole a la puerta.

—Te ruego que reconsideres mi petición. Tengo sesenta y seis años y te prometo que, si me caso con Ruby, no tendremos hijos. Tú siempre serás mi hija predilecta.

Estaba sentado sobre el borde de la cama de Sara y dos lagrimones le rodaron por las mejillas.

—No sé cuánto tiempo voy a durar. Tengo derecho a un poquito de felicidad al final de mis días.

Sara le cogió pena a su padre. Se dio cuenta de que le tenía miedo a la muerte, y que era el temor y no el amor lo que estaba empujándolo a los brazos de Ruby. Le dio un beso y le dijo:

—Cásate con ella si quieres, Papá, si lo deseas tanto.

Don Adalberto se casó con Ruby Cruz en una ceremonia de gala en la catedral de San Juan, y los diecisiete hermanos y hermanas de la novia estuvieron presentes. La familia de Ruby ocupó los dos bancos de primera fila en la iglesia, justo frente a los abanicos eléctricos, mientras que a Sara y a Margot las sentaron en el tercer banco, donde hacía un calor endemoniado.

Cuando terminó la ceremonia, todos fueron a celebrar a la casa de Miramar, donde el ruido y el desorden de los invitados le causaron a don Adalberto una migraña terrible y, pronto, tuvo que irse a descansar a su cuarto. Sara hizo todo lo posible por ser cortés con los presentes, pero se le hizo difícil, pues Ruby siempre se le adelantaba como anfitriona, sus hermanos entraban constantemente en la cocina donde comían y bebían de todo sin pedir permiso antes de que los mozos pasaran las bandejas.

Al poco rato, Sara se retiró a su cuarto, dejándole campo abierto a la familia Cruz, que, pronto, se arrellanó en los salones como un río desbordado se apodera de su cauce.

Cuando Ruby se mudó a la casa, sus hermanos y hermanas venían a visitarla todo el tiempo. Ruby se la pasaba comparándose con Sara cuando don Adalberto estaba presente. Sara no podía ir de compras sin que Ruby le comentara a su marido lo bonita que se veía su hija con su traje nuevo y don Adalberto, inmediatamente, le decía que fuera a la tienda Almacenes Giusti y se comprara un vestido igual de lindo, porque en su casa él no podía permitir favoritismos. Pero como Ruby nunca se ponía el mismo traje dos veces, sino que enseguida se lo regalaba a una de sus hermanas, la ropa de Sara siempre parecía de segunda mano.

Sara había heredado las joyas de Adelaida, pero nunca se las ponía. Desde la desaparición de Edgardo, casi no iba a fiestas, y si alguna vez lucía el collar de perlas de su madre y sus pantallas de diamantes, Ruby empezaba inmediatamente a alabarlas y a quejarse ante sus amistades de que ella no tenía nada tan bonito. Al día siguiente, a don Adalberto no le quedaba más remedio que llevar a Ruby a Cartier, en la avenida Ashford de El

Condado, a comprarle un collar de brillantes y unas pantallas de perlas espléndidas, porque las joyas eran símbolo del éxito del marido en el mundo, y su segunda esposa no podía aparecer en público con alhajas menos vistosas que las de la primera, porque si no, ¿qué diría la gente?

Ruby vendió casi todas las antigüedades de Adelaida y otras se las regaló a sus hermanas y hermanos. Insistió en viajar a Nueva York con don Adalberto porque quería decorar su casa con muebles ultramodernos estilo Knoll, con asientos de cuero blanco y mucho cromo y cristal, que hacían sentir a uno como si estuviera viviendo en un iglú en medio del calor atosigante del trópico. Para cuando terminó la decoración, había vendido todos los muebles de la madre de Sara y había gastado medio millón de dólares de los ahorros de don Adalberto, pero a Ruby eso no le preocupaba. Lo importante era tener una casa más elegante y más moderna que la de Adelaida.

Don Adalberto y Ruby ocuparon el cuarto que el padre de Sara había compartido con Adelaida antes de su muerte, y, en las noches, se escuchaba todo tipo de ruido salir por el *transom* del otro lado de la puerta. Quejidos, suspiros, risas, todo salía mezclado desde la privacidad del cuarto y esto hacía sufrir a Margot, que, desde un principio, odió a Ruby con toda su alma. Cada vez que Margot pasaba frente a la habitación del matrimonio, se persignaba y elevaba una plegaria a Adelaida, acordándose de lo mucho que su señora había querido a su marido.

—Llévatelo pronto, Diosito santo —decía en las noches cuando llegaba la hora de retirarse a un descanso del cual don Adalberto salía cada vez más estrasijado—. La pobre Sara ha sufrido ya lo bastante con el asunto de Edgardo para que ahora esta salamandra venga a sustituirla en los afectos del padre. Nada va salir de esto más que sufrimiento.

Don Adalberto, aparentemente, había recobrado la salud y le decía a Sara:

—Yo estaba seguro de que Ruby me cuidaría bien. Le debes la vida de tu padre, Sara, y debes agradecérselo.

Ruby, por supuesto, no dejaba que a don Adalberto se le olvidara ni por un momento lo mucho que le debía. Se la pasaba soplando la corneta por toda la casa, como decía Margot, contándole a todo el mundo cómo don Adalberto se había despertado a las cinco de la mañana con un dolor tremendo en el pecho y ella había tenido que correr con él para emergencias a que le hicieran un electrocardiograma. Afortunadamente, el dolor había resultado ser un pedo atravesado de esos que llaman pedo de parto, y ahí quedó el asunto. Otro día, se le hincharon los tobillos y ella tuvo que llevarlo al laboratorio a que le hicieran un análisis de orina porque estaba segura de que don Adalberto tenía una infección de los riñones, y resultó ser una picada de mosquito inflamada.

Don Adalberto cerró su consultorio médico y se dedicó de lleno a los negocios, en los que le iba muy bien. Pero estaba obsesionado con la muerte y se pasaba diciéndole a Ruby que le tomara la presión, le examinara la lengua y le auscultara los pulmones con el estetoscopio a cada minuto del día. Se las echaba de que, con Ruby a su lado noche y día, podría engañar sin dificultad a la zorra de la muerte, y llegar con buena salud a los cien años. Todos los días, surgía una nueva crisis —catarro, diarreas de viejo, palpitaciones de bebelata— y Ruby, vestida con su camiseta de trotar marca Armani, se aparecía por el hospital empujando a don Adalberto en su silla de ruedas, clamando que "le salvaran la vida".

En su follón por *yoguear* cinco millas diarias, Ruby se levantaba a las cuatro de la mañana todos los días para correr desde la casa en Miramar hasta las murallas del Viejo San Juan, y de pura paticaliente le daba la vuelta a la ciudad antigua dos veces. Como a esa hora estaba todavía oscuro, don Adalberto se empeñaba en acompañarla, y la seguía en su limosina negra conducida por un chofer uniformado. Esos madrugones no le hacían nada bien al anciano, y contribuían a que se sintiera más cansado. Durante el día, a menudo, se quedaba dormido en medio de las comidas, soñando con el culito de Ruby rebotando alegremente frente a él mientras la supervisaba por la ventana del carro. En las tardes, cuando se acostaba a dormir la siesta con Ruby, se despertaba más agotado que cuando se acostaba. Toda esta actividad empezó a dejar su huella en don Adalberto, y el cáncer se le declaró de nuevo, esta vez ya no en la próstata, sino en el bazo.

Cuando don Adalberto vio el tumor en la placa de rayos X y leyó los resultados de los exámenes en el hospital, se sintió invadido por el pánico. Como era doctor, sabía que su caso tenía pocas esperanzas. El cáncer del bazo era de los peores, cortaba la vida como una guadaña fulminante. Sabía que le quedaban, lo más, tres meses de vida y regresó a la casa temblando como una hoja.

La desintegración de don Adalberto de allí en adelante fue vertiginosa e hizo sufrir mucho a Sara. Estaba acostumbrada a ver a su padre como un hombre fuerte, que levantaba pesas de treinta y cinco libras todas las mañanas, y siempre lo había visto como su protector, su puerto seguro en las tormentas. Verlo encogerse y arrugarse con el paso de los años había sido difícil, pero bajo el azote del cáncer el anciano se consumió rápidamente. Los músculos se le fueron evaporando hasta que no quedó de él más que los huesos, exactamente igual que una pepita de ciruela a la cual se le ha secado la carne. Los médicos sugirieron una operación exploratoria para ver el desarrollo del tumor, y volvieron a cerrarlo de inmediato.

Cuando don Adalberto regresó a la casa con el vientre tajeado, Ruby mandó a poner una cama de hospital en la sala y llamó a todas sus amistades para que vinieran a visitarlo. Le bajaba los pantalones del pijama y le levantaba los vendajes para mostrarles la herida mientras decía:

—Ya ven lo mal que está, pobrecito, gracias a Dios que me tiene a mí, que lo mantengo vivo cada día. De no ser así, quién sabe a dónde habrían ido a parar sus pobres huesos.

A don Adalberto le hubiese gustado mantener su enfermedad en secreto por el mayor tiempo posible, pero no logró hacerlo. Era cierto que le tenía terror al cáncer, pero para él la muerte era un momento importante en la vida del hombre, una transformación que era necesario asumir con dignidad y decoro en la privacidad más absoluta, pero Ruby no estaba de acuerdo. Ella quería que la noticia de su muerte inminente se difundiera a los cuatro vientos, y que su papel de ángel de la guarda fuese alabado y pregonado por todo el mundo. Don Adalberto se echó a los pies de Ruby como un toro herido pidiendo misericordia, y aceptó todo lo que ella dijo.

Al principio, Ruby cuidó de don Adalberto con mimos y desvelos, pero una vez la enfermedad abrió trocha en su cuerpo y vio que el anciano tenía los días contados, se volvió fría y distante. Lo dejaba solo en su cuarto durante horas y era Sara la que le hacía compañía, leyéndole en voz alta capítulos de *Don Quijote*, su novela favorita, o sosteniéndole la mano cuando tenía dolor. Ruby trató sinceramente de seguir siendo cariñosa con don Adalberto después de que se enfermó, pero no logró hacerlo. Había nacido en el barrio Matadero de Sabana Grande, y había tenido que endurecerse ante la tragedia. Se ponía algodones en los oídos para no escuchar los mugidos de las vacas cuando, en el matadero, las empujaban por el túnel entablado hacia la guillotina, y hacía cualquier cosa, hasta caminar varias millas en dirección contraria al basurero de Sabana Grande, para no ver las patas amputadas y los órganos desechados de las reses que el carnicero no podía aprovechar y no se vendían en el mercado. El mundo entero estaba lleno de sufrimiento y, al final, nadie lograba escapar del dolor. ¿De qué le valía ser compasiva y dejarse impresionar, si a la hora de la verdad, cuando le tocara a ella enfrentarse a la muerte estaría, probablemente, más sola que una ternera destetada?

Don Adalberto, por el contrario, amaba a Ruby más que nunca. Un día le dijo:

—Pronto voy a tener que dejarte sola, paloma mía. Pero no te preocupes. Antes de marcharme al otro mundo, dejaré bien emplumado tu nido.

Al día siguiente, don Adalberto llamó a Sara y le dijo que lo ayudara a sentarse en la silla de ruedas. Fueron juntos hasta el dormitorio de Sara, y don Adalberto le pidió que abriera la puerta de su ropero porque quería pedirle algo. Sara guardaba allí sus muñecas Madame Alexandre que no había tenido el valor de tirar porque eran un regalo de su madre.

—¿Por qué no le regalas una de tus muñecas a Ruby? —le preguntó a su hija—. Ruby siempre quiso tener una muñeca y nunca pudo porque sus padres eran demasiado pobres.

A Sara aquella petición le pareció algo mórbida, pero no quiso llevarle la contraria a su padre. Escogió una muñeca de las más bonitas, una Margaret O'Brien vestida de piqué rosado con lazos de seda tejidos en las trenzas y una pollina de pelo lacio barriéndole la frente, y se la llevó a Ruby.

Su madrastra estaba descalza, sentada en una butaca de su cuarto porque una joven del *beauty parlor* le estaba dando un *pedicure*.

—Déjala encima de la cama, querida —le dijo Ruby sin ni siquiera dignarse a darle las gracias ni levantarse—. Le diré a Margot que le sacuda el polvo y las telarañas.

Y cuando don Adalberto entró en el cuarto, para ver si estaba contenta con la muñeca, Ruby le dijo:

—Claro que estoy contenta. Al menos Marina —ese fue el nombre que le puso al juguete— tendrá su propia casa cuando tú mueras, aunque yo no la tenga. Mañana mismo voy a los almacenes González Padín a comprarle una casa de muñecas.

Aquel regalo fue el comienzo de una campaña sin tregua. Ruby ya tenía de todo: su propio Mercedes Benz último modelo, mucho más costoso que el viejo Cadillac de la familia; el clóset lleno de vestidos de diseñadores, zapatos y joyas. Lo único que no tenía era una casa propia, porque la casa en que vivían don Adalberto y su familia había sido de Adelaida y, por lo tanto, estaba a nombre de Sara, quien el día que su padre faltase la heredaría.

—Todo el mundo sabe que esta es la casa de Adelaida —dijo Ruby—. ¿Qué va a decir la gente cuando tú mueras y yo me quede sin un techo sobre mi cabeza? ¡Que don Adalberto dejó a su hija rica y a su viuda monda y lironda, pelada y sin un centavo!

Cuando el anciano oyó esto, llamó a su abogado y le pidió que viniera a la casa, porque necesitaba redactar un nuevo testamento.

Sara estaba preocupada con todo esto, pero lo que más la hacía sufrir era la actitud de don Adalberto. En lugar de aceptar la muerte con fortaleza y serenidad, el anciano se amargó con la noticia del cáncer que padecía. Pese a lo mal que se sentía el anciano, Ruby se encargó de recordarle que en Puerto Rico regía el código napoleónico en lugar del código romano, que imperaba en los Estados Unidos, donde uno podía disponer libremente de su fortuna en el trance de la muerte. Napoleón no era más que un cabrón que aplastaba a las mujeres bajo su bota de hierro, y los españoles, tan machistas como siempre, habían adoptado el código napoleónico como suyo. Según ese código, al morir, el padre se veía forzado a beneficiar a sus hijos con dos tercios de su fortuna. Solo podía legarle a su esposa el tercio de libre disposición y aquello era una canallada, porque quién, sino ella, había tenido que tirarse al cuerpo las malas noches y los malos ratos de la enfermedad de su marido.

Para colmo, Ruby empezó a padecer de media docena de males imaginarios, que si tenía mal de ijada o pasmo en los riñones, que si le daba jaqueca la leche y tenía que comer plátano maduro todo el tiempo, porque, si no, la retorcía de dolor el estreñimiento. Don Adalberto, pese a su delicada condición de salud, tenía que pasarse la vida corriendo con Ruby para el hospital a que le trataran una u otra dolencia, por lo que no tenía tiempo de pensar en sí mismo y aguantaba los dolores de su mal con paciencia espartana.

Por las noches, don Adalberto se quedaba en el estudio hasta muy tarde, donde hacía que lo dejaran descansar en su silla de ruedas porque no quería molestar a Ruby, que dormía a pata tendida en la cama doble del *master bedroom*. Él no quería morirse y mucho menos dejar a su palomita sola en el mundo. ¿Por qué tenía que ser él quien se muriera, en lugar de otro? El mundo estaba lleno de gente inútil, condenada a la soledad y a una pobreza íngrima. Él, en cambio, tenía una vida llena de satisfacciones: iba viento en popa en los negocios y hacía feliz a una mujer joven y emprendedora que le servía de compañera. Pero el descubrimiento del cáncer le había hecho cambiar de perspectiva. En lugar de sentirse agradecido por lo que le había concedido el destino durante años, ahora veía a los seres humanos que lo rodeaban como una enorme rueda de festejantes tomados de la mano, dando vueltas y vueltas para celebrar la vida, mientras él se quedaba atrás y no podía seguirlos. Y su única hija era uno de los celebrantes: al morir don Adalberto, Sara seguiría viviendo y heredaría una fortuna que el anciano hubiera preferido dejarle a Ruby, porque Ruby había sido pobre toda su vida y se la merecía. Sara era hija de una mujer rica y siempre sería rica. Tenía una excelente educación y podría encontrar trabajo y sobrevivir por su cuenta, mientras que Ruby no era más que una pobre enfermerita pizpireta, que luchaba por sobrevivir pese a su ignorancia.

Ruby mandó a llamar al abogado a la casa, a ver qué se podía hacer para esquivar el código napoleónico, que estaba a punto de caerle encima y despachurrarla como un yunque de hierro. Ruby leyó cuidadosamente el testamento de Adelaida y confirmó sus temores: la casa de Miramar le había pertenecido originalmente a Adelaida, por lo cual, al morir don Adalberto, le tocaría a Sara como parte de la herencia forzosa.

Para contrarrestar esta situación, el abogado le sugirió al anciano que invirtiera a nombre de Ruby una cantidad fuerte de dinero, fuese en Suiza o en las Islas Caimán. Pero don Adalberto tenía la mayor parte de su dinero invertido en bonos a largo plazo, y quizá no le sería posible cambiarlos antes de que sucediera lo inevitable. Sugirió entonces una nueva tasación de la casa, con lo cual quizá se resolvería el problema.

A los pocos días de la visita del abogado, don Adalberto murió, a pesar de todo lo que había hecho para engatusar a la zorra de la muerte. Estaba tendido en su cama una tarde durmiendo la siesta cuando Ruby, que estaba recostada a su lado, notó que sus ronquidos habían subido de volumen y casi no la dejaban descansar. Pensando que a su marido se le había ido la mano con el tinto a la hora del almuerzo, Ruby le hundió el codo en las costillas para que se despertara, pero don Adalberto comenzó a roncar aún más fuerte, y a acezar como un pez fuera del agua.

Ruby corrió a sacar el tanque de oxígeno que guardaba debajo de la cama y le acercó al anciano la mascarilla a la cara, pero de nada le valió. Don Adalberto sufría de un aneurisma en la aorta, y en ese momento le reventó. No se pudo hacer nada para salvarlo. Sara entró en la habitación y vio a su padre tirado en la cama, los brazos abiertos a cada lado del colchón y la cabeza arrojada hacia atrás sobre las almohadas. Parecía una marioneta a la que se le había roto la cuerda. Dos lagrimones le bajaron a Sara por las mejillas. Margot se acercó y la ayudó a cerrarle los párpados al anciano.

—No llore, Niña. Don Adalberto era un hombre bueno y usted fue siempre la niña de sus ojos.

Unos días después del sepelio, el abogado regresó a la casa de don Adalberto a leerles a Sara y a Ruby el nuevo testamento. Se sentaron frente a él en la terraza mirando el sol ponerse sobre el fuerte de San Gerónimo, al otro lado de la laguna, mientras el abogado leía en voz alta el documento. La casa de Miramar, herencia de Sara, había sido tasada por indicación de don Adalberto en tres millones de dólares, aunque su valor real no pasaba de un millón. Esta tasación, encargada por don Adalberto antes de morir, le había permitido dejarle a Ruby un millón de dólares en herencia, que se sacarían de los bonos de don Adalberto, una vez estos se pudieran vender. Sara estaba segura de que la casa no valía eso, pero no protestó ni se quejó. Aquella era la última voluntad de su padre y había que respetarla.

Sara vendió los bonos y cogió la pérdida sin chistar. Ruby agarró su millón de dólares y desapareció de la Isla, junto con su padre, su madre, su hijo y sus diecisiete hermanos y hermanas. Se mudaron a la Florida en manada y se asentaron en Orlando, donde ya residían muchos de sus vecinos de Sabana Grande. Allí inauguraron La Espuela de Plata, el primer coliseo gallístico de los Estados Unidos, donde el deporte se había civilizado. La Sociedad Protectora de Animales monitoreaba la industria y estaba prohibido matar a los gallos: al final de cada pelea, les arrojaban una red y suspendían los gallos del techo, forcejeando y cacareando, para separarlos antes de que se ultimaran el uno al otro. Mientras tanto, los jugadores apostaban miles de dólares al gallo que no se juyera y defendiera con espuelas bien amoladas su territorio.

Después de la muerte de su padre, Sara cayó en una depresión tan profunda que fue necesario hospitalizarla. Carmen Artémides y su familia, sus vecinos más cercanos, se ocuparon de ella en ese tiempo. Casi la adoptaron. Iban a visitarla al hospital todos los días y se reunían con los doctores para enterarse de cuál era el tratamiento que debía seguir. Al principio, Sara sobrevivió gracias a las pastillas —Xanax, Percoset, Valium— y al cariño de sus amigos. Se pasaba los días sentada en su cuarto mirando por la ventana los enormes laureles de la India que crecían frente a la institución. Margot se sentaba a su lado y le tomaba la mano con cariño.

—Esos dos laureles son como nosotras, sus raíces están profundamente ligadas, tanto que no me extrañaría que el día que una de nosotras perezca la otra muera también —le decía Margot.

Sara sonreía, pero no respondía nada. Poco a poco, sin embargo, fue necesitando menos fármacos y cuando Sara mejoró, Margot vino al hospital a buscarla y se la llevó a la casa. Vivía dedicada a cuidarla; era lo menos que podía hacer por la hija de doña Adelaida, que estaba cuidando a su hijito en el cielo. Los Arizmendi siguieron apoyándola y dándole cariño y, gracias a los esfuerzos aunados de todos, Sara pudo regresar, poco a poco, a una vida normal.

Cuando la familia de Carmen se mudó a Washington D. C., les preocupó dejar atrás a Sara.

—¿Te gustaría mudarte a los Estados Unidos con nosotros? —le preguntó Carmen un día que estaban sentadas en el columpio de la terraza. Sara lo pensó bien y decidió aceptar la sugerencia. No viviría con ellos en la misma casa, pero podría vivir cerca y así se sentiría acompañada. A los seis meses, se mudó a Washington D. C. junto con Margot.

Alquiló un apartamento en un edificio *ante bellum* en Columbia Road, frente por frente a Rock Creek Park, que tenía molduras de yeso, techos de dieciocho pies de alto y una vista hermosa del puente. Había logrado alquilar la casa de Miramar y la renta le daba justo para pagar la luz, el agua y la mensualidad del apartamento. Al otro lado de Columbia Road, había un colmadito latino donde Margot hacía sus compras, y Sara siguió comiendo arroz con habichuelas, tostones, yautía, serenata de bacalao y todos los platillos a los que estaba acostumbrada. Washington era una ciudad llena de parques y paseos llenos de flores, y Sara y Margot los visitaban a menudo, disfrutando de ellos como si se tratara de un jardín privado. Vivían tranquilas, pero, a pesar de eso, a Sara, de tanto en tanto, la acosaba la melancolía, y caía víctima de ataques de pánico.

Hacía ya tres meses que Sara se había mudado a la capital, y pensaba que había sido una buena decisión. Se sentía casi bien; sus nervios habían regresado casi por completo a la normalidad gracias a la tranquilidad de su vida en Washington. Poco después de acomodarse en su nuevo barrio de D. C., Sara recibió la carta del Smithsonian Institution. En ella le ofrecían el trabajo en la *National Geographic* como secretaria del doctor Hendrik Fishler, un zoólogo amigo de su padre. Cuando fue a la entrevista, Sara le preguntó que cómo se había enterado de que ella se había mudado a la capital, pero el anciano no había querido soltar prenda. Solo la miró con sus ojillos relucientes y le aseguró lo contento que se pondría su padre en el otro mundo al enterarse de que ella trabajaba para su amigo, el doctor Fishler. Sara sabía que su padre había sido un hombre de muchas influencias, y decidió no preguntar nada más. Sencillamente, aceptó la ayuda que le tendía el anciano.

Su vida en Puerto Rico se le fue borrando a Sara como un sueño y olvidó por completo que nunca había llegado a divorciarse de Edgardo. Cuando la noticia de su muerte llegó substanciada por el FBI, Sara dio por sentado que Edgardo estaba muerto. La enfermedad de su padre, la llegada de Ruby, la muerte de don Adalberto, todo había contribuido a que el recuerdo de Edgardo se le esfumara, poco a poco, de la mente. Sus amistades en Puerto Rico no estaban enteradas de nada. Edgardo y ella se habían casado en Saint Thomas, en la iglesia católica de Carlota Amalia y, luego, habían ido a ver al juez a su casa. No había habido testigos, salvo la esposa del juez. Cuando regresaron a Puerto Rico, los amigos de la familia pensaron que Edgardo estaba de visita por unos meses en la casa; nadie pensó en matrimonio. Solo Margot y Carmen lo sabían, y ellas jamás se lo dirían a nadie.

Una vez establecida en su apartamento de Columbia Road, Sara empezó a salir con algunos amigos, pero no sintió interés serio por ninguno de ellos. Hasta que conoció a Richard Tannebaum en casa de Carmen. Esa noche, su vida cambió radicalmente.

La noche de la cena, Sara se despidió de Carmen y de Juan en la puerta de su casa y se subió al *yellow cab* que la esperaba en la acera de la avenida Massachussets.

—¡Nos veremos el mes que viene, en la boda de Mirella! —le dijo Carmen mientras la abrazaba—. Pronto te llegará la invitación por correo.

Mirella, la hermana menor de Carmen, se iba a casar con un americano, Mike Martin, un joven abogado que tenía un puesto importante en el Departamento de Estado. Carmen estaba encantada con la boda y Sara pensó en lo mucho que su amiga había cambiado desde que se mudó a Washington D. C. En Puerto Rico, Carmen no hubiese estado nada contenta de que su hermana se casara con un "gringo". Pero en Roma, había que hacer como los romanos, y no cabía duda de que aquel era un matrimonio ventajoso. Cuando Sara se volvió para despedirse de su amiga, vio por la ventana del taxi a Richard Tannebaum de pie junto a la puerta, despidiéndose con una sonrisa en los labios.

No la llamó por teléfono enseguida. Sara casi se había olvidado de él, tan concentrada estaba en el nuevo proyecto del doctor Fishler, sobre el íbice de las Himalayas, cuando Richard llamó a las oficinas de la *National Geographic* para invitarla a salir.

—Me encantaría ir a cenar con usted —le contestó Sara sin pensarlo dos veces, a pesar de que tenía comprado un boleto para ver la ópera de *Romeo y Julieta*, de Tchaikovsky, esa noche en el Kennedy Center—. No tengo ningún compromiso.

La recogió una hora después en las oficinas de la calle 17 y la llevó en su Honda Accord a un restaurante afgano de Georgetown, que tenía las paredes decoradas con alfombras orientales, alforjas de camello y pipas de fumar opio.

—Me gustan los viajes a lugares exóticos —le dijo Richard, mientras le retiraba la silla para sentarse.

Sara dijo que a ella también le gustaban, y casi se vio montada en un camello, deslizándose en caravana por las dunas del desierto detrás de Richard.

Richard tenía cincuenta y siete años y se estaba quedando calvo. Tenía los ojos de un azul acuoso y algo fríos, pero su pecho generoso y sus brazos fuertes la hacían sentir protegida. Nadie se atrevería a meterse con ella al verla tan bien acompañada. A Richard no le interesaban la política ni la lucha por la justicia social, a pesar de que, la primera vez que lo conoció, él le había hablado de su preferencia por los proyectos de interés social como los de Anacostia, el arrabal de Washington, D. C. Después de casados, Richard nunca había vuelto a tocar el tema. Nunca hablaba de cómo iba a remendar el mundo, ni soñaba con la igualdad económica y la felicidad para todos como hacía Edgardo.

Si con Edgardo las utopías eran posibles, con Richard lo importante era trabajar con ahínco cada día y lograr almacenar, por lo menos, una nuez de lo que se acopiaba. Era la moral puritana: el trabajo redimía a las personas y justificaba su posición social y sus bienes materiales. "*A penny saved is a penny earned*", decía el refrán inglés, lo que podía traducirse como "Al que Dios se lo dio, que San Pedro se lo bendiga". A Richard no le gustaba la poesía ni se aprendía poemas de amor de memoria para recitárselos a Sara, como hacía Edgardo. Pero Sara había aprendido su lección. Estaba curada de todo aquello.

Salieron juntos casi todas las noches durante las semanas siguientes. Sara nunca había salido con un americano, y no estaba segura de si podría hacer el amor en inglés. El amor no se hacía solo con el cuerpo, se hacía con las palabras, los pensamientos, los sentimientos. Y los sentimientos cambiaban de acuerdo con la lengua en que uno los expresaba. Las palabras iniciaban las acciones, eran como manantiales que abrían caminos ocultos en el corazón. Cuando Richard, finalmente, se quedó a dormir en su apartamento de Columbia Road e hicieron el amor por primera vez, fue sorprendentemente tranquilo. A Sara no le pareció que el aire a su alrededor estaba hecho de fuego, ni se vio a sí misma bailando en la punta de la llama (ese lugar que, su profesora de Química insistía, era el más caliente de todos) como le pasaba cuando hacía el amor con Edgardo. Hacer el amor con Richard era igual que comerse un plato de avena; uno sabía que era saludable y que estaba lleno de vitaminas, pero uno también se preguntaba cuándo tocaría su fin.

Para Richard la experiencia de su primera noche fue inolvidable.

—Pareces una leona cuando estás haciendo el amor —le dijo embelesado—. Eres una mujer muy bella y muy intensa.

Sara tenía el pelo color miel, y le caía por la espalda en una melena salvaje cuando estaban juntos y hacían el amor desnudos en la cama. A Sara le dio risa el comentario de Richard, aunque lo de parecer una leona le pareció algo extraño.

Sara empezó a pasar los fines de semana en casa de Richard en Rock Creek Park, a pesar de las protestas de Margot. La dominicana prefería quedarse en el apartamento de Sara y cuidar de las cosas de su ama. La casa de Richard era muy bonita: una mansión de paredes de piedra rústica por fuera y empanelada de caoba por dentro, que quedaba en medio de un bosque de pinos y abedules al otro lado del Columbia Road Bridge, pero Margot no se sentía cómoda en ella. Le gustaba caminar y tener gente cerca. Sara se sentía igual, pero no le habló de su preferencia a Richard para no contrariarlo. En la ciudad, le encantaba salir a la calle y tenerlo todo a mano: tintorería, supermercado, cines, tiendas y parques. No le gustaba tener que meterse en el carro y manejar varias millas para cada diligencia del día.

Sara había cambiado mucho desde que conoció a Richard. Como era verano, empezó a vestir conjuntos de Vera, de pantalón y blusita de seda haciendo juego, y tiró a la basura los mahones gastados y las camisas hindúes a los que le había dado pela cuando estaba con Edgardo. Volvió a usar *make-up* e ir a la peluquería, cosa que había dejado de hacer desde los días de la quema de *brassieres* en la universidad, porque las mujeres acababan todas pareciéndose a Sheena, la heroína de la selva de los cómics de su niñez, y lo que estaba de moda ahora era parecerse a Barbie, con el pelo cardado y moldeado cuidadosamente alrededor de la cabeza como un panal de abejas barnizado de laca. También había dejado de fumar y de beber más de una copa de vino a la hora de la comida, porque a Richard le desagradaba que de su cuerpo emanaran olores que no fueran femeninos.

Las estadías en Rock Creek Park le sirvieron a Sara para conocer mejor a Richard. Se dio cuenta de las diferencias culturales entre ellos: Richard se bañaba con toallita, algo que los puertorriqueños jamás hacían, porque preferían sentir el jabón deslizarse sensualmente sobre la piel. Recogía su propia cama, barría y mapeaba la cocina, y podía pasarse horas horneando una pata de ternera en el horno, echándole juguito con una jeringuilla plástica, mientras ella picaba la ensalada. Sara se ofreció a coserle los botones que tenía sueltos en una de sus camisas, pero Richard le dijo que no se preocupara, que en el *laundry* se lo hacían. Era difícil complacer a un hombre tan independiente.

Cuando Sara vio a su compañero poniéndoles semillas a los pájaros en un plato colgado de la ventana del *porch* de su casa, no lo pudo creer. Cuando la grama de su vecino estaba seca, allá iba Richard a rociarla con la manguera. Ningún hombre puertorriqueño hubiese hecho lo mismo. Sentada en la sala de la casa de Richard tomándose un vermú antes de la cena, Sara se dijo que su madre tenía razón cuando decía que los americanos hacían buenos maridos. Adelaida hubiese aprobado a Richard.

Un domingo soleado, Richard, finamente, le hizo a Sara la pregunta que la joven había estado esperando: le pidió que se casara con él. Un mes más tarde, la pareja se presentó a ver al juez en la corte de distrito de Falls Church, Virginia. Sara vestía un *suit* de hilo blanco muy sencillo, con una hermosa magnolia prendida a la solapa, y Richard llevaba puesta una elegante chaqueta azul marino con pantalón blanco. Sara se sintió absolutamente feliz cuando el juez abrió la Biblia y buscó la epístola de San Pablo, en la que se hablaba de la obediencia que la mujer le debía al hombre y, dando un suspiro, colocó su mano enguantada sobre el antebrazo de Richard. Aquel sería el final de todas sus preocupaciones.

Solo Margot y Carmen la acompañaron en la ceremonia. "Fui a escuchar la ópera *Romeo y Julieta*, después de todo", se dijo Sara recordando el día que salieron juntos por primera vez, mientras Richard le colocaba un anillo de diamantes en el dedo. Al oír las palabras del juez, "hasta que la muerte los separe", la imagen de la corte judicial de Carlota Amalia, donde Edgardo y ella se casaron, le pasó por la mente como un relámpago. Por un momento la invadió la nostalgia, pero se obligó a pensar en otra cosa.

Sara le prometió a Richard que, una vez terminara el proyecto de la *National Geographic* sobre el íbice, se mudaría con él a la casa de Virginia y no seguiría yendo al trabajo. Le tomaba casi una hora desplazarse en carro desde Rock Creek Park hasta la calle T, donde se encontraban las oficinas de la publicación, y odiaba tener que viajar tanto. Pero no era solamente eso. Richard no quería que su esposa trabajara y ella había decidido complacerlo. Había accedido a vivir en la casa de Rock Creek Park por un tiempo, a ver si se acostumbraba. Si echaba mucho de menos la ciudad, Richard le había prometido que se mudarían de nuevo a D. C.

—Se está buscando un problema, dejando el trabajo con el doctor Fishler en la *National Geographic*. Un empleo como ese es una balsa de salvamento. Cuando el buque hace agua y amenaza hundirse, uno puede agarrarse al trabajo para sobrevivir —le dijo Margot.

Y en otra ocasión le dijo:

—Bien dice el refrán: "matrimonio y mortaja del cielo bajan". Uno siempre se las juega, pero me alegro de que se casara con míster Richard. Llevaba demasiado tiempo sola, y un clavo saca otro clavo. Si la única manera de sacarse al *prima donna* de Edgardo de encima era casándose con un gringo, bienvenido sea. Solo que por favor no vuelva a dejarse crucificar.

Sara le habló a Richard muy poco sobre Edgardo. No tenía por qué contarle, agua pasada no mueve molino, y antes de conocerlo, ella tenía derecho a vivir como le pareciera.

—Vivió en casa por un tiempo como amigo, y acabamos casándonos. Pero casi nadie se enteró del asunto. Estuvimos poco tiempo juntos. Yo era muy romántica entonces. Edgardo me hipnotizó con su retórica sobre la lucha por una sociedad más igualitaria. Un día se regresó a su país dizque en busca de su hermano, que había sido secuestrado por las guerrillas, y los militares de Ríos Montt lo asesinaron. Sufrí mucho; fue muy doloroso para mí.

Pero no le dijo que se había enamorado locamente. Richard le tomó la mano y se la besó suavemente. No le hizo ninguna pregunta y aceptó su historia como cierta.

La idea de viajar a Praga para la luna de miel fue de Richard. Desde sus años de universidad, le fascinó la ciudad al borde del río Moldava, dijo. Él tenía un bisabuelo judío-checoslovaco, George Klein, que tuvo que huir de Praga cuando los alemanes invadieron el país. Luego llegaron los rusos, y los comunistas le expropiaron todo; su abuelo había emigrado a los Estados Unidos. Richard tenía mucho interés en ver las propiedades que habían pertenecido a su familia y que seguían registradas como suyas, aunque aquello no era más que una formalidad, pues los Klein no tenían nada que ver con su manejo. Había un castillo que le interesaba especialmente, Konopiste, que había pasado a ser propiedad de uno de los nobles austrohúngaros hacía muchos años.

Al día siguiente de su llegada a Praga, alquilaron un coche y salieron a pasear por los alrededores. Era una mañana de otoño preciosa, con las hojas de los árboles cambiando de color desangrándose en rojos y amarillos. Casi todos los castillos alrededor de la ciudad, que originalmente habían sido pabellones de cacería, los comunistas los habían expropiado y ahora eran museos. Se acercaron a un lago que parecía un espejo lleno de árboles sembrados al revés. Richard salió del carro para estudiar el mapa y se subió a una enorme piedra para examinar los alrededores.

—Allí está: Konopiste —dijo Richard señalando hacia el Norte—. Lo reconozco por sus miradores góticos, que salían en un libro que mi padre guardaba como parte de su herencia familiar.

Condujeron el coche por diez minutos más hasta que llegaron cerca del foso del castillo. Descendieron del carro y caminaron el resto del camino tomados de brazo, subiendo por una rampa hasta la enorme puerta de entrada. Una guía les abrió, luego de que Richard dejara caer varias veces la maciza aldaba. La mujer era gruesa y, aunque todavía no hacía frío, estaba vestida con un chaquetón de lana. Les saludó con un parco "buenos días" en ruso y les señaló una pequeña alcoba donde debían quitarse los zapatos. Era necesario transitar por los pisos de parqué recién restaurados por el Gobierno en sandalias de cartón, para que no se rayaran.

—Tiene cara de comunista —le susurró Sara a Richard. La mujer la fulminó con la mirada; obviamente había entendido el comentario, pero no dijo nada. Se adentraron por el castillo y la guía comenzó a alabar los muebles y las alfombras, pero, sobre todo, la colección de cabezas de animales, conservadas gracias a la taxidermia, que cubrían las paredes del palacio de techo a piso.

—Hay treinta mil trofeos en este castillo, todos cazados por Francisco Fernando, archiduque de Austria. Era un tirador extraordinario; donde plantaba el ojo, plantaba la bala —dijo la guía con orgullo. Sara se quedó mirando con asombro las hileras de cabezas cornudas colgadas de la pared. Había ciervos, gacelas, cabras monteses, antílopes, algunos con el marfil tan brillante que refulgían en las penumbras. Varias tenían los cuernos apuntando ferozmente hacia afuera; en otras, se enroscaban hacia adentro y daban hasta tres vueltas. Sara reconoció los que habían pertenecido a una especie de íbices adultos que estaba en peligro de extinción, y sintió que la sangre comenzaba a hervirle. Le pareció oír el eco de los tiros en medio del bosque, el ladrido de los perros, la alegría de los cazadores que corrían en busca de la presa aterrada, y la recorrió un escalofrío. Se preguntó qué hubiera dicho el doctor Fishler de encontrarse allí.

—¡Treinta mil trofeos! —exclamó Richard—. Eso quiere decir que el archiduque cazó ocho piezas por día, cada día de la semana, durante diez años. Eso es ser un cazador en serio —añadió con entusiasmo.

La guía sonrió.

—¿Usted practica el deporte? —le preguntó a Richard.

—Pues sí, soy buen tirador de rifle.

Era la primera vez que Sara oía a Richard mencionar su gusto por la montería y se sorprendió.

—Será que el archiduque no tenía nada que hacer. A quién se le ocurre perder el tiempo de semejante forma.

—No digas tonterías, querida —la reprendió Richard—. Algún día tendremos que ir en una expedición de cacería juntos.

Sara siguió adelante y entró sola en el próximo cuarto. Se quedó mirando un par de astas de ciervo enormes, que deberían tener por lo menos cien pulgadas de largo. Eran magníficas, con la superficie áspera como corteza de árbol, y alargaban hacia el techo sus ramas gigantescas.

—¡Míralos! ¿No son maravillosos? Hubiese sido muy difícil detectarlos entre los árboles —dijo Sara—. Ese alce debió de ser el rey del bosque. Pensar que lo mataron por puro gusto. No sé cómo a nadie puede gustarle la cacería.

—Es una forma de controlar el balance de la naturaleza, querida —le respondió Richard—. El espacio que habitamos en la Tierra tiene su límite. Y matar animales salvajes limpiamente es una manera del hombre probarse a sí mismo.

Sara sintió un escalofrío y caminó rápidamente hacia el lado opuesto del cuarto. Quería irse, alejarse de aquel castillo que la oprimía. Pero su esposo seguía conversando con la guía.

—¿Quién era el archiduque? ¿Fue el que se suponía que heredara el trono del imperio austrohúngaro, asesinado en Sarajevo?

—Ese mismo, señor —le contestó la guía con un tonillo de orgullo en la voz. Estaba sorprendida de que Richard supiera quién era—. Es la primera vez que un turista norteamericano sabe de lo que estoy hablando. Por lo general, son unos ignorantes.

—Conozco muy bien la historia de Francis Ferdinand. Era el heredero de la corona austriaca y arriesgó su vida para fortalecer el imperio austrohúngaro cuando los eslovacos y los serbios amenazaron su unidad. Viajó a Sarajevo a aplastar una revuelta nacionalista. Allí lo asesinó Gavrilo Princip, un campesino serbio.

—Así fue —confirmó la guía—. Hicieron prisionero a Gavrilo y este murió en Viena como un malhechor poco después. Pero los serbios lo consideran un héroe nacional porque murió tratando de liberar su patria del abuso imperial.

—El archiduque tuvo la muerte que se merecía —dijo Sara—. Como buen cazador, murió cazado. Piensa en el caos que desató su muerte: nada menos que la Primera Guerra Mundial.

De pronto, Richard se puso rojo de la ira y agarró a Sara por los brazos.

—La guerra no fue culpa del archiduque —dijo, sacudiéndola con violencia—. Ese Gavrilo estaba loco. Se merecía que lo mataran como a un perro rabioso. El nacionalismo es algo terrible, y los Balcanes siguen siendo hoy un reguero de pólvora. Los serbios y los checos continúan tratando de exterminarse unos a otros.

—No se puede aplastar así a la gente —protestó Sara, igual de fúrica que su marido—. El nacionalismo les da a los pueblos una razón de sentirse orgullosos.

La guía se acercó a Sara como para tranquilizarla.

—Las cosas eran distintas a comienzos de siglo, señora. Los nobles cazaban para entretenerse, no todo era violencia.

Era obvio que temía que a Sara le diera algo, o que marido y mujer acabaran a golpes. No podía permitir ese tipo de episodio en el castillo.

—Gracias a Dios, cuando llegaron los comunistas a Checoslovaquia, el sistema de explotación impuesto por el imperio tocó su fin —añadió la guía—. Muchas propiedades cambiaron de mano, como pasó con los pabellones de caza.

—¿De veras? Yo creía que el comunismo había sido funesto para este país.

—No soy comunista, *madame*, ni lo he sido nunca —dijo la guía al percibir el *innuendo* de la voz de Sara—. Hoy todavía se practica la cacería de presas grandes en gran parte de Europa. Es solo en los Estados Unidos, donde están empeñados en tratar a los animales como si fueran seres humanos, que existe ese tipo de paranoia.

Richard, ya más calmado, se acercó a Sara y le rodeó los hombros con un brazo.

—Lo siento, querida, no fue mi intención gritarte —le dijo.

—No trates de contentarme ahora con tu condescendencia —lo rechazó Sara—. Tú sabes que mi trabajo tiene que ver con la conservación de las especies y yo amo mi trabajo.

Se quedaron mirando cara a cara como si nunca se hubiesen visto antes. De pronto, Sara se cubrió la cara con las manos.

—No hay que coger las cosas tan a pecho, señora —trató de calmarla la guía. De pronto, se había convertido en una *babushka* cariñosa y comprensiva que trataba de abrazarla. Sara la empujó lejos de sí y salió corriendo en dirección al puente levadizo del castillo.

Más tarde, Richard la recogió camino del bosque cuando se alejaba caminando de Konopiste.

—Perdóname —le dijo tras detenerse y bajar del carro—. No fue mi intención herirte. Son manías de un viejo coronel retirado que exagera los peligros de los golpes de estado.

Sara guardó silencio, pero no le confesó a Richard el porqué de su reacción angustiada. La discusión le había traído de pronto el recuerdo de Edgardo. Su primer marido era un revolucionario, como Gavrilo Princip y, seguramente, había gente que lo odiaba. Todo dependía del color del cristal con el que se miraba.

Se montó junto a él en el coche e hicieron el camino de regreso a Praga en silencio. Esa noche, Sara se tomó una Valium porque no lograba conciliar el sueño. Pasaron el día siguiente empaquetando y haciendo los arreglos para enviar las compras que habían hecho a los Estados Unidos. Sara se sintió mejor. Se había enamorado de un juego de copas de cristal de Bohemia y Richard se apresuró a comprárselo. Tuvieron que embalarlo en cajas de madera antes de enviarlo a Washington D. C.

Después del episodio de Konopiste, Sara, con el tiempo, recobró su equilibrio emocional, pero las cosas no volvieron a ser como antes. Algo imperceptible había cambiado entre Richard y ella. Sara pensó que conocía bien a Richard, pero este seguía siendo un extraño. ¿Cómo era su marido en su fuero interno? ¿Qué pensaba de ella verdaderamente? Quizá debió esperar más tiempo antes de casarse con él.

Cuando Sara terminó su último proyecto en el Smithsonian Institution, cumplió con la promesa hecha a Richard y se mudó a la casa de Rock Creek Park. Se le hizo difícil dejar su trabajo y su apartamento, pero trató de no darle demasiada importancia. La casa de Richard era preciosa. Tenía tres pisos: el *living* y el *dining* estaban ambos en el primer piso; los dormitorios, en el segundo; y el *family room* y el *storage area* (que Sara todavía no había visitado), en el sótano.

Al día siguiente de regresar de Praga, Sara bajó las escaleras para ver cómo era esa parte desconocida de la casa. Encendió la luz y descubrió una pantalla de televisión tamaño cine, y butacas puestas en hilera frente a ella para ver películas. Al final de este pequeño teatro, había medio baño y una puerta cerrada con llave. Trató de abrirla con el llavero que tenía, pero no pudo.

Regresó al pie de la escalera y llamó a Richard para que bajara.

—Necesito tu ayuda, querido —le dijo alzando la voz—. No tengo llave de una de las puertas.

Richard estaba durmiendo la siesta en el sofá de la sala y, al principio, no le contestó. Sara tuvo que subir a despertarlo.

—Es el cuarto de los cachivaches, querida. No se ha limpiado en siglos. Me da vergüenza que lo veas; por eso no te di la llave.

Pero Sara insistió; ella siempre había controlado los espacios de las casas en las que había vivido, y a Richard no le quedó más remedio que bajar con la llave y abrir la puerta. Sara dio un pequeño grito cuando vio lo que había adentro.

Ahora estaba segura de que la visita a Praga no había sido para visitar el castillo de los antepasados de su marido. Richard había planeado la visita desde hacía mucho tiempo. Allí había un pequeño arsenal; una estantería de madera con una docena de rifles en excelente estado cubría la pared del fondo. Descansaban contra la pared con el mango hacia abajo y el cañón apuntando hacia arriba como soldados en atención, a punto de disparar.

El cuarto era amplio, y las paredes alrededor estaban cubiertas de docenas de cabezas de venados, íbices, ciervos y cervatillos de todas las edades y tamaños, el marfil de sus cuernos resplandecía levemente en la oscuridad. El taxidermista era evidentemente un experto. En cada animal estaba capturada la fugacidad de la vida, esa fragilidad del ser que está a punto de desaparecer. Sara salió corriendo de allí.

Aquel descubrimiento impresionó mucho a Sara. Durante el día, cuando se quedaba sola y Richard se iba a la oficina, le daba por caminar por la casa de puntillas. Iba entonces al sótano, abría el depósito de animales e iba de venado en venado, pidiéndole perdón por la brutal forma en que su marido lo había ultimado. Después de llegar Richard, ya no podía hacerlo, pues, en las noches, no se atrevía ni a levantarse de la cama para ir al baño, no fuese a ser que Richard la confundiese con uno de sus ciervos o con algún intruso que merodeara el lugar y le disparara con el rifle que guardaba debajo de la cama.

Sara, finalmente, se resignó al *hobby* de su marido y aceptó su obsesión con la cacería como parte de su personalidad. "Nadie es perfecto", se dijo. "Richard tiene muchas cosas buenas y, de todas maneras, me alegro de haberme casado con él".

Puerto Rico había empezado a hacerle falta a Sara. Una noche, soñó con el árbol de aguacate que crecía en el patio detrás de su casa en Miramar. Se acordaba claramente de cuando lo habían sembrado. Su papá y ella acababan de almorzar y se habían comido uno de los mejores aguacates de su vida, la carne se le derretía a uno como mantequilla cremosa sobre la lengua. Don Adalberto salió al jardín y se sentó en el banco de *redwood* situado junto a la fuente. Llamó a Margot y le pidió que le trajera la pepa.

—Vamos a sembrarla en el jardín ahora mismo.

—¡Oigan eso! Los jardines son para sembrar flores. ¿Quién ha oído hablar de un jardín con aguacates? —refunfuñó Margot mientras escarbaba en la basura buscando la semilla. Pero don Adalberto insistió, y fue a buscar un espadín para abrir el hoyo en la tierra y sembrarla él mismo.

—Un aguacate tarda cinco años en parir —le dijo a Sara mientras cavaba el hueco—. Si este es puntual, con buena suerte tendré la oportunidad de comer de la primera cosecha.

Pero su padre no había tenido suerte y había muerto antes de probar los aguacates.

Sara se acordaba de su padre con frecuencia. Trataba de recordar solo los momentos felices y no los tristes. Con el tiempo, Ruby Cruz se le fue borrando de la memoria como un mal sueño; la enfermerita de Sabana Grande se había esfumado casi por completo. Don Adalberto tenía derecho a su felicidad y la había encontrado junto a Ruby, su Aldonza Lorenzo. Sara no quería sentirse resentida con su padre y estaba agradecida de haberlo tenido con ella por tantos años.

La vida era irónica. Su amor por Edgardo la había llevado a descubrir a los pobres, a darse cuenta de cómo la miseria destruía la vida de la gente. Edgardo pensaba que la revolución podía ayudarlos y por eso ella le había entregado con gusto el dinero que había heredado de su madre. Pero cuando Ruby, que también era pobre, había extorsionado inmisericordemente a don Adalberto, Sara se había sentido indignada. Ruby era como un destructor de guerra navegando a toda máquina: se llevaba por delante todo lo que se atravesaba en su camino. En las noches, se levantaba de la cama después de que don Adalberto estaba dormido y le vaciaba los bolsillos hasta el último centavo, para, luego, acusar al servicio de robo al día siguiente. No le daba a los pobres nada de lo que había logrado sonsacarle a don Adalberto, eso ni pensarlo.

Desde el episodio de Konopiste, Richard no volvió a dar muestras de mal genio y era muy considerado con Sara. Sara le contó la historia de Ruby y de cómo su padre había caído entre sus garras.

—Después de que se casaron, fue como si quitaran a Papá y pusieran a otra persona en su lugar. Ruby se lo tragó. Ya nunca pudimos hablar en privado porque Ruby estaba siempre espiándonos. Nunca volvió a darme un beso ni un abrazo. En adelante, le perteneció exclusivamente a ella.

Richard se echó a reír al oír aquello.

—Todas las nenas son iguales, querida. Quieren a su papito para ellas solas. Ruby fue, probablemente, lo mejor que pudo pasarle a tu papá. Y tú ya no lo necesitas porque me tienes a mí.

Juan Partagás, el marido de Carmen, le caía bien a Richard y cuando los Partagás venían de visita a la casa de Rock Creek, conversaban de las expediciones de cacería que a Richard le gustaba organizar. A Cuba, donde todavía había bosques, era imposible viajar por culpa de Castro, pero en Santo Domingo había todo tipo de pájaros exóticos que era divertido cazar. Organizar una expedición desde Puerto Rico a La Romana no resultaba difícil y Richard se ofreció a hacerlo. Los dominicanos estaban habituados a suplementar su dieta con guineas salvajes, conejos, palomas y cuanto animal añadiera un gusto montaraz a la olla, y era fácil conseguir guías nativos que acompañaran a uno por la maleza de las vegas a cazar.

Richard se entusiasmó con los cuentos de Juan Partagás y le habló de cómo, en África, los nativos se alegraban cuando algún cazador organizaba un safari cerca de su pueblo, porque siempre se beneficiaban de las expediciones. Una vez, Richard había cazado un elefante en Kenia y los habitantes del pueblo más cercano a donde había ultimado la presa celebraron una fiesta hasta altas horas de la noche. Al otro día, vinieron al campamento de Richard a ayudar a descuartizarlo. Cada uno se llevó a su casa un balde lleno de carne de elefante, que, luego de salarla, les sirvió de alimento durante semanas. Cuando solo quedó el esqueleto del elefante expuesto, ya todo el pueblo había comido de él. Richard solo se llevó los colmillos, luego de pagarle al gobierno una suma generosa de impuestos para lograr los permisos y sacarlos fuera del país.

—¿Y dónde están los colmillos? —preguntó Carmen, fascinada con la historia—. No los veo por ninguna parte.

—Están guardados en el sótano —dijo tristemente Richard—. No he logrado que nadie me preste un espacio público para exhibirlos.

—Eso es una vergüenza. Por lo menos cuélgalos sobre la chimenea del comedor y se los enseñas a tus amistades.

—Me encantaría. Pero ya sabes cómo es Sara. No quiere nada que le recuerde el sufrimiento de los animales cerca de ella.

Esa tarde cuando estaban solas, Carmen se acercó a Sara y le reprochó su intransigencia con Richard.

—Ser cazador no es un crimen, y mucho menos si alimentas a los indígenas y les pagas buen dinero en el safari. ¡Pobre Richard, qué mal lo tratas! La mayor parte de sus trofeos se los comió la polilla porque su primera mujer no permitió que los exhibiera en su casa de Tejas, y ahora tú estás haciendo lo mismo en la casa de Rock Creek. Dale al menos una oportunidad de ser feliz.

Sara lo pensó y llegó a la conclusión de que Carmen tenía razón. Estaba casada con Richard y debía hacer todo lo posible para que su matrimonio fuera un éxito.

Algunas semanas más tarde, Sara le dijo a Richard:

—Los inquilinos de la casa de Miramar se marcharon y tengo que restaurarla antes de volver a alquilarla. El matrimonio que la vivía tenía un negocio de chocolates belgas en San Juan y se declararon en quiebra. Dejaron la casa hecha un asco; durante cuatro años, no le dieron absolutamente ningún mantenimiento. Tengo que restaurarla y ponerla decente para lograr alquilarla otra vez. ¿Por qué no me acompañas a San Juan por unos días? Así podemos supervisar el trabajo juntos.

Un contratista amigo de Sara la había llamado por teléfono para decirle que la casa se veía en mal estado. Tenía las ventanas rotas y el piso de parqué podría haberse levantado con la lluvia. Sara le dijo que procurara la llave en casa del jardinero de Adelaida, que vivía en Trastalleres, y que le diera más detalles de lo que estaba sucediendo. Al día siguiente, su amigo llamó a Sara preocupado: había visitado la casa, y la lluvia no solo se había metido por las ventanas, se estaba colando por el techo y la humedad había hecho estragos en las paredes. A Sara le dio una tristeza enorme escuchar aquello. Ella siempre se había ocupado de mantener la casa; era lo único que le quedaba de sus padres.

—Me parece bien que quieras restaurar la propiedad —le dijo Richard— pero lo más sensato sería tumbarla y vender el lote para construir un condominio. El valor de la tierra se ha disparado en San Juan, y harías mejor negocio vendiendo el solar ya limpio. ¿Para qué meter buen dinero en una propiedad que no va a apreciar en nada?

—Tienes razón, cariño. Pero me gustaría retenerla por un tiempo más. Está llena de recuerdos de familia y tengo que ver qué voy a hacer con ellos primero.

Sara nunca había considerado vender la casa y, al escuchar la sugerencia de Richard, se dio cuenta de que, definitivamente, no quería salir de ella. Solo pensarlo la llenaba de angustia, y sintió cómo la frente se le perlaba de sudor. Vender la casa equivalía a quemar sus barcos. Ya no tendría un lugar al cual regresar, un espacio que pudiera llamar suyo y que la identificara como persona. La casa estaba hecha de madera, piedra y ladrillo y, sin embargo, estaba viva. Si arrasaban con sus paredes sería como si su vida previa no existiera; como si todo lo que había sucedido allí se borrara por completo de la faz de la tierra; como si su niñez junto a sus padres, el recuerdo de Adelaida y sus *fund raisers* para los pobres, la memoria de don Adalberto y su interés en la Ciencia, hasta la llegada a Puerto Rico de Edgardo Verdiales, nunca hubieran sucedido. La desaparición de la casa equivalía a que su pasado se esfumara, si arrasaban con la casa.

Restaurar la casa de Miramar iba a costar sobre sesenta mil dólares, le informó el contratista amigo suyo por teléfono, cuando le envió por fax el estimado del trabajo. Richard se ofreció a sufragar los gastos. Era generoso con su dinero, no cabía duda. Depositó doscientos mil dólares en el Banco Popular, donde tenían una cuenta conjunta, para que Sara pudiera girar contra ella. En compensación, Sara lo animó a traer algunos de sus trofeos africanos a San Juan, para colgarlos de las paredes de la casa de Miramar y enseñárselos a sus amigos.

Richard estuvo de acuerdo, y quiso enviar también a Puerto Rico el sofá de piel de elefante que se encontraba en el sótano de la casa de Rock Creek Park, junto con los taburetes de patas de elefante con las uñas todavía adheridas a la superficie gris plomo. Se lo mostraría todo a las amistades de Sara y quizá conseguiría entusiasmar a algunos adeptos a la cacería para que lo acompañaran en un safari en un futuro. En ese asunto de los animales cazados y preservados, Sara se había dado por vencida. De nada le valía preocuparse por los animales muertos. Lo principal era evitar que Richard siguiera matando animales vivos.

Como Richard estaba en medio de un proyecto para un parque infantil en Falls Church, Virginia, Sara viajaría a la Isla primero, para supervisar la obra. Richard se reuniría con ella después. Escogió una fecha, hizo la reservación y compró un boleto para ella y otro para Margot. La dominicana se había ofrecido a acompañarla y Sara había accedido de buena gana. No tendría que quedarse sola en el hotel y Margot podría reunirse con sus amistades que no veía desde hacía seis años. Quería mostrarles lo bien que le había ido en los Estados Unidos: ahora tenía su *green card*, y podía ir y venir de Santo Domingo sin problemas. Había aprendido suficiente inglés como para conseguir trabajo a tiempo parcial en varias casas cercanas a la del señor Richard, en las que ganaba sesenta dólares diarios. Pero seguía yendo a dormir todas las noches a la casa de Sara en Rock Creek Park. Richard tenía otros empleados a su servicio, pero Margot era la que se ocupaba de todas sus cosas. Sobre todo, Margot era su compañera fiel. Sara le consultaba todo.

Una semana antes de coger el avión hacia la Isla, Carmen vino sola a visitar a Sara a Rock Creek Park. Estaba loca por ver cómo era la casa de Richard por dentro, cosa que no pudo hacer la noche que fue con Juan a cenar a casa de su amiga. En esa ocasión, conoció el comedor y la sala, pero el resto de la mansión siguió siendo un misterio. Ver las casas ajenas por dentro era una experiencia excitante, algo así como atisbar a las personas en ropa interior o, mejor aún, completamente desnudas, a través de la cerradura de la puerta. Uno podía fijarse en cada detalle y satisfacer su curiosidad sin que nadie le dijera nada: cómo doblaban milímetro a milímetro las camisas y camisetas en pilas, denotando así una personalidad disciplinada y compulsiva, o cómo lo dejaban todo tirado por el suelo, de manera que el caos de sus vidas quedaba expuesto.

Las apariencias eran muy importantes para Carmen. En su opinión, el adentro y el afuera eran inseparables. Si uno se veía desaliñado era porque tenía el alma desaliñada. Carmen era rubia, y el pelo meticulosamente peinado le brillaba sobre la cabeza como un yelmo de oro. Era lo que Adelaida hubiese querido que fuera su hija, si Sara no hubiese sido feúcha y tímida. Carmen siempre estaba de punta en blanco: el cabello, las uñas, los zapatos, las medias de nailon, todo pulcro y en perfectas condiciones. Se vestía todos los días con atención minuciosa al detalle. Sara la admiraba enormemente porque emanaba optimismo, y era precisamente por eso que era tan buena vendedora.

—¿Y cómo te fue en tu luna de miel? —le preguntó Carmen a Sara con un guiño cómplice.

Sara ignoró la pregunta, prefería no hablar de su luna de miel ni de Praga. La ciudad le había parecido sombría, llena de estatuas de santos martirizados, tallados en piedra negra. Pero se alegraba de volver a ver a su amiga.

—Tenías razón sobre Richard. Es todo un caballero: fino, culto, considerado. Tiene muy buen gusto y solo nos quedamos en los mejores hoteles. Casarnos fue una buena idea. Estoy feliz gracias a tu intervención.

Sara no acostumbraba a descargar en la gente sus preocupaciones y no le confesó a Carmen cómo se había sentido de veras en Praga. Carmen se echó a reír.

—Me gusta hacer de Cupido de vez en cuando. La vida se vuelve más interesante, sobre todo si se trata de una amiga tan querida como tú.

—A los dos nos gusta viajar, aunque en el futuro espero conocer sitios más alegres que Praga.

—Por lo menos estarías más a gusto en el Praga Intercontinental que en el Lemon Tree de Saint Thomas —la embromó Carmen—. Aquel hotel era una ratonera de cantazo.

—Pues no sé. El Lemon Tree tenía su encanto a su manera.

No le contó a su amiga que, durante el viaje de novios, se había acordado de Edgardo, porque hubiera pensado que estaba loca. Le vino a la memoria la bahía del Lemon Tree, con su agua transparente y la iguana que comía flores soleándose sobre las rocas, y se le humedecieron los ojos.

En la Isla, Carmen era un ama de casa común y corriente, pero, al mudarse a Washington D. C., se transformó en una comerciante formidable. En San Juan, no se suponía que las mujeres de familia bien se interesaran en los negocios; vivían en sus casas dedicadas al cuido de los hijos y del hogar. Pero, en los Estados Unidos, era distinto. El dinero le confería dignidad a la mujer, y si se las agenciaba para descubrir un método de hacerse de un capitalito personal separado del capital del marido, el mundo lo aplaudía y lo admiraba. Bajo su casco dorado de *bimbo*, Carmen tenía una cabeza increíblemente buena para los negocios. Se hizo corredora de bienes raíces y vendía casi un millón de dólares en propiedades al año. Por eso había ido de visita a casa de Sara: quería que su amiga le enseñara la mansión de Richard Tannebaum, con la esperanza de que algún día pudiera venderla. Los corredores latinos de Washington D. C. pocas veces tenían la oportunidad de vender las casas de los millonarios *WASP*.

—La semana que viene me voy a Puerto Rico —le dijo Sara a Carmen mientras la hacía pasar a la sala, con su alfombra persa color rojo vino y los hermosos muebles estilo Biedermayer que Richard le había regalado—. Por fin me siento lo suficientemente fuerte como para dar el salto. Tengo que restaurar la casa de Papá y Mamá. El último inquilino me la dejó destruida.

—¿De veras? Qué casualidad. Yo también estaré en San Juan —dijo Carmen—. ¿Cuántos días te vas a quedar?

En eso entró Margot con dos vasos de Coca-Cola en una bandeja de plata.

—¡Mira quién está aquí! Nada menos que Nana Margó. Yo sabía que tú no ibas a dejar sola a Sara, y que te mudarías a Rock Creek con ella.

Carmen se levantó de su silla y le dio un abrazo a Margot.

—Si, desde que era niña, la he acompañado, no veo por qué la voy a dejar sola ahora —dijo Margot sonriendo orgullosa—. Ya ves, hasta uniforme me pusieron —dijo, señalando su delantal de organdí y su cofia blanca—. Y aprendí a hablar inglés. Ya no me falta nada para que me dejen entrar en el cielo.

Carmen se rio a carcajadas.

—Tienes que pasar a verme en Puerto Rico —le dijo Sara—. Richard se reunirá conmigo dentro de unos días, pero al principio voy a estar sola. Me quedaré en el hotel Excelsior en lo que restauramos la casa de Miramar.

Richard llegó del trabajo pocos minutos después y, al escuchar voces, se dirigió hacia la sala. Se sirvió un trago de *whisky* del carrito de bronce del bar, y fue a saludar a Carmen. Se abrazaron efusivamente y Richard se sentó cerca de Sara, en la silla de terciopelo verde, que era su preferida.

—¿No quieres tomarte algo más fuerte que eso? —le preguntó a Carmen, señalando su vaso.

—Pues ahora que lo dices, sírveme un cubalibre de verdad, no una mentirita.

Richard le preparó una Coca-Cola con ron bien cargada, y Carmen aceptó el trago con los ojos relucientes y le dio las gracias. Le encantaba hablar de negocios con Richard; se sentía halagada de que le ofreciera un trago como si ella hubiese sido un hombre. Sara los miró mortificada. No había razón para que Richard tratara a Carmen como a un adulto y a ella como a una niña que no debía beber alcohol. Le daban ganas de decirle que siempre había fumado, bebido y hecho el amor con quien le daba la gana, pero no lo hizo por temor a que se enfureciera con ella. Cada vez que empezaba a defenderse de algo que Richard le decía, se acordaba de lo mal que lo había pasado cuando Edgardo la había abandonado, y se callaba. Haría lo que fuera necesario para no volver a quedarse sola.

—Tienen ustedes una casa preciosa, y me encanta el bosque que la rodea —le dijo Carmen—. ¿Sabes cuántos años tiene de construida?

—No sé, pero debe de tener, por lo menos, cien años. La chimenea del comedor es estilo Adams y es una antigüedad auténtica.

Richard se ofreció a darle un *tour* por el comedor, que Sara todavía no le había enseñado.

—Cuando vayas a Puerto Rico —le dijo Carmen en cuanto se encontraron solos—, verás qué predio tan hermoso forman el solar de mi casa y el de la de Sara, que son adyacentes. Esta niña está loca si se pone a restaurar el caserón desvencijado de sus padres. Lo que tenemos que hacer es tumbar ambas casas, la de los Artémides y la de los Portalatini, y construir un edificio de apartamentos supermoderno en ese terreno. Podríamos hacer varios millones de dólares de beneficio.

Carmen no cambiaba. Siempre había sido una *tomboy* y quería jugar a lo que jugaban los varones, *football* y *basket*, cuando estaba en la escuela. Ahora el juego era comprar y vender propiedades. Como a Sara no le interesaba el tema, se fue a la cocina y se puso a ayudar a Margot a preparar la ensalada que acompañaría el arroz con pollo.

El día del viaje, Richard y Sara se despidieron efusivamente.

—Estaremos separados solo por algunos días —le aseguró Richard antes de que Sara se bajara del coche en la puerta de salida del Kennedy Airport—. En cuanto terminemos de suministrar la orden de columpios y resbaladores de nuestro nuevo proyecto en el parque Edgar Allan Poe en Baltimore, iré a reunirme contigo.

Richard ya había comprado su boleto de avión para ir a reunirse con Sara en la Isla dos semanas después.

Sara y Margot tomaron el avión al mediodía y llegaron a eso de las cinco a San Juan. Hacía calor, y lo primero que hizo Sara, luego de llegar al hotel Excelsior y desempaquetar, fue ir a ver el mar. Durante los seis años que llevaba viviendo en los Estados Unidos, no se había acercado a la playa ni una sola vez. Cuando venía de visita a San Juan, alquilaba un carro y hacía sus diligencias lo más rápido posible, manteniendo los ojos siempre lejos del agua. Nunca miraba hacia el océano; de haberlo hecho, no hubiese podido regresar a Washington D. C.

Sara caminó hasta el puente Dos Hermanos, respiró profundo y sintió cómo la brisa del océano le curaba los pulmones. El puente se llamaba así en honor a los hermanos Behn, los americanos que habían traído el teléfono a la Isla; la gente los llamaba *los hermanos brothers*. Un poco más allá, se divisaba el hotel Caribe Hilton, el primer hotel construido por los americanos en la Isla, cuyas líneas ultramodernas contrastaban con el antiguo fuerte de San Gerónimo enclavado a sus pies.

Sara se sentó en uno de los banquillos de cemento del puente y se quedó mirando el fuerte al otro lado de la pequeña bahía. Los muros de la fortificación tenían por lo menos seis pies de espesor, y una caída perpendicular de por lo menos cuarenta pies hasta el océano. A Sara le gustaba observar el mar desde allí.

Una hilera de rocas enormes cerraba la entrada de la laguna y el mar reventaba sus olas contra ellas. Las rocas eran un misterio: nadie sabía cómo habían llegado hasta allí. En la época de los españoles, no existían máquinas capaces de levantarlas y colocarlas en aquel lugar. Pero servían muy bien su propósito: mantener a distancia a todo el que intentara invadir la ciudad desde mar afuera.

Al día siguiente, Sara pasó por las oficinas del contratista amigo suyo y discutió con él los términos de la restauración. Habría que reponer ventanas, arreglar el techo de tejas, pintar y reparar las paredes de argamasa y madera. Sara se había sentido tan bien al llegar a Puerto Rico que, a la semana, decidió mudarse del Excelsior e irse con Margot a dormir en la casa. El *master bedroom* estaba en buenas condiciones y el baño también; lo único que había que hacer era comprar colchones nuevos, toallas y sábanas, lo que Sara hizo en una tarde con la ayuda de Margot. Estarían mucho más cómodas allí que en el hotel, pese a que el parqué de algunos cuartos se había levantado con el agua. El contratista tapió las ventanas rotas y cambió los acondicionadores de aire por unos nuevos y pasaron la primera noche perfectamente.

La casa era muy agradable. El árbol de aguacate en el patio de atrás estaba cargado de frutos que madurarían pronto, y las matas de heliconia de Adelaida estaban todas florecidas. Adentro, las cortinas se movían en la brisa y, a veces, a Sara le parecía escuchar risas y susurros extraños. Creyó que se sentiría triste al regresar al caserón y había sido todo lo contrario: se sentía feliz.

El periódico *El Mundo* publicó una foto de Sara, de pie junto a Richard el día de su boda, en la sección de Sociales. A Sara le sorprendió verla, llamó al diario y preguntó quién la había enviado a la redacción. Le informaron que había sido Carmen Partagás. "Sara Portalatini, heredera boricua, regresa a la Isla del brazo de su nuevo marido, Richard Tannebaum, magnate tejano", leía el calce de la foto. Tanto la familia Partagás como la familia Portalatini eran harto conocidas en la capital, y los editores no dudaron en publicar la noticia. En la sociedad sanjuanera, todo el mundo sabía quiénes eran los Portalatini. En el pasado, sus fotos habían salido publicadas en el periódico a menudo. A Sara le disgustó que Carmen hiciera aquello, pero decidió esperar a verla personalmente para mencionarle el asunto.

Carmen vino a visitar a Sara al día siguiente por la mañana. Cruzó de su casa a la casa de Sara por el seto de pavonas y se acercó al balcón donde su amiga estaba desayunando. Venía con el periódico en la mano para enseñárselo. Lo agitó en el aire, sonriendo de oreja a oreja.

—Verás qué bien saliste. Eres la envidia de todas las damas de sociedad de San Juan, casada con un americano guapo y rico.

—No debiste enviarles la foto, Carmen. Yo no soy una dama de sociedad, ni tú tampoco. Aunque por ahora no esté trabajando, soy una profesional. Además, el anonimato es una de las razones por las que me gusta Washington D. C. Allí nadie me conoce ni sabe quiénes son los Portalatini.

Carmen se sentó frente a Sara en la mesa y le pidió a Margot que le trajera un café.

—Es asombroso, todo está igualito —dijo Carmen, mirando el jardín a su alrededor desde el balcón. La piscina brillaba como una turquesa transparente, rodeada por las heliconias rosadas y rojas que había sembrado Adelaida, y que parecían pájaros a punto de salir volando—. Es como si no hubiera pasado el tiempo.

—No es así exactamente, la casa está muy deteriorada. Pero, por fortuna, se puede restaurar.

—¿Qué vas a hacer cuando llegue Richard? ¿Se lo vas a presentar a tus amistades? Richard mencionó que a lo mejor le interesaba hacer algún negocio en Puerto Rico. ¿Por qué no das una fiesta para que conozca a la gente con la que puede hacer inversiones sin correr riesgo? Yo te ayudo a darla.

—Tendría que ser una fiesta sencilla. No quiero nada ostentoso.

—Tú siempre con el moño trepado, doña Perfecta —le respondió Carmen riendo—. Algún día vas a tener que bajarte de esa nube y hacer migas con la realidad.

Sara se rio y pensó que Carmen tenía razón. Richard era un hombre bueno en el fondo, y no había vuelto a repetir la escena de Konopiste.

—Muy bien, dejaré que tú hagas la lista. Te acuerdas mejor que yo de quién es quién en la Isla.

Terminado el desayuno, se pusieron el traje de baño y se tiraron a la piscina juntas, pero Sara, muy pronto, le sacó gavela a Carmen.

Dos semanas después, Sara fue al aeropuerto de Isla Verde a recoger a Richard en el Acura rojo que había alquilado en Hertz. Se veía muy elegante vestido con la guayabera blanca que Sara le había regalado en las Navidades. Sara le dio un beso en la mejilla y Richard la tomó entre sus brazos y la besó en la boca antes de meterse al carro.

—Me has hecho falta, cariño —dijo luego de entrar la valija en el baúl. Sacó de su bolsillo una cajita de cuero rojo y se la entregó a Sara. Ella la abrió con curiosidad. Adentro, había un par de aretes de diamante.

—Yo también te tengo una sorpresa —le dijo a su marido mientras conducía por la avenida Baldorioty de Castro en dirección al Condado—. Esta noche dormirás en la casa de Miramar. Me mudé del Hotel Excelsior para que estemos más cómodos. Ya verás cuánto te va a gustar.

Esa noche hicieron el amor con más ardor de lo acostumbrado, y Sara se quedó dormida en los brazos de Richard.

Al día siguiente, estaban sentados en el sofá de la sala, rodeados de unos álbumes fotográficos que Sara había encontrado en el desván, mientras se tomaban un aperitivo antes del almuerzo. Sara le estaba enseñando a Richard las fotos de la familia: sus tías y tíos Arizmedi habían muerto y no quedaba nadie vivo. Por parte de los Portalatini, su padre era hijo único. Adelaida y Adalberto eran los menores de sus respectivas familias, y habían sobrevivido a toda la parentela. Al morir ambos, Sara se había quedado sola.

De pronto, una foto de Edgardo y ella en la playa de Luquillo cayó al suelo y Sara sintió un sobresalto. Había revisado los álbumes antes de que llegara Richard y había eliminado todas las fotos de Edgardo, rompiéndolas y tirándolas por el inodoro. Ver su rostro pequeñito dando vueltas en el agua antes de irse por el tubo le había provocado emociones contradictorias:

una satisfacción profunda y, a la vez, mucha tristeza. Pero esta foto había escapado a la destrucción. Quedó atrapada entre las páginas de cartulina negra del álbum sobre las cuales se pegaban los esquineros en los que se introducían las fotos. La imagen era pequeña, en blanco y negro, pero muy precisa. Edgardo y ella aparecían reclinados contra una palma de coco al borde del agua. Las fotos viejas eran como cuchillos, había que tener cuidado con ellas porque salían volando de la página y se le enterraban en el corazón. Richard estudió la foto cuidadosamente.

—¿Este era tu marido? —le preguntó, acercando el retrato a la luz de la lámpara que estaba junto al sofá. Un joven delgado con espejuelos de carey rodeaba posesivamente la cintura de Sara con el brazo. Sara lo miraba con ojos de adoración.

—Sí. Ese es Edgardo Verdiales. La foto nos la tomó Margot en Luquillo un día.

—No sabía que era indígena —dijo Richard con una sonrisita irónica llena de asombro—. ¡Así que estuviste casada con un negro! Tuviste suerte de no tener hijos.

Al principio, Sara no reaccionó. La piel de Edgardo era bastante oscura, pero ella nunca había pensado que era negro.

—Edgardo tenía sangre india, pero no era negro —dijo molesta, y le arrancó la foto de las manos—. Pero si hubiese querido tener hijos, eso no hubiese sido impedimento.

Le dirigió una mirada iracunda, desafiándolo de hito en hito. Richard rehusó la confrontación, sin embargo. Apagó la lámpara de la mesita de mármol y se levantó del sofá para dirigirse al dormitorio. Cinco minutos después, estaba acostado, roncando profundamente.

Sara se quedó en la sala, en medio de la oscuridad. Se dijo que, después de todo, Richard era de Tejas, aunque hubiese perdido el acento sureño, y no debía darle tanta importancia al asunto. Se vestía como un sofisticado hombre de negocios de Washington D. C., pero llevaba el Sur a flor de piel debajo de la chaqueta. ¡Así que su carne se había mezclado con carne negra! El prejuicio racial de Richard era tan absurdo que daba ganas de reír. Finalmente, se quedó dormida, luego de dar muchas vueltas en la cama.

Al día siguiente, en cuanto amaneció, Sara perdonó a Richard. Pasó lo que pasaba siempre: durante la noche, los miedos la asaltaban nuevamente y la hacían recapacitar. Después de todo, en el fondo era un hombre bueno, y la soledad era lo peor que le podía suceder a uno. Mejor era estar con Richard que sola día tras día.

Después del desayuno, salieron juntos al patio. Richard quería inspeccionar por fuera el trabajo que se había hecho en la casa y se quedó estupefacto cuando vio la cantidad de obra que Sara había logrado en tres semanas: las paredes habían sido lijadas y pintadas; los pisos de tabloncillo, pulidos y encerados; las ventanas, reparadas; y el techo, impermeabilizado. Desde el balcón que le daba la vuelta a la casa por tres de sus lados, se podía ver el mar en el horizonte. A mano izquierda, estaba el fuerte de San Gerónimo y, a mano derecha, el puente Dos Hermanos.

Sara había localizado algunas de las antigüedades de Adelaida que Ruby había vendido en las tiendas de la capital y le pidió a Richard que se las comprara. Este la complació inmediatamente. Sara sacó al patio los muebles Knoll de cuero blanco con los que la enfermerita había decorado la casa y llamó al Salvation Army para que los vinieran a buscar. Quería que, para la fiesta, la casa se viera lo más parecida posible a como estaba cuando sus padres vivían. Sería una especie de despojo, una purificación de todo lo que había hecho Ruby para destruir a su familia.

La noche antes de la fiesta, Sara estaba exhausta luego de todos los preparativos y, a eso de las nueve y media, se encerró a descansar en la biblioteca. Estaba sentada en una butaca oyendo música clásica y tratando de relajarse, cuando escuchó un ruido del otro lado de la ventana. Se levantó para ver qué era. En la acera de enfrente, vio a un hombre parado debajo de un poste eléctrico. Estaba vestido todo de negro, y un cigarrillo encendido le colgaba de los labios. La sombra de una palmera cercana le barría el rostro con el ir y venir de la brisa. Sara se sobresaltó y cerró las cortinas de inmediato: aquel hombre se parecía increíblemente a Edgardo.

Salió corriendo de la biblioteca y fue a buscar a Margot.

—Por favor, dime que no es él, que no es Edgardo —le rogó aterrada. Pero, cuando se asomaron por la ventana, ya el hombre había desaparecido.

—Está viendo visiones —le dijo Margot—. En la calle no hay nadie. Tiene que descansar o los nervios acabarán con usted.

Sara entró de puntillas a su habitación y se tendió junto a Richard en la oscuridad. Pero no logró conciliar el sueño. Nada más pensar que Edgardo podía estar vivo era como tener cadillos adheridos a los párpados. Por más que lo intentaba, no podía cerrarlos. Repasó mentalmente los sucesos luego de la muerte de Edgardo. Poco después del viaje a Guatemala con su padre, había recibido una llamada telefónica del FBI. El jefe de la agencia le había pedido que fueran personalmente a sus oficinas, porque tenía que informarles algo. Sara y don Adalberto acudieron enseguida. Sara sentía el corazón batiéndole como un puño dentro del pecho. Habían encontrado el cuerpo de su marido en un estacionamiento abandonado en Ciudad de Guatemala, le informó el director de la agencia. Tenía la cara irreconocible a causa de los golpes, pero estaban seguros de que era él: tenían su *récord* dental y eso les había permitido identificarlo. Aquella información debió tranquilizarla, pero no fue así. Sabía que su padre era capaz de cualquier cosa con tal de no verla tan desgraciada. La evidencia podía fabricarse, y su padre tenía amigos en todas partes. Era como si los fantasmas salieran de las paredes y comenzaran a dar vueltas y más vueltas ante sus ojos. Lo que estaba sucediendo era un disparate. Edgardo estaba muerto y ella nunca lo volvería a ver con vida.

A día siguiente, Sara llamó a Carmen por teléfono y le dijo que tenía que reunirse urgentemente con ella. Se reunieron en el Swiss Table, el pequeño restorán del hotel Pierre en la avenida de Diego. Carmen estaba inmaculadamente vestida y peinada, el pelo, un capacete dorado brillándole sobre la cabeza. Se sentó frente a Sara, toda sonrisas.

—El *catering* está listo para la fiesta —le dijo y le dio un beso en la mejilla—. Será la fiesta del año, no te preocupes.

Sara estaba pálida y demacrada; no había pegado el ojo en toda la noche.

—Edgardo está de vuelta en la Isla —le dijo a su amiga. La respiración le entraba a tragos cortos, como si se estuviera ahogando—. Anoche lo vi por la ventana, espiando la casa. Tengo terror de que Richard se entere.

—¿Cómo va a ser? Tú me dijiste que estaba muerto.

—Lo sé. Pero no es cierto. Ya sabes cómo era Papá. Quién sabe a cuánta gente sobornó en el FBI para que dijeran eso.

Carmen se quedó atónita, sin saber qué decir.

—Seguro que Edgardo vio la fotografía que llevaste al periódico y que publicaron en Sociales —añadió Sara—.Te dije que no lo hicieras.

—¡Maldita sea! ¿Cómo lo iba a adivinar? —dijo Carmen, y se levantó furiosa de su asiento. Caminó hasta el bar y le pidió al mozo que le sirviera un *Bloody Mary*.

Regresó a la mesa luego de fortalecerse con el trago.

—Bueno, ¿y qué si está vivo? Te divorciaste de él hace tiempo. Me acuerdo muy bien de que tu padre insistió en que lo hicieras.

Sara se quedó sentada, moviendo lentamente la cabeza.

—El divorcio nunca se formalizó. Papá enfermó y no tuve el valor de proseguir con los trámites. Todavía estoy casada con Edgardo. Soy bígama, o como sea que se llame a una mujer cuando tiene dos maridos. ¡Ay, Carmen! ¿Qué voy a hacer?

Y se echó a llorar en brazos de su amiga.

Esa tarde, Sara hizo un esfuerzo enorme por sobreponerse a su crisis de nervios. Tenía a cien invitados que atender en su casa esa noche y todo tenía que salir perfecto, el prurito de la familia estaba en juego. Circuló por entre las mesas puestas en el jardín como un tornado, tendiendo manteles, colocando platos y cubiertos en su sitio. Supervisó a los mozos del *catering* que habían empezado a calentar los manjares en los infiernillos. A las seis y media, todo estaba listo gracias al personal alquilado por Carmen y a la ayuda de Margot.

Los invitados comenzaron a llegar a la casa, entre ellos, el alcalde de San Juan. Todo el mundo quería conocer a Richard Tannebaum, el magnate tejano que era un cazador experto. Encontraron que era muy diferente del bohemio guatemalteco de pelo largo y gafas de búho miope que había sido su amigo hacía varios años, y de quien se rumoraba que era comunista. Richard estaba de pie junto a ella en la puerta y, según entraba en la casa, la gente le daba la mano y lo saludaba, y, luego, pasaba a admirar las cabezas de los animales ultimados en sus cacerías. Colgadas de las paredes, había una piel de cebra, una cabeza de león, varias cabezas de gacelas, y un testuz de rinoceronte. La gente charlaba un poco con Richard y Sara y, luego, pasaba al jardín, comentando la interesante colección de animales y lo bonita que se veía la casa decorada con heliconias y helechos. Se sentían contentos de recibir de nuevo a Sara en su rebaño. Era otra vez uno de ellos, ya no los amenazaba.

Carmen agarró a Richard por el brazo y se lo llevó a un lugar apartado de la sala.

—Necesito hablar contigo en privado. Es muy importante.

Entraron en la biblioteca y Carmen se sentó junto a Richard en el sofá.

—¿Te enteraste de la noticia? —le preguntó.

—No estoy enterado de nada —le contestó el tejano—. En esta Isla todo el mundo habla inglés, pero rehúsan hacerlo si yo estoy presente.

—Edgardo Verdiales está de regreso en la Isla.

Richard enarcó las cejas, sorprendido.

—¿Cómo lo sabes? —preguntó. Estaba inclinado hacia al frente, apoyando los codos sobre las rodillas, como si fuera a dar un brinco para atrapar su presa.

—Sara misma me lo dijo —explicó Carmen—. Me da terror que pueda pasarle algo.

—No te preocupes, querida. Yo no dejaré que le pase nada.

Carmen suspiró y cerró los ojos.

—Que Dios te oiga. Él se encargará de protegerla —susurró para sí misma.

Al día siguiente, Richard se levantó a las cinco de la mañana. Se habían acostado a las dos, cuando se despidió el último invitado, y no había logrado conciliar el sueño. A las cinco, todavía estaba oscuro y la serenata de los coquíes punzaba el terciopelo negro del jardín con sus miles de alfileres. Aún no había empezado el relevo matinal de los pájaros. Richard entró en la biblioteca y encendió la lamparilla junto al teléfono. Levantó el audífono y marcó un número que se sabía de memoria. Solo pronunció dos frases:

—Hemos conectado con el sujeto en cuestión. Informaremos más tarde.

Richard Tannebaum estaba mucho mejor informado sobre el paradero del guatemalteco Edgardo Verdiales que Sara

Portalatini. El FBI lo había contactado en Washington D. C., poco después de Richard conocer a Sara en casa de Carmen Partagás, y lo había citado para una entrevista en las oficinas centrales de la capital. Como coronel retirado del Ejército, desde su llegada a Washington D. C., Richard se había puesto a la disposición de la agencia para cualquier material delicado que tuviera que ver con el terrorismo internacional.

El hecho de haber nacido en Tejas y de chapusear un poco de español le permitía a Richard familiarizarse bastante bien con la comunidad hispana de Washington D. C. Richard solía entrevistarse con los latinos de los barrios más pobres de la capital antes de someter los diseños de las facilidades de sus parques al gobierno municipal. Por esta razón, sus parques residenciales, como el de Anacostia, eran un éxito. El FBI se enteró de todo esto y por eso escogió a Richard para su misión.

El FBI le encargó a Richard ganarse la confianza de Sara como primer paso para tenderle una trampa al terrorista Verdiales. Edgardo había enamorado a la joven con el propósito de sacarle dinero al padre y su plan había sido sorprendentemente exitoso. Un año después de su matrimonio, Verdiales había regresado a Guatemala con una valija llena de dinero y había desaparecido del aeropuerto como por arte de magia. Todas las búsquedas —la de la esposa abandonada, la del padre injuriado— habían sido infructuosas.

Pero la naturaleza humana es impredecible: Richard se enamoró de Sara, la persona cuyo rastro debía seguir. Cuando, luego de la cena en casa de los Partagás, Richard empezó a salir muy seguido con Sara, los agentes le aconsejaron que tuviera cautela, no fuera a involucrarse emocionalmente más de lo debido con Sara Portalatini. La agencia le indicó a Richard que acercarse demasiado a la víctima podía ser riesgoso, sobre todo, en casos como el de la joven, en el que la víctima parecía compadecerse del sujeto perseguido.

Richard le contestó al jefe del FBI que él cumpliría con su deber, pero que lo que él hiciera con Sara Portalatini era asunto suyo y haría exactamente lo que le diera la gana. Si por mala suerte su vida profesional y su vida privada coincidían, la personal iba primero.

Poco después de esto, el FBI se enteró del matrimonio civil entre Sara Portalatini y Richard Tannebaum en la corte de distrito de Falls Church, Virginia. Inmediatamente, llamaron a Richard y le informaron que Sara se había casado tres años y medio antes con Verdiales en la corte de distrito de Carlota Amalia en Saint Thomas y, como ese primer matrimonio no había sido anulado, el suyo no era válido. Richard los mandó al infierno y dijo que eso no le importaba. Estaba enamorado de Sara y defendería su matrimonio hasta el final.

Al día siguiente, Richard le informó a Sara que se quedaría en la Isla durante un mes, o hasta que ella decidiera regresar a la capital, a pesar de la gran cantidad de trabajo que tenía en Washington D. C.

—Ya sabes que el trópico no me va bien, querida. Tengo la piel tan sensitiva que hasta la resolana me causa insolación. Además, soy alérgico al insecticida y no puedo rociarme con Off, por lo que le sirvo de alfiletero a los mosquitos. Pero todo lo sufriré con paciencia si estar aquí te hace feliz. No regresaré a Washington D. C. sin que tú me acompañes.

No era sorprendente que Richard siguiera enamorado de Sara, pese a las advertencias del FBI. Desde su llegada a la Isla, su esposa se veía más hermosa que nunca. El clima le iba bien, era como si la piel se le hubiese esponjado sobre los huesos y los ojos le relucían con más intensidad. Unos días después de la fiesta, estaban desayunando juntos temprano en la mañana en la casa de Miramar, cuando Margot entró en el comedor para decirles que la Capitol Transportation había traído un cajón de madera y lo había depositado frente a la puerta de entrada. El *conduce* leía que venía de Tejas, pero, como había llegado por UPS a los almacenes de Capitol, no daba detalles del contenido.

Richard fue con Sara hasta el jardín y le ordenó a los jardineros que metieran la caja dentro de la casa. Luego, se armó de un martillo y un formón y fue quitándole, uno a uno, los clavos a la caja. Cuando levantó la tapa, el contenido quedó al descubierto: un rifle Holland & Holland .465, un rifle de Buffalo Bill Scout y varios rifles modernos de distintos manufactureros.

—Ya tienes tantos rifles. ¿Qué vas a hacer con estos? —le preguntó Sara preocupada cuando vio lo que había dentro.

—Los encargué antes de salir de Washington D. C. por catálogo a Orofino, Indiana, donde se consiguen las mejores armas. No es bueno estar desarmado en Puerto Rico; este no es exactamente el lugar más seguro del mundo. Pero mi interés es más bien deportivo: ahora podemos ir de cacería cualquier día de estos.

Lo último que Richard sacó de la caja fue un estuche de terciopelo azul con cierres de bronce.

—Esto es para ti —le dijo entregándoselo—. Te lo pensaba dar el mes que viene para tu cumpleaños, pero mejor te lo doy ahora —dijo y le estampó un beso en la mejilla. Sara abrió la caja con mucho cuidado. Adentro, había una pistola calibre 32 Smith and Wesson, con mango de nácar.

Sara nunca había disparado un arma en su vida. La tomó en su mano y probó su peso, sin atreverse a apuntar a nada.

—No está cargada, no te preocupes —le dijo Richard—. Si quieres, esta noche vamos a un lugar privado que conozco, cerca del área de Piñones, y allí puedo enseñarte a dispararla.

A eso de las diez, se montaron en el Acura y manejaron hasta el área de Piñones. Salieron a la playa y esperaron un rato bajo el palmar, para asegurarse de que no había nadie. Como era día de semana, el lugar estaba desolado. Richard cargó las balas en el cilindro y le puso a Sara la pistola en la mano. Entonces, rodeó sus dedos con los suyos y apretó el gatillo. Sara dio un brinco a causa del ruido, pero, al tercer disparo, se acostumbró. Ya no le daba miedo disparar y podía defenderse. Desde ese día en adelante, Richard salía al jardín todos los días a las seis de la mañana a inspeccionar sus armas debajo del árbol de aguacates. Se sentaba en un banco del patio a aceitar y limpiar sus rifles con un trapo empapado en aceite de linaza. Luego, escogía uno, lo acunaba un rato entre sus brazos como si fuera un bebé, lo apoyaba contra su hombro y disparaba en dirección al mar abierto. Sara juraba que estaba disparándole a alguien, pero a esa hora no se veía a nadie.

Para esos días, Richard se hizo miembro del Club de Tiro de San Juan e iba casi todas las tardes a practicar. Allí conoció a varios tiradores profesionales que disfrutaban del mismo deporte: un general retirado, Miguel Ventura, y el comisionado de la Policía de San Juan, el coronel George Pritchard. El Club de Tiro quedaba dentro de la propiedad de The Golden Dolphin, un reparto de casas muy exclusivo a las afueras de San Juan donde vivían personas adineradas que se sentían amenazadas por la violencia que cundía en el área metropolitana. The Golden Dolphin estaba amurallado y patrullado veinticuatro horas al día por guardias que cargaban armas largas.

—Si deciden quedarse a vivir en Puerto Rico, deberían mudarse a la urbanización Golden Dolphin. Es el único lugar absolutamente seguro del área metropolitana. Aunque en Puerto Rico hoy no existe ningún lugar seguro. La Isla aparenta ser pacífica, pero solo hay que escarbar un poco y uno enseguida se topa con un reverbero de maleantes que se esconden como el comején en las casuchas de los arrabales —le dijo el general Ventura a Richard una tarde en que se estaban dando unos tragos juntos en el Sand and Sea Bar del Golden Dolphin.

El coronel Pritchard estuvo de acuerdo con lo que decía su amigo.

—No es solo la alta incidencia de crímenes, como atracos y robos a mano armada; la violencia es a menudo de origen político —dijo el coronel—. En la Isla hay muchos revolucionarios independentistas, pero se lo callan y no se lo dicen a nadie. Están acostumbrados a un alto nivel de vida y no quieren hacer sacrificios materiales. La independencia significaría vivir con menos dinero, llevar una vida austera como la que llevaron sus antepasados en el siglo diecinueve. Pero el puertorriqueño de hoy no es igual al de ayer. Por eso, los independentistas proponen el comunismo como solución: si se expropia la propiedad privada, todo el mundo será igualmente libre y pobre. Estas ideas las difunden los agentes comunistas extranjeros infiltrados en la Isla, pero a los puertorriqueños se les hace difícil aceptarlas.

Richard escuchó atentamente lo que ambos hombres estaban diciendo. Según el FBI, Edgardo Verdiales era uno de aquellos cabecillas infiltrados, miembros del movimiento comunista internacional. Puerto Rico era, aparentemente, un lugar más problemático de lo que él pensaba; no era ningún edén, como se lo había pintado Sara.

Una tarde, Richard reservó un campo de tiro al blanco en el Golden Dolphin para él y sus dos amigos. Era un lugar precioso: una serie de colinas cubiertas por un tapete de grama perfecta se elevaban frente al mar y, tras cada una de ellas, se ocultaba un aparato mecánico que arrojaba platillos de barro al aire. Era un campo seguro, donde no sucedían accidentes porque desembocaba en un despeñadero que daba al océano Atlántico. Tanto los platillos como las balas de los rifles iban a parar al agua. Los tiradores cruzaban lo que se llamaba "el triángulo de tiro", disparando de estación en estación y haciendo estallar en pedazos las esferas voladoras. Era un entrenamiento ideal para los cazadores que necesitaban alcanzar una presa en movimiento.

Esa tarde, Richard se divirtió de lo lindo.

—Pasé una tarde muy entretenida —le dijo a Sara cuando regresó a la casa—. Estoy disfrutando de mi visita a la Isla, después de todo.

Sara sintió que el miedo le rozaba la piel como una navaja.

Richard empezó a visitar el Golden Dolphin todos los días. Sus amigos lo traían de vuelta a la casa tarde en la noche, y se marchaban riendo y tocando la bocina de sus Humvees como si fueran adolescentes. Sara no sabía qué pensar. No estaba segura si podría aguantar este tipo de comportamiento por mucho tiempo. Tenía la esperanza de que, luego de algunos días de su llegada a la Isla, Richard volvería a ser el de antes, un militar retirado y algo viejolo, que necesitaba una compañera joven en la cual apoyarse y con quién compartir la vida. Pero no había sido así. Por alguna razón, Richard había cambiado. Lo notaba agresivo y huraño.

Una semana después de la fiesta, Sara se encontraba sentada frente al escritorio de la biblioteca pagando cuentas. Era ya noche cerrada y Richard estaba profundamente dormido. Sara se levantó de la silla y fue a cerrar la cortina de la ventana, y sintió un escalofrío. Al pasar junto a los cristales, vio otra vez al hombre vestido de negro reclinado contra el poste. Estaba en el mismo sitio con un cigarrillo encendido colgándole de los labios. Esta vez no tuvo duda: era Edgardo en carne y hueso. Ni le avisó a Margot de tan pesimista que se sentía. Su vida pronto iba a estallar en pedazos sin que ella pudiera hacer nada. Pasó otra noche en vela, sin lograr conciliar el sueño.

Al día siguiente, Richard tenía una cita con el alcalde de Caguas para discutir un posible contrato para construir un parque de diversiones en la Plaza del Milenio. Salió de la casa a las ocho de la mañana y, no bien se montó en el carro, Margot tocó a la puerta de la habitación de Sara.

—Alguien deslizó esto por debajo de la puerta de enfrente al amanecer —susurró—. Lo guardé para que el señor Richard no lo viera.

Sara tomó el sobre y lo abrió.

—Necesito verte esta noche —leyó—. Te explicaré todo entonces.

No había firma ni nombre, pero Sara reconoció la letra al instante.

Margot se hizo la señal de la cruz y se limpió las manos en el delantal que llevaba puesto.

—No le queda más remedio que coger el tigre por la cola, Niña. No puede seguir casada con dos hombres a la vez.

Sara salió de la casa sollozando y se montó en el Acura rojo. Manejó hasta San Juan, buscando tranquilizarse, sin importarle que estuviera dejando sin supervisión a los obreros de la construcción. La restauración de la casa ya no le importaba. Todo se le había borrado de la mente menos la carta de Edgardo.

Cuando Richard regresó a Miramar en la tarde, Sara hizo como si no pasara nada. Richard había acompañado al alcalde a examinar unos terrenos baldíos por la carretera de Caguas y la caminata le había causado una insolación; tenía la cara roja como un tomate y le habían salido ampollas que le ardían. Le pidió a Sara que le untara Noxema y ella lo hizo con la mayor suavidad posible. Richard se acostó en el sofá de la biblioteca para descansar y Sara fue al bar, a prepararle un trago de *whisky*. Pese a que se sentía mal, Richard estaba demasiado callado, y

Sara se preguntó si alguien le habría comentado lo del regreso de Edgardo Verdiales. Por lo general, era bastante parlanchín a esa hora y le gustaba comentar lo que había hecho durante el día. Aquel silencio ensimismado no era una buena señal.

Se acostaron a eso de las once y Richard, inmediatamente, se quedó dormido. Sara se tendió a su lado en la cama, pero con los ojos abiertos. No se levantó a mirar por la ventana del estudio, no quería ni enterarse de si Edgardo había regresado.

Durante los próximos días, no le llegaron más mensajes anónimos a Sara. Todo parecía tranquilo y Richard decidió organizar la expedición de cacería a la República Dominicana de la cual Juan Partagás y él habían hablado en Washington D. C. Alquiló un yate de cuarenta pies de eslora, que los recogería en el muelle de Rincón, un pueblito en la cosa oeste de la Isla. Invitó a sus nuevos amigos, Miguel y George, a ir con ellos. Saldrían al amanecer, el lunes de la semana siguiente y manejarían desde San Juan hasta Rincón para zarpar a las cinco de la mañana. El diario *El Mundo* publicó, en su columna de Sociales, una foto de Richard vestido con su uniforme caqui de la reserva, su gorra y sus botas, y el rifle acunado en el brazo derecho. A su lado, tenía a sus tres amigos vestidos de igual manera y, a sus espaldas, resplandecía el océano Atlántico. Al pie de la página el retrato leía: "Expedición a la vecina Antilla saldrá desde costa de Rincón para La Romana".

Al día siguiente de aparecer la foto, alguien introdujo otro sobre bajo la puerta del frente de la casa. Esta vez fue Sara la que lo encontró. Le había dado con levantarse antes del amanecer y se ponía a dar vueltas por la casa cuando todavía estaba oscuro.

Sus nervios eran cables eléctricos deshilachados y cualquier cosa la ponía a temblar. Se metió en el baño del *master bedroom* y le puso el pestillo a la puerta. Abrió la ducha al máximo y, solo entonces, se atrevió a abrir el sobre, porque sabía que allí Richard no podría sorprenderla. El mensaje era igual de parco que el primero y tampoco estaba firmado. "Necesito verte", leía. "No respondo por lo que pase".

Richard se marchó al Golden Dolphin a las diez de la mañana y Sara corrió a donde Margot y le enseñó la nota.

—Edgardo insiste en verme.

—¿Cuándo? —le respondió Margot, arqueando las cejas como dos flechas.

—Esta noche.

—¿Y qué más dice la carta? —preguntó Margot con voz severa. Adivinaba que Sara le estaba ocultando algo, porque le temblaba la barbilla como cuando era niña.

—Está desesperado. Dice que necesita dinero.

—Te está chantajeando —respondió Margot, la voz llena de ira.

—¡Pero Margot! Puede ser algo de vida o muerte.

Margot la abrazó y Sara empezó a quejarse:

—No quiero verlo, pero no puedo negarme a ir. Seguiré teniendo pesadillas toda la vida.

Margot seguía con el ceño fruncido, sumamente molesta con Sara.

—Escríbele una nota y yo se la llevo. Tú quédate aquí. Dile que le conseguirás el dinero el lunes de la semana que viene. Ya se nos ocurrirá lo que debemos hacer.

—Pero ¿y si no puede esperar?

—Si quiere el dinero, tendrá que hacerlo.

—¿Cuánto dinero necesitará?

Margot miró a Sara como con ganas de matarla.

—Eso no te debe importar, puesto que no va a recibir un centavo, ¿no es cierto? Prométeme que llamarás a la policía ahora mismo o me regreso esta tarde a Washington D. C. Edgardo o yo. Escoge.

—Por favor, no te vayas, Margot. Llamaré a la policía para alertarlos sobre Edgardo.

Margot salió de la biblioteca dando un portazo y se fue al cuarto a empacar sus maletas, por si acaso.

Al otro día, Margot todavía estaba en la casa de los Portalatini. Había intentado marcharse, hasta había salido por la puerta, maleta en mano, tres veces, pero no lo había logrado. Tenía demasiado miedo de lo que pudiera pasarle a Sara. Soñó con Adelaida toda la noche. Sentía que estaba muy cerca y que le susurraba que por favor no la abandonara.

Sara estaba desayunando con Richard, que vestía su uniforme de camuflaje del Ejército, listo para la aventura en la República Dominicana.

—Por favor, no te vayas —le suplicó Sara—. Escuché el pronóstico del tiempo y dicen que va a haber vaguadas. El canal de la Mona puede ser terrible cuando hay tormenta, por las corrientes y marejadas.

—Ya todo está listo, querida. No puedo cambiar de planes así porque sí, a última hora. Nuestra embarcación es muy marinera y podrá manejar el estrecho. Un guía nos está esperando en La

Romana, y nos llevará en su Jeep a Barahona, donde acamparemos mañana en la noche. Juan, Miguel y George están entusiasmados con la aventura.

Richard colocó varios rifles y una caja de municiones en el asiento de atrás del Acura, y salió camino a Rincón cuando todavía estaba oscuro. La expedición saldría al día siguiente luego de que los cuatro amigos se encontraran en Rincón. Pasarían la noche en el Horned Dorset, el elegante *resort* que se encontraba cerca de ese pueblo.

Luego de la partida de Richard, Sara estaba dispuesta a llamar a la policía, como le había prometido a Margot, pero, por más que lo intentó, no logró marcar el número. Discaba los primeros dígitos y, a medio camino, perdía el impulso y enganchaba el audífono con mano temblorosa. ¿Cómo le iba a explicar a Richard que todavía estaba casada con Edgardo? Se pondría furioso con ella.

Tarde esa misma noche, debían ser cerca de las dos, Sara se incorporó en la cama. No había podido dormir y llevaba varias horas dando vueltas en la cama sin lograr conciliar el sueño, cuando un guijarro golpeó levemente contra la ventana. Se levantó y se puso la bata antes de salir de la habitación. Atravesó el pasillo descalza para no hacer ruido y pasó caminando de puntillas hasta llegar al comedor. Abrió las puertas de cristal y salió al jardín con el corazón desbocado dentro del pecho. El árbol de ilán-ilán estaba florecido y su perfume lo invadía todo; hasta la fuente de piedra tallada en el fondo del jardín parecía derramar agua perfumada. Caminó hasta el árbol de aguacate, medio adivinando el camino en la oscuridad, cuando sintió que alguien la agarraba por el brazo y la obligaba a sentarse en el banco de piedra del patio. Reconoció a Edgardo por el olor a tabaco que exhalaba su cuerpo en las penumbras.

—Así que se supone que esté muerto —le dijo riendo suavemente, a la vez que la abrazaba—. ¿Fue difícil conseguir el divorcio?

Sara lo empujó lejos de sí, pero él era más fuerte que ella. Se dio cuenta de que Edgardo no sabía que no estaban divorciados.

—Papá quería que nos divorciáramos, pero no seguí su consejo. Finalmente, el FBI falsificó documentos que constataban tu muerte en Guatemala. Yo fui tan ingenua que le creí.

Cerró los ojos y rehusó seguir pensando en el asunto.

—¿Por qué te casaste con ese idiota? —le preguntó, sosteniéndola entre sus brazos.

—No soy tan fuerte como tú, Edgardo. No pude soportar la soledad.

Sara sintió que Edgardo la apretaba contra sí, pero se zafó del abrazo.

—Tú nunca me quisiste. Uno no puede querer a nadie cuando está comprometido con una causa. Y tu país será siempre más importante que yo para ti.

Se había acostumbrado a la oscuridad y podía verlo claramente. No habló con ira, sino con suavidad, casi con cariño.

—Perdóname, Sara —le susurró Edgardo—. Me hubiese gustado pasar el resto de mi vida contigo. Pero Luis está muerto y he ocupado su lugar en la UNRG. Mi felicidad personal no cuenta ante la lucha por la libertad de mi patria.

Y luego susurró:

—¿Puedes ayudarme? Te juro que no volveré a molestarte nunca más.

Sara sintió que la cabeza le daba vueltas.

—¿Cuánto necesitas?

—Cien mil dólares.

—Mañana te los traigo —le prometió Sara—. Nos encontramos en el fuerte de San Gerónimo, al otro lado del puente Dos Hermanos.

Al día siguiente, por la mañana, estaba lloviendo a cántaros, cuando Sara abrió la puerta de la casa. Corrió hasta la acera frente al jardín y se montó en el carro, tratando de no mojarse. La cerradura de la puerta del carro no abría bien y, a pesar del paraguas que llevaba en la mano, en dos segundos, tenía la ropa empapada. Se había puesto tacones y vestía su traje Christian Dior —Carmen tenía razón cuando decía que cuando uno va al banco a pedir dinero, tiene que ir con todos los hierros puestos—, lo que la puso todavía más nerviosa. Manejó hasta la sucursal del Banco Popular en El Condado, junto a la avenida Ashford. Cuando se estacionó en el *parking* del gimnasio de Viviana Albani, había dejado de llover, pero el cielo estaba negro como un reguero de pólvora. Sacó su pañuelo de la cartera y se secó la cara lo mejor que pudo. La radio había comenzado a transmitir avisos de huracán, y quería regresar a la casa lo antes posible para tapiar las ventanas con planchas de *plywood* y proteger los cristales con *masking tape*. Afortunadamente, en el garaje había de todo para instalarlas, aunque tendría que pedirle al jardinero que la ayudara. Era absurdo que se estuviera preocupando por la casa en aquel momento, cuando Edgardo la estaba extorsionando, pero no podía evitarlo. La casa se había vuelto su pariente más cercano, se sentía protegida por ella y era importante ponerla a salvo.

Sara entró en el banco y se acercó a una de las ventanillas; pidió ver al *manager*. Tenía en la bolsa su chequera de la cuenta conjunta con Richard, pero sabía que antes de que le dieran dinero le harían preguntas. Eso era de esperarse cuando el cheque era de una cantidad tan grande, a pesar de que en la cuenta había más que suficientes fondos. Uno de los oficiales de la institución se le acercó y le pidió que lo siguiera. Sara caminó tras él hasta llegar a una oficina privada al fondo del primer piso. Abrieron la puerta de cristal ahumado, y Sara entró con un revoleo de faldas y se acomodó en una de las butacas tapizadas de cuero rojo.

—¿Y a qué se debe esta visita, señorita Portalatini? —le preguntó el señor Vilella, *manager* de la sucursal, poniéndose de pie para estrecharle la mano—. Perdone, señora Tannebaum —se corrigió acto seguido—. Se me había olvidado el feliz suceso de su matrimonio.

Sara se alegró de que la hubiese llamado por su nombre de soltera. Era señal de que seguía viéndola como la hija de don Adalberto Portalatini y de que le tenía confianza. Dos semanas antes, ella había visitado esa misma oficina, para abrir una cuenta con un nuevo depósito de doscientos mil dólares. Al Richard llegar de Washington D. C., Sara le había informado que los fondos de la restauración ya se le habían agotado e, inmediatamente, Richard había repuesto la cantidad: fue a su banco en D. C. y le envió otro depósito al banco de Sara. En aquella visita previa, Sara le indicó al oficial su cambio de nombre.

—Me llamo Mrs. Tannebaum, ya no es Sara Portalatini, recuérdelo —había dicho con un deje de orgullo en la voz. Ser una mujer casada le daba prestigio y ella era consciente de ello.

—¿Cómo se encuentran usted y el señor Tannebaum? —le preguntó Vilella.

—Muy bien, gracias —contestó Sara—. Y su esposa, doña Francisca, ¿cómo está? —preguntó.

—Muy bien. Pero echa en falta a Adelaida. Su mamá y mi mujer eran muy buenas amigas, ¿sabe? Aunque, seguramente, usted no se acuerda de eso. Dígame en qué podemos ayudarla.

—Ayer pasé por la tienda de Jaguar en la Roberto H. Todd y vi un coche precioso exhibido en la ventana. Entré y me senté al volante por unos momentos. Es el modelo Silver Cloud y cuesta cien mil dólares, pero vale cada centavo. No voy a pasarme toda la vida alquilando autos, ya es hora de que Richard y yo tengamos un buen carro en San Juan y he decidido comprarlo. Me dijeron que me harían una rebaja si pago de contado, y por eso estoy aquí. Necesito que usted me cambie un cheque por esa cantidad.

El señor Vilella se enderezó la corbata y observó con aprensión cómo Sara sacaba la chequera de la cartera y escribía allí mismo el cheque por cien mil dólares con su Mont Blanc. Se lo entregó al señor Vilella con la punta de los dedos. El oficial se quedó mirando el cheque con tristeza, pensando en los miles de dólares a punto de salir volando del banco.

—¿Está segura de que necesita un Jaguar, señorita Sara? Este año la Buick ha sacado unos carros muy elegantes al mercado. Son mucho más económicos y, cuando se dañan, las piezas llegan de los Estados Unidos y la reparación es mucho más rápida. Ese dinero que tiene en el banco le está pagando un buen interés.

—Ya lo sé, Señor Vilella, pero estoy segura de lo que quiero.

El señor Vilella no se atrevió a insistir, aunque, por un momento, se le pasó por la mente decir que debía llamar al señor Tannebaum por teléfono para verificar su aprobación. Pero Sara se le adelantó diciendo:

—El señor Richard está de camino a la República Dominicana, en una expedición de cacería. Es imposible comunicarse con él. Pero quédese tranquilo, porque él está completamente de acuerdo con la compra. Ayer mismo lo discutimos.

Al señor Vilella no le quedó más alternativa que acceder a la petición, dada la amistad de años que tenía con la familia Portalatini. Dudar de la palabra de Sara hubiese sido un insulto. Metió el cheque en el bolsillo de su gabardina, bajó al sótano del edificio, donde se encontraba la bóveda de los depósitos, y le pidió a uno de los oficiales más jóvenes que le trajera un sobre de manila. Llenó el sobre de billetes de a mil, escribió el nombre de Sara encima y regresó a su oficina para entregárselo.

—Muchas gracias, señor Vilella. Y por favor dele mis saludos a doña Francisca.

Sara regresó inmediatamente a su casa. El viento había incrementado y habían empezado a llover unos goterones duros, que, impulsados por el viento, rebotaban sobre la superficie de la laguna como perdigones. Encendió la radio para escuchar los avisos del tiempo: la vaguada se había convertido en un huracán de categoría tres, y parecía estar encaminado hacia la Isla. Metió el coche en el garaje y el corazón le dio un salto cuando vio a Margot asomada a la puerta de la cocina. Dio un suspiro de alivio.

—Me tenías preocupada, mujer. Cuando salí esta mañana no te vi por ningún lado y pensé que te habías marchado —dijo, subiendo rápidamente las escaleras del balcón en la parte de atrás de la casa. Sabía que no había hecho caso a los consejos de Margot y que estaba a punto de hacer lo contrario de lo que ella le había indicado. Pero Margot no la abandonaría nunca.

Acababa de ordenarle a Margot que buscara al jardinero para sacar los tablones de *plywood* que estaban almacenados en el garaje para tapiar las ventanas, cuando se dio cuenta de que había una camioneta de la policía estacionada en el patio de atrás de la casa. Se acercó al agente que la conducía y le preguntó qué pasaba.

—Se ha cancelado la expedición del Señor Tannebaum a la República —le dijo el hombre—. Barahona, La Romana, toda la costa oeste de la República Dominicana está bajo alerta de huracán, igual que la costa norte de Puerto Rico.

De pronto, Sara se dio vuelta y vio a Richard aparecer por un lado de la casa, cargando uno de los tablones de madera que estaban guardados en el garaje.

—¡Por fin llegaste! ¿Dónde demonios andabas metida? —le gritó Richard de mal modo. Estaba cargando el tablón de madera con la ayuda del coronel Pritchard. Varios agentes de la policía estaban ayudando a colocar los otros sobre las ventanas. Todavía vestían los uniformes de camuflaje del Ejército, verde y caqui con mancharones marrones y negros, que habían comprado para la expedición. Todos llevaban botas negras puestas.

Sara se inventó una visita a Walgreens a buscar baterías para las linternas y logró tranquilizar a Richard.

—Perdona que te gritara, pero nadie sabía dónde estabas y no me gusta perderte de vista —le dijo su marido—. Esto tomará solo un momento. No puedo hacerlo yo solo y George se ha ofrecido a ayudarme.

El coronel Pritchard la saludó con la mano y Sara lo saludó a su vez.

Cargaron el panel hasta la ventana del comedor y, unos minutos más tarde, se escucharon varios martillos revoleando en el aire y fijando los paneles con clavos. Sara se reunió con Richard, Juan Partagás y el coronel, y juntos se sentaron frente a la mesa de jugar *poker*, en la parte techada de la terraza.

—Tuvimos que cancelar el viaje por el mal tiempo —le explicó Richard—. No pudimos ni abordar la lancha en el muelle de Rincón. Tuvimos que virar por la misma carretera y regresarnos a San Juan. Pero aún no me he dado por vencido, y les he pedido a Miguel y a George que se queden aquí hasta mañana, a ver si mejora el tiempo y podemos salir para la República al amanecer. Juan no tiene problemas, él puede dormir en su casa. Espero que no te importe.

—Por supuesto que no —respondió Sara—. Tus amigos son también los míos.

—Vamos a jugar una manita, muchachos —dijo Richard acercándose a la mesa cubierta de fieltro—. Al mal tiempo, buena cara, es lo único que se puede hacer.

—¿Quieren unas cervezas frías? —les preguntó Sara. Estaba profundamente perturbada por la presencia de Richard, pero atenerse a su rol de ama de casa y esposa cariñosa era imprescindible para evitar sospechas y llevar a cabo su plan.

—Por supuesto —dijo Richard—. Tráenos también la botella de Barrilito con unas Coca-Colas. Y dile a uno de los policías que nos traiga hielo de la gasolinera. No me explico cómo puede hacer tanto calor con un huracán tan cerca.

Sara hizo un esfuerzo por aparentar tranquilidad. Le llevó las cervezas y el licor a su marido, y se fue en busca de Margot. La encontró en la sala, enrollando las alfombras persas y protegiendo los ventanales de cristal con *masking tape*. Sara se le acercó y le dio un abrazo.

—Perdona por no seguir tu consejo. Yo sé que estás tratando de protegerme. Te juro que ya no quiero a Edgardo, pero me parece importante ayudarlo.

Margot rehusó comentar nada. Le dio la espalda y siguió con su trabajo. Sara caminó entonces hasta la habitación, sacó el sobre de manila con el dinero de su cartera y lo escondió en su clóset.

—No le has mencionado nada a Richard sobre nuestro visitante nocturno, ¿verdad? —le preguntó a Margot en voz baja cuando regresó a la sala a ayudarla. Margot estaba guardando la plata y otros objetos de valor en la despensa.

—Por supuesto que no. ¿Cree que soy tonta? Pero de todas formas, no va a poder salirse con la suya. ¿No vio a los agentes que el Comisionado de la Policía destacó alrededor de la casa? Hay varias patrullas cerca.

Sara miró cautelosamente por la ventana de la cocina y se dio cuenta de que Margot tenía razón. No se trataba de un agente solitario acompañando al coronel, como había pensado al principio, sino de una tropa completa desplegada en el perímetro de la casa.

Empezó a llover a cántaros otra vez y Richard y sus amigos tuvieron que meter la mesita de juego dentro de la casa porque la terraza se mojaba. La llevaron a la biblioteca, donde siguieron bebiendo y fumando cigarros hasta que oscureció. Richard y sus amigos cambiaron de *poker* a dominó, y gritaban sus apuestas como para desafiar el viento y la lluvia que azotaba las ventanas.

Sara le dijo a Richard que se iba a la cama porque estaba agotada y él casi ni se despidió de ella, tan metido estaba en el juego. Sara no perdió ni un minuto. Fue a la habitación y se puso su leotardo negro de hacer aeróbicos, sus medias y sus Reeboks negros. Fue al clóset y sacó el sobre del dinero, que introdujo dentro de un bolso de nailon que se ajustó a la cintura. Salió al jardín por la puerta de enfrente, que los agentes no estaban supervisando por estar tan expuesta, y se escurrió entre las sombras de las heliconias hasta llegar al borde del agua. La laguna era fácil de cruzar a nado, pues sus aguas estaban protegidas y tranquilas. El azote del viento todavía no había llegado hasta allí. En cuanto llegara al puente Dos Hermanos, nadaría por debajo de los arcos hasta alcanzar el trecho de mar abierto frente al Fuerte San Gerónimo. Allí le entregaría el dinero a Edgardo y haría la misma ruta de regreso a casa sin que nadie se diera cuenta.

Se había metido al agua y la superficie de la laguna había comenzado a rizarse en pequeñas olas a su alrededor a causa del viento que había empezado a agitarlas, cuando vio a Carmen salir de su casa y caminar hasta la terraza de los Portalatini. Empezó a llamarla por su nombre y a asomar la cabeza por todas partes buscándola y, cuando vio que Sara no estaba en casa, se volvió en dirección a la laguna, atisbando el horizonte. La divisó enseguida cruzando a nado la laguna y empezó a hacerle señas para que regresara. Sara no esperaba aquello. Se dio cuenta de que los agentes la descubrirían y empezó a bracear más rápido. Logró cruzar al otro lado y pudo esconderse debajo del puente Dos Hermanos, pero, al salir a mar abierto y comenzar a nadar hacia el fuerte de San Gerónimo, la marejada se embraveció. Estaba llegando a las rocas, cuando escuchó un silbido a su derecha. Era Edgardo que la estaba esperando tras las almenas del fuerte.

Una sirena comenzó a chillar y Carmen entró corriendo en la casa. Unos segundos después, Richard y Juan salieron al balcón y con los agentes del Comisionado salieron de la casa corriendo y se montaron en sus patrullas. En tres minutos, Richard y sus amigos llegaron al fuerte, se bajaron de los carros y corrieron a rodearlo por tres de sus lados. Todos apuntaban con sus rifles, listos para disparar.

Al salir del agua, Sara se desajustó el bolso de nailon de la cintura y se lo entregó a Edgardo.

—Corre hacia el Caribe Hilton, en esa dirección todavía no hay nadie.

Edgardo se amarró el bolso a la cintura, pero no corrió hacia el terreno seguro. Agarró a Sara por una mano y le dijo:

—Tú te vienes conmigo. No voy a dejarte aquí.

Edgardo obligó a Sara a agacharse y se ocultaron tras unos arbustos salvajes que crecían entre los muros.

—Hace meses que te estamos siguiendo los pasos, so crápula —le gritó el coronel Pritchard por el altoparlante que acababan de entregarle.

—Y tú también, Sara —gritó a su vez Richard—. Sal de ahí y entrégate. Ya me has abochornado lo suficiente.

Sara esperó que pasaran algunos minutos y se zafó del puño de Edgardo. Se enderezó para que Richard la viera y le gritó:

—Tú planeaste todo esto, ¿no es cierto? —le contestó Sara, gritando a todo pulmón—. Creías que Edgardo y yo estábamos juntos y que yo todavía lo quería. Pero te equivocas. Estoy haciendo esto por mí, no por él.

Richard tenía a Edgardo localizado en la mirilla del rifle pero, antes de que pudiera apretar el gatillo, el joven dio un salto y se tiró de cabeza al mar que se batía furioso a sus pies desde lo alto del bastión. Unos segundos después, la cabeza de Edgardo salió a flote entre los marullos de espuma y este empezó a nadar vigorosamente hacia la playa del lado opuesto. Richard levantó el rifle e hizo el primer disparo.

—¡Cobarde! —le gritó Sara—. ¿Qué estás tratando de hacer? ¿Cazar a un ser humano indefenso?